河出文庫

旅と移動

鶴見俊輔コレクション3

鶴見俊輔
黒川創 編

kawade bunko

河出書房新社

旅と移動

鶴見俊輔コレクション3

目次

I　旅のはじまり

II　それぞれの土地を横切って

Ⅲ　旅のなかの人

Ⅳ　自分からさかのぼる

I　旅のはじまり

中浜万次郎——行動力にみちた海の男

一八四一年の六月二七日、北アメリカの捕鯨船ジョン・ハウランド号が、太平洋上の小さい島に近づいた。そのころの捕鯨船は故国を離れて二年も三年も航海する。陸地に寄らないで何か月も走ることがあるので、水も食べ物もたりなくなる。この日も砂の中に埋まっているウミガメの卵をとろうとして、この島に来たのだった。

北緯三〇度、東経一四〇度のところにある鳥島という島である。当時その島にはまだ名まえもついていなかった。前にだれかが名まえをつけたことがあったとしても、ハウランド号の乗組員はそれを知らなかった。

アメリカ人が二そうのボートを出して、この名もない島にのぼってみると、そこに五人の人間がいた。

一人は万次郎。四国の土佐(いまの高知県)、足摺岬《あしずりみさき》の中ノ浜の生まれで、一四歳。そのほかに船頭の筆之丞《ふでのじょう》、三六歳。筆之丞の弟、寅右衛門《とらえもん》、二四歳。同じく筆之丞の弟、重助《じゅうすけ》、二三歳。筆之丞と同じ村に住む五右衛門《ごえもん》、一四歳。

万次郎のほかの四人は、宇佐《うさ》という村の生まれで、この舟も、宇佐の徳右衛門《とくえもん》という人の持ち舟だった。万次郎だけが、足摺岬に近い中ノ浜から来ており、この舟ではいわばよそものだった。

五人は、この年の一月二七日（旧暦では正月五日にあたる。正月の祝いをすましてすぐ出たことになる）、長さ二丈五尺（一〇メートル）ほどの舟に乗り組んで漁に出た。ハエナワといって、つり針のついた糸のたくさんついている長い縄をおろして、魚をとる舟だった。アジ、コダイ、サバなど、かなりの獲物がはじめにはあったのだが、漁に熱中していてきりあげる潮時を失った。気がついた時には、まわりに仲間の舟が見えない。帰ろうとするうちに、（一月二九日の）夕方になって、万次郎の故郷に近い足摺岬の東の沖であらしに襲われ、陸から遠く流されてしまった。

あらしとたたかうあいだに、かじも、櫓も折れたり、流れたりして、使えなくなった。

夜があけると、見なれた故郷の山が見えたので、助かるのではないかと思っていたが、いたずらに山を見ているだけのことでなにもすることはできず、舟は、黒潮にのってものすごい速さで東南にむかって流されてゆき、やがて海のほかにはなにも見えなくなった。

つかれたからだにとって、たえがたいほどの寒さだった。

「神さま。仏さま。なんとかして私たちを助けてください。生まれ故郷に、かえしてく

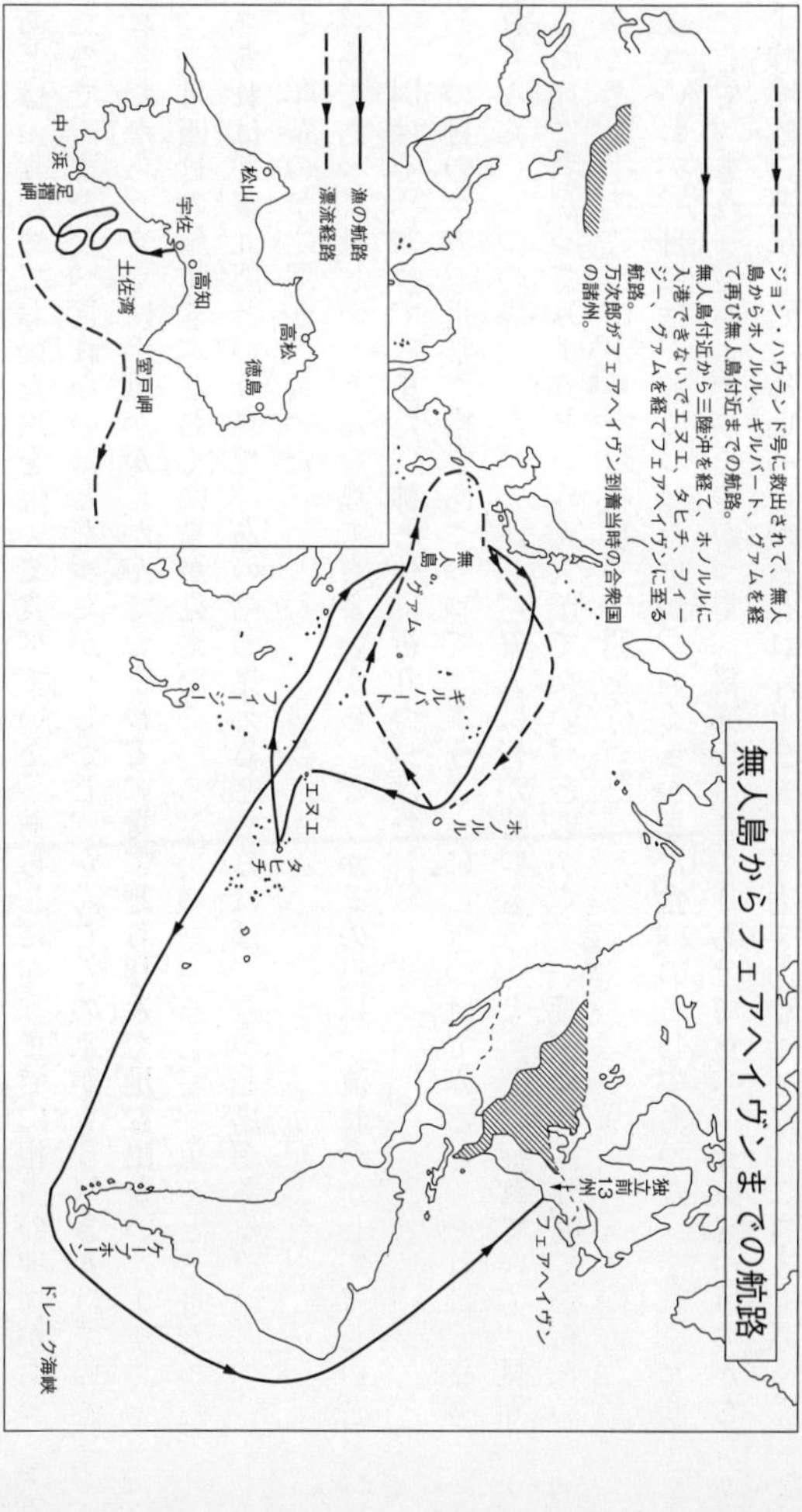
無人島からフェアヘイヴンまでの航路
ジョン・ハウランド号に救出されて、無人島からホノルル、ギルバート、グァムを経て再び無人島付近までの航路。
無人島付近から三陸沖を経て、ホノルルに入港できないでエヌエ、タヒチ、フィージー、グァムを経てフェアヘイヴンに至る航路。
万次郎がフェアヘイヴン到着当時の合衆国の諸州。
無人島
グァム
ギルバート
フィージー
ホノルル
エヌエ
タヒチ
独立前13州
フェアヘイヴン
ケープホーン
ドレーク海峡
漁の航路
漂流経路
松山
高松
徳島
高知
宇佐
足摺岬
中ノ浜
土佐湾
室戸岬

ださい」

と、かれらは、口に出して祈るほかなかった。

はじめに一斗《と》（二斗とも言う）ほどの米をつみこんでいたが、それも食べてしまい、あとはつりためておいた魚を焼いて食べていた。あらしにあうまでに相当の獲物があったので、まだ食べきれないほどだったが、しかし、かんじんの水がもう尽きかけていた。真冬だから、すぐに手足がかじかんでしまって、文字どおり手も足も出ない。

二月四日の昼すぎ、とおくに鳥が見えた。

「あれは、藤九郎《とうくろう》という鳥だ。あの鳥の見えるところには、きっと島があるぞ」

と、年輩の筆之丞が、言った。

「島であってほしい。どんな島でもよいから、どうかその島に、流れつかしてほしい。」

一同はそう言って、また、神と仏に祈りつづけた。

その日の夕方、折れた櫓をあやつって、ようようにこぎつけてみると、それは、まぎれもなく、一つの島だった。しかし、五人は皆が皆、もうへとへとに疲れていて、見知らぬ島にあがってみようという元気がでない。ともかく、一晩、ゆっくり寝てからということで、そこにいかりをおろして、朝を待った。

さいわい、舟には、前につった魚が、いくらかまだ食べのこしてあった。それをエサにして、もう一度ハエナワをつかって、新鮮な魚をつりあげて食べ、元気をつけてから上陸することにした。めいめいが板きれなどをもって力をあわせて岸にこぎよせるうちに、舟は岩にあたってこわれてしまい、やがて沈んでしまった。みんな水にとびこんで、岸に泳ぎつく。一四歳の五右衛門が、一番に磯にあがり、長いあいだ青いものにうえていたので、おもわず磯の草をつかんで食べた。

あがって見るまでは夢中だったが、磯に立ってあたりを見まわしてみると、

「どうも、人の住めるような島ではなさそうだ」

というのが、みんなの感想だった。しかし、もう舟はこわれていて、かえる道はない。

水が、まず一番の問題だったが、こわれた舟から桶一つだけが磯にうちあげられてきたのをさいわいに、これに雨水を受けてためておいたり、岩をしたたるしずくをとって飲んだりして、なんとかしのいだ。

やがて、大きなほら穴が見つかったので、その岩屋を、五人みんなの共同の家にすることにきめた。そこでいつも五人いっしょに暮らし、寒い時には、五人がまるはだかで背中をあわせて一つになり、みんなのきていた着物をよせ合わせていっしょにかぶって、ただふるえていた。

食べ物は、はじめは、藤九郎を手あたりしだいにつかまえて、うち殺してたべていた。舟の中に火打ち石をおきわすれてきたので、一同は、火をつくることができなかった。（かわいた木をこすり合わせて火をつくる未開時代の技術は、そのころ日本では忘れられていた。）

しかし、それでも藤九郎のいるあいだは、この鳥の肉を日にかわかして、たくわえておくことができた。

藤九郎はアホウドリとも呼ばれ、つばさをひろげると、二メートルほどにもなる白い大きい鳥で、のろまなので、つかまえるのもらくだった。だが、春になると、子どもをつれて、この島から群れをなして飛びさってしまった。

舟がこわれる時のさわぎで、重助はけがをしており、それに腹の調子がわるくなり身動きが不自由だった。中年の筆之丞も、食料不足からだんだんに動きがにぶくなって、岩屋の中で弟の重助の看病をするようになった。

二四歳の寅右衛門と、一四歳の五右衛門、万次郎の三人が、食料採集をひきうけて、島の中をかけまわり、磯の海草をあつめたり、カヤの芽などの食べられそうな草をとったり、貝を拾ったりした。とくに万次郎は、機敏なのでおおいに働いたが、かれだけがほかの四人とちがって宇佐の生まれではなく、それにいちばん年もわかいので、みなにバカにされることも多く、それに憤慨して、とってきた食料をほかのものにやらないと言って抗議したこともあった。五人しかいない島の生活では、一人の力が欠けても、困ったことになる。五人の社会は、かれらの生まれてそだった徳川時代の日本の社会とははっきりとちがう、平等な形のものにかわっていった。

一四歳の万次郎は、だんだんに、みんなに重んじられるような存在になってゆく。

何かないかと思って島中を歩くうちに、——といっても直径二・五キロほどの島だから全体を見てまわるのにそれほど月日がかかったわけではないが——、山の上に墓石らしいものを見つけた。そこからあまり遠くないところに、井戸のようなもののあとさえあるのだ。

「おれたちと同じように、流れついた人の墓ではないかな」

と、筆之丞は言った。墓石の文字は、よめなかったが、かれには、同じ日本人の漂流者の墓と思えた。自分たちも、同じようにこの見知らぬ島で親兄弟に知られずに死にたえることになるのだろうか。

「ひとおもいに、海に身をなげて死んでしまおうか」と五人の間で、話をする時もあったという。しかし、それでも、どれほどの理由があるわけでもなかったが、「生きていられるだけは、生きてみたい」という意見のほうが勝って、そこに五人の意見はいつも一致した。

無人島に流れついて一四三日たったある日、五人ははじめて、かれら以外の人間に出あった。それは、五人のはじめて見る外国人だった。

すこし別の話にかかわるが、私は、言語学者のローマン・ヤコブソンからこんなことを聞いたことがある。ある人類学者が、たった一人で離れ小島にあがって住み、そこの人たちの習慣を研究しようとしたが、数か月たっても、どうしても、そこの人たちに、自分の言葉をわからせることができなかったという。

それは、その島の住民が、流れついた学者を、自分たちと同じ人間だと考えなかったことが原因だった。人間でないものが、どんなふうな音を出そうと、その音の意味を解きあかそうと、まじめに考える人は少ない。

その反対に、相手を同じ人間だと考えるところからは、なんとかして、自分の身にひきくらべて、相手の音や身ぶりの意味を考えてゆくから、おたがいの言葉など全然知らないなりに、言葉は通じてゆくものなのだ。

万次郎たちの場合にかえると、ハウランド号の船員の側にも、土佐の漁師の側にも、相手を同じ人間と見る心があったのがしあわせだった。それは、人間にとってあたりまえのことではない。人類が地上にあらわれて以来、人類はほかの動物とちがって、ちがう土地にそだった人間を、自分たちと同じ人間と考えないで、殺したり、追いはらったりする習慣をつくりだしてきた。このことは、今でも人類にとってもっとも深刻な思想上の問題だと言ってよい。戦争の時にはいろいろの理由をつけて、たたかっている当の相手でない子ども、女、年寄りまでも殺すというやりかたを、今でもつづけている。ドイツ人は、第二次世界大戦の時、四〇〇万人のユダヤ人を、ユダヤ人であるという理由だけのために殺した。万次郎たちの漂流から一〇〇年たったあとの戦争の時代にも、戦闘終了後に、南の島で外国人の一団に出会って、相手にはなしかけるよりは自殺することをえらんだ日本人が多くいた。アメリカ人、イギリス人は人間ではなくて「鬼畜」(オニのような動物)であると戦争中の日本の政府が民衆に教えこんできたことの結果である。

土佐の漁師たちが、とざされた五か月の無人島生活の結果、見知らぬ人をおそれやすい心理におちいっていたとしても不思議ではない。はじめて見る外国人は、鬼にも、悪魔にも、人間以外の動物にも、見えただろう。しかし、やがてかれらも、自分たちと同じ人間だという理解が、五人の間に生まれた。

最初に、食料補給隊の寅右衛門、五右衛門、万次郎の三人が、南の磯で、遠くに船がとおるのを見つけた。

「大きな異国船だ。でも、異国の船でもかまうものか」

と、若い三人は、おたがいに相談して、舟のこわれたあとにのこった枝や棒に、これまたすでにぼろぼろになったかれら自身の着物をくりつけて、それを旗のようにしてふりまわし、

「おーい、おーい」

と、声をあわせてよびかけた。

異国船のほうでも気がついたようすで、小さい舟を二そうおろして、島にむかってこいできた（と、万次郎たちは一方的に考えた。しかし、異国船の側から言えば、そうではなくて、ウメガメの卵をさがしに来たものらしい）。そのうちに、異国人のほうも、万次郎たちに気がつき、帽子をふって、あいさつをした（ように、万次郎たちには思えた）。

島の三人はおおいに喜んで、こっち側からも、手をふってよび迎えた。アメリカ人と日本人とでは、まねく身ぶりは反対になるはずだが、そんなこまかいことは関係がない。

数百メートルの水をへだてて呼ぶ声と身ぶりは、助けを求めるものと助けようとするものとのおたがいの気持をじゅうぶんに伝えた。

ボートが岸の近くまで来た時、

「ここは、荒磯だから、とても舟をつけることはできない。着物を頭にまきつけて、水の中をおよいで来い」

と、かれらが呼びかけているように思えた。ことばが通じるわけはないが、岩をさしたり、水をさしたり、自分の服をさしたり、およぐ身ぶりをしたりで、そんなことを言っていることがわかった。ことばはわからないが、アメリカ人も日本人も、同じく水夫として暮らしをたててきたのだから経験の内容は同じで、自分のからだですでに知っていることを身ぶりで呼びかけられれば、ことばなど通さなくても、はっきりわかるものなのだ。

万次郎たち三人にとって、ボートの上の白人と黒人とは、見なれない気味わるい風体の人びとだったが、この無人島にこれ以上のこっているのはやりきれないという考えから、むこうの人びとの手まねで教えるとおりに、かれらのボートに向かって泳いでいった。

ボートにつくと、黒人たちは、

「ほかに仲間はもういないのか」

ときくような身ぶりをした。その身ぶりがどういうものだったか、私には想像もつかな

いのだが、万次郎たちはともかくそういう意味を読みとって、

「洞穴《ほらあな》のほうに、あと二人いる」

という返事を、これもまた身ぶりでつたえた。

そこで、黒人たちは、もう一つのボートで洞穴のあるほうにこいでいった。

いっぽう筆之丞は、この時、洞穴の中にいて弟の看病をしていた。人の気配にふと入口のほうを見ると、「鍋の尻へ目と歯をつけそうろうようの人物」があらわれて、なにか言っているので、びっくりぎょうてんした。黒人は、なにか言いながら筆之丞を洞穴の外にひきだそうとした。

筆之丞は、おそろしくて、黒人の腕をふりほどいて逃げようとしたが、体力がおとろえているので、かなわず、ずるずると洞穴の外までひかれていった。外に出て見ると、ほかに三人の黒人がボートの上から手まねでこれに乗るように言うので、しかたなく、ボートに乗りうつった。

筆之丞をひきだした黒人は、もう一度、洞穴にひきかえしていって、病気の重助をたすけるようにして、ボートにかえってきた。そして、二そうのボートはうちつれて親船にかえり、ここで、五人の漂流者はもう一度いっしょになる。

ハウランド号の航海日誌には、一八四一年六月二七日の項に、こう書いてある。

「島には、難儀して疲れはてた五名の人間がいるのを発見。本船に収容。飢えをうった

えているほかには、かれらから何も理解することはできない。」

しかし、反対に筆之丞たちからの聞き書きをつたえた『東洋漂客談奇《ひょうかくだんき》』（嘉永五年、一八五二年）を見ると、はじめからかなりの話が通じたようである。親船にうつってから、五人は服をそれぞれ一着ずつもらい、薬を飲まされてから、

「もう島に残してきたものはないのか」

と、ふたたび手まねでたずねられた。

「着物をおいてきた」

と返事をすると、もう一度、黒人がボートを出して島へひきかえし、洞穴から着物をもってかえってきてくれた。

その間に白人がイモをもってきて、五人に食べるようにと置いていった。五人が、よろこんでそれを食べていると、船長らしいえらそうな男がやってきて、おこった調子でなにか言って、イモを取り上げて奥へもっていってしまった。五人は、恐ろしくなって、しおれていたところ、餅のようなものをもってきてくれた。それは、あとでわかったが、パンというものだった。

そのパンを食べているうちに、さっきの恐ろしさは、うすらいできた。それにしても、このパンというようなものを少し食べただけでは、腹がふくれることはない。もっと食べたいと思っているうちに、日本でも難船したものを介抱する時には、同じようにはじ

めにはなるべく少ししか食べさせないように気をつかうことを思い出して、なるほど、さっきの船長のおこりようは、実は親切だったのだなということがわかり、五人とも安心した。

あくる日には、ブタのほし肉をもらった。それでも、大食しないようにと注意をうけた。このブタのほし肉とパンとイモとを食べて、だんだんに元気が出てきた。

おちつくにつれて、船内の事情も少しずつわかって来て、この船がクジラをとる船だということ、「マセツーツ」という国の船で船頭の名は「ウリヨン・フィチセル」というのだということを知ることができた。

「マセツーツ」は、アメリカのマサチューセッツ州、「ウリヨン・フィチセル」は、ウィリアム・ホイットフィールドで、日本語しか知らない耳で英語の発音をきくと、このように聞きとれた。この発音は、日本中の中学校で英語が義務教育の一部として教えられている今日の日本から見ると、変にきこえるが、こんな発音でともかくも、万次郎たち五人は日本人全体に先んじて英語をききわけたり話したりすることができるようになり、その後の数年間、日常生活をこの流儀でおしとおしたのだ。

日本に帰ってきてから、筆之丞らが日本人に教えた英語の単語表を見ると、

地　ガラヲン　　氷　アイシ　　屁　パア
木　ウーリ　　露　ゾウ　　血　ブラン

火　サヤ　夜半　メルナイ　尿　シヱト
水　ワタ　道　シツルイ　空腹　ハンギレ
暑　ハアン　国　ネション　雇　ハヤ
寒　コヲル　日本　セッパン、チャッパン
春　シブレン　髪　ハヤ　養　プリナ
夏　シャマ　歯　リイス　葬　セウナル
秋　ヲトム　足　レイギ　好　ライキ
冬　ウィンタ　手　ハアンタ　愛　プロティ
雨　ロヱン、ルイン　誠　ヅルウ
風　ウィン　男根　プレカ
雪　シノヲ　陰門　カン

などと書いてあり、こういう発音でも、必要に応じてせいいっぱい使えば、アメリカでの暮らしに不自由はなかったということが、わかる。

注　筆之丞たちの単語のもとのつづりを推定してここに書いてみる。

地　ground　氷　ice　屁　furt
木　tree　露　dew　血　blood

火	fire	夜半	midnight	尿	shit
水	water	道	street	空腹	hungry
暑	hot	国	nation	雇	hire
寒	cold	日本	Japan		
春	spring	髪	hair	養	bring up
夏	summer	歯	teeth	葬	funeral
秋	autumn	足	leg	好	like
冬	winter	手	hand	愛	pretty
雨	rain			誠	true
風	wind	男根	prick		
雪	snow	陰門	cunt		

太平洋を航海している半年ほどのあいだ、ホイットフィールド船長は、ときどき、五人を呼んで、地図を見せて、日本のあたりをさして、

「きみたちは、どのへんから来たのか。このへんではないか」

などときいた。しかし、五人は地図などあまり見たことがない。土佐をこえた日本全体とか、日本をかこむ世界全体などという地図が頭にはいっていないので、それを見てもなんのことか、わからなかった。

「きみたちは、神さまとか、仏さまをこんなふうにして拝むのではないか。」

ホイットフィールド船長は、そう言って、両手をあわせて仏を拝む、かれが想像している日本風の拝み方をしてみた。

「そうです。そのとおり」

と、筆之丞たちはこたえて、自分たちもそのまねをした。だが、それでも、おたがいに何がそれでわかったのか、あまり自信はもてなかった。身ぶりは、便利なようでいて、やはり不便なものだ。自分の生活上の必要は相手につたえることができるのだが、抽象的な知識をつたえる段になると、身ぶりではむずかしい。

　ホイットフィールド船長は、五人が日本人ではないかと思いながらも、よくわからないまま、半年ほど、かれらをつれて太平洋上を走りまわっていた。その間に、かれらは船の仕事に役にたつようになり、けっして徒食しているわけではなかった。ことに万次郎は、自分からすすんでマストにのぼって見張りの役をしたり、若さにものを言わせて仕事に必要なことばをどんどん覚えてゆくので、自然に、漂流五人組と船長との間の通訳の役を果たすようになった。

　同じ年の一二月、ジョン・ハウランド号は、ハワイ王国オアフ島のホノルルに着いた。着くとすぐ船長は、かれの友人でジャッドという宣教師兼医者のところに五人をつれていった。

　ドクター・ジャッド（筆之丞の覚えたとおりではタフタ・リョーチ）は、かれの自慢のコレクションの中から、壱朱銀《いっしゅぎん》弐拾切《にじゅうきれ》、弐朱判《にしゅばん》一片《きれ》、一文銭《いちもんせん》など日本のそのころのお金をいろいろ出してきて、それに日本人がそのころつかっていたキセルも出して見せて、

「これは、あなたの国のものではないのか」

と、たずねた。

一同は、そうだ、そうだとうなずいて、キセルでタバコを吸う手まねなどして見せたので、ここではじめて、ホイットフィールド船長は、五人の漂流者が日本人であることをはっきりと確かめることができた。

そのころハワイは、まだアメリカ領ではなく、カメハメハ三世のおさめる立憲君主制の国だった。

ホイットフィールド船長は次に、ハワイ王国の役人のところに五人をつれてゆき、日本人の漂流者だといって、かれらを紹介した。

やがてハワイ王国の政府は、五人のために小さい草ぶきの小屋をくれた。筆之丞たちは、ここに暮らしているうちに、この国はなかなか住みよいところだとわかってきた。かれらが漂流中あれほど苦しんだ寒さというものが、まったくなく、一年中あたたかい。イモなどを植えても、こやしをやらないでどんどん自然に育つのだから、心配がない。寅右衛門などは、ここがすっかり気に入って、日本に帰るのをやめて住みついてしまった。

無人島にいたころから病気がちだった重助は、一八四六年一月、ハワイで死んだ。二

八歳だった。

寅右衛門は大工の弟子となり、筆之丞、五右衛門は土地をいくらか分けてもらって百姓と漁師をかねて、それぞれ自活するようになった。

筆之丞は、フデノジョウという名まえを、ハワイの人たちが、デンジョウと呼ぶので、それにあわせて、自分の名を「伝蔵《でんぞう》」とあらためた。それだけ、ハワイ風の暮らしになじんだのであろう。それでも、ホイットフィールド船長のすすめをうけいれて、その友人が船長となっている捕鯨船フロリダ号にのりこみ、一八四七年四月には、北海道におろしてもらうことにした。

しかし、外国船が近づくと、日本人ははじめはかがり火をたいて岸べを守るようなようすだったが、いよいよ船がつくと、みな逃げてしまって人ひとり見えない。筆之丞(今は伝蔵)兄弟は、ついてきたコックス船長といっしょに浜を見てまわった。二軒ほど家があっても、そこには人の姿はない。

「でも、せっかくここまで来たのだから、ここに二人でのこっています」

と二人がいうが、

「人もいないところに、きみたちを置いてゆくのは気がかりだ。これから先になって、もっといい折もあるだろうから、今はあきらめてひとまず船にもどろう」

というコックス船長のことばにしたがって、フロリダ号に戻り、再びオアフ島に帰ってきた。

万次郎は、ホイットフィールド船長につれられて、ハワイ王国からアメリカにわたった。五人組の中で万次郎だけが宇佐出身ではないので、単独行動がとりやすかったということもあっただろう。捕鯨船に救われてから、万次郎の機敏な働きに目をとめたホイットフィールド船長は、この少年が勉強する機会をつくりたいと思った。

ウィリアム・H・ホイットフィールド（一八〇四―八六）は、アメリカ東北部のマサチューセッツ州に生まれた。夫人が一八三七年になくなったので、漂流者をひきとったころは、ひとりものだった。かれは、故郷にかえってから、二度目の妻をもらい、やがて子どもができた。もらったばかりの妻と生まれたばかりの子どもを万次郎とともに故郷にのこして、ホイットフィールド船長は、また長い航海に出てゆく。

その信頼が、万次郎にとって、かれが新しく自分をその上にきずく基礎となったものだった。さらに二〇年すぎた一八六〇年に、ひさしぶりに万次郎が、日本からこの船長に送った手紙に、

「船長。あなたは、むすこさんたちを捕鯨業に送ってはいけません。むすこさんたちを、どうぞ、日本に送ってきてください。もしよろしければ、私がむすこさんの（むすこさんたち、かもしれませんが）お世話をします。むすこさんを送り出す前に、私に知らせてさえくだされば、お迎えする準備をしておきます」

という一節があるが、鎖国をといた日本から万次郎の送った第一信は、少年のころにホイットフィールド船長が示した信頼にこたえようとするかれの志を物語っている。それこそ、少年の日に万次郎の中に生まれ、かれが日本に帰って幕府の旗本にとりたてられてからも、明治維新以後に開成学校（のちの東大）教授になってからも、かわらずかれの中に生きつづけたものだ。

もともと、万次郎は、親孝行な子どもであったらしい。

万次郎は、一八二七年一月二三日、土佐の中ノ浜で生まれた。八歳の時に父がなくなり、万次郎は、母、兄一人、姉二人、妹一人の家計のおもな働き手の一人として、たよりにされるようになった。兄の時蔵《ときぞう》は、からだが弱くてあまり仕事ができなかった。万次郎は、一〇歳のころから、よその漁師のところで仕事をもらい、一四歳になってから、宇佐にいって、徳右衛門という人の持ち舟にのることになった。

自分の育った家の人びとへの愛着は、最後には万次郎が、日本語を忘れてからでさえ、やはり日本に帰ろうときめた原因となった。しかし、無人島に行くまでの月日にかれの中でもっとも強いものだった肉親への愛は、無人島での五人の全力をつくしての助け合いの時代、異国の捕鯨船にひろわれてからの勉強と労働の時代を経て、いくらか性格のかわったものとなった。

それはポーランド生まれの船員作家ジョーゼフ・コンラッド（一八五七—一九二四）が『勝利』、『偶然』、『青春』などの小説に描いたような、国家とか法律とか身分の上下をこえて、自然の力に対抗しておたがいを守る努力をつづける海の男どうしの信義の世界である。二〇世紀後半の現代では、テレビや電話の発達で、船もまた国家の支配の下に、しっかりと置かれるようになったが、コンラッドや万次郎が船員として活動した一九世紀までは、人はいったん船にのって海上に出たならば、陸地にいた時のように国家の法律などを受けつけない別の世界がそこに現われたのだ。自然にたいして、人間が協同せざるを得ない、海のインタナショナリズムとも言うべき考え方がそこにそだつ。一四歳の万次郎をとらえたのは、その新しい思想だった。

一八四三年五月七日、万次郎は、ホイットフィールド船長にともなわれて、マサチューセッツ州フェアヘイヴンについた。万次郎はこの町で、はじめはジェームズ・エイキンという元ハウランド号三等航海士の家に下宿し、ホイットフィールド船長が新しい妻といっしょになってからはホイットフィールド家に下宿して、働きながら勉強することになった。

最初にはいった学校は、オックスフォード・スクールという名まえの小さい塾で、そこで子どもたちといっしょに英語と習字と算数をならった。当時のアメリカ人の普通に受ける小学校教育を万次郎は受けたわけである。

そのころの日本では、土佐の漁村の子どもが読み書きを習うことなどなかったから、万次郎は、この時はじめて正式に文字をおそわったことになる。かれのならった最初の言語は、英語だったと言ってよい。一六歳の時のことだった。

あくる年、一八四四年には、バートレット・アカデミーという学校にはいる。このフェアヘイヴンの町は捕鯨の中心地ニュー・ベッドフォード港とほとんど地つづきなので、船員の教養に必要な課目を中心とする中等教育をここでうけもっていた。航海術、測量術、さらにそれらをまなぶために必要な高等数学を万次郎は、二年五か月かかってここで学んだ。

この学校で万次郎の友人だったジェイコブ・トリップは、のちに市の教育委員になった人だが、

「万次郎はかれのクラスの最も頭のよいメンバーであり、勉強に首までどっぷりつかっていたといっていいほどで、その身ごなしはつつしみぶかくて静かでいつもやさしく礼儀ただしかった」

と回想を述べている。思い出の中で理想化されているところがあるかもしれない。しかし、それはこの教育委員だけのことではない。フェアヘイヴンの町に住む人びとにとって、畑仕事の手つだいをしながら勉強にうちこんでいる日本の少年は、共通の伝説となった。

同じ町にウォレン・デラノという船主が住んでいた。この人は、ホイットフィールド船長のジョン・ハウランド号の所有者の一人でもあり、自分の持ち船が鎖国中の日本から少年をつれてきたことに関心をもった。家にも招いたことがあるし、教会でいっしょ

の席にすわったこともあるという。

この家では、代々、万次郎のことが、この家の伝説の一部として語りつたえられた。ウォレン・デラノの孫にあたるフランクリン・デラノ・ローズヴェルト（一八八二―一九四五）は、母方の祖父の家にあそびに行くごとに、この万次郎の話をきいて育った。

マンジローがこの教会にかよっていた。

マンジローがこの学校にかよっていた。

マンジローが道のむこうのトリップさんの家にしばらく下宿していた。

マンジローがおじいさんのこの家にも来たことがある。

こんなことを幼いころから、際限もなく聞かされているうちに、ローズヴェルトにとってマンジローという名まえは、見なれた建物や家具にやどる妖精のようになつかしい名まえとなった。

後年、フランクリン・デラノ・ローズヴェルトがアメリカの大統領になってから、万次郎の伝記『運命への航海』（一九五六年）を書いたエミリー・V・ウォリナー女史に、かれはこう語った。

「万次郎は、私の少年時代の夢だった。一平民が王子になった物語の実例であるように、少年のころの私には思えた。」

もちろんそれは、アメリカが日本との戦争にはいる前のことだが、ローズヴェルトは、大統領官邸からわざわざ万次郎の長男にあたる中浜東一郎《とういちろう》博士に手紙を書いて、子孫から子孫へのあいさつを送っている。このあたりは、かつて日米国交樹立後に、万次郎がホイットフィールドに送った国家の障壁をこえる善意の表明とひびきあうものをもっている。

「中浜という名まえは、私の家族の間ではいつまでも記憶されるでしょう。それから、もしあなたか、あなたのご家族のだれかがアメリカに来られることがありましたら、私たちに会いにきてほしいと思います。」（一九三三年六月八日、白堊館《はくあかん》にて。フランクリン・ローズヴェルトから中浜東一郎へ）

この手紙が来るより一〇年も前のこと、まだフランクリン・デラノ・ローズヴェルトが大統領になどなっていない一九二四年一二月二日に中浜東一郎は、ホイットフィールド船長の子孫に会うためにマサチューセッツ州のフェアヘイヴンを訪れた。当時の日本にとって万次郎はすでに忘れられた名まえだったが、このフェアヘイヴンの人びとにとっては、そうではなかった。万次郎の子孫に会うためにあつまった人びとの中には、地元の新聞の婦人記者がいて、中浜東一郎にこんな質問をしたという。

「あなたのおとうさんは、日本ではプリンス（公爵、王子のいずれの意味か不明）の位を授けられたそうですが、ほんとうでしょうか？」

「そんなことはありません」

と、東一郎が答えると、婦人記者はいぶかしげな面持ちで、

「でも、万次郎氏は、日本の開化のために無上の功績のあった人なのですから、日本政

府はかれをプリンスにするのが、当然ではないのでしょうか」と言ったそうだ。このことは、中浜東一郎の書いた『中浜万次郎伝』（一九三五年）に記されている。

この時、フェアヘイヴンの地元の新聞記者が、万次郎をさして「プリンス」と言ったことはおもしろい。同じフェアヘイヴンで子どものころを過ごしたフランクリン・デラノ・ローズヴェルトが、万次郎をさして「平民がプリンスとなった物語」と言ったことと考えあわせて、この小さな町ではプリンスとなった万次郎の伝説が語り伝えられていたのだろう。

実際には万次郎は、その後の日本歴史の中でプリンス（王子または公爵）になったりはしなかった。かれが重要な人物であるとするならば、それは、プリンスとなった人びとが重要だというのといくらかちがった意味においてである。

万次郎たちが日本に帰ってから口述した記録『東洋漂客談奇』（一八五二年）の付録となった英語単語表からぬきがきしてみると、万次郎たちが、かなり奇妙ななまりで英語を話していただろうということが推定できる。

犬をドウキョ、猫をキャア、歯をリイスなどというのは、ずいぶんへんな発音だと思うが、そういう発音をとおして、万次郎は相当のことを、アメリカ人につたえることに成功していたのだ。

万次郎が航海中のホイットフィールド船長に書きおくった手紙は、その単語が実際の万次郎によってどれほどかけはなれた発音をされていたとしても、みごとな文体をもっている。

万次郎が一八四六年にフェアヘイヴンのホイットフィールド家に別れをつげてふたたび捕鯨船にのりこんでから、かれよりも先に出かけて別の捕鯨船を指揮して航海中のホイットフィールド船長にあてた手紙からひこう。

グァムにて、一八四七年三月一二日。

敬愛する友よ。

私はペンを取りあげて短い手紙を書き、私が元気でいることとあなたもそうであるように望んでいることをお知らせしたいと思います。まずはじめに、私が出かけたころのお宅のことをお話しします。さて、あなたのむすこさんのウィリアムは、寒い天候の訪れるまでの夏のあいだじゅう元気でした。かれは、私がこれまで見たことのないほどに賢いです。私が見えないと、ちょうどかれがお母さんにたいするのと同じように、すぐに泣いて追いかけます。

Guam, March 12, 1847

Respected Friend:

I take the pen to write you a few lines and let you know that I am well and hope you are the same. First thing I will tell you about the home the time I left. Well, sir. your boy William is well all summer until the cold weather sets in. He is smart creature I never saw before. He will cry after me just as quick as he would to his mother.

今の日本の中学校の教師なら、この文章の中に、いくつもの文法上の誤りを見いだして直すことができるだろう。今のよくできる中学三年生ならば、これらの誤りをおかさずに、おなじ内容を和文から英文に訳すこともできるだろう。しかし、このもとの文章を書くことは、むずかしい。さらにこの文章のそのまた元になった体験をもつことは、もっとむずかしい。

文法上の誤りを含んだなりに、万次郎の文章は、堂々としている。

……昨年の夏、私たちはリンゴ約五〇ブッシェル（一ブッシェルは約三〇リットル）、バレイショ一一五ブッシェル、ほし草八トンから九トンの収穫がありました。そしてほし草のほうは、三トンから四トンくらい売りに出しました。それから飲みほうだいの牛乳もありました。あなたもあの牛乳のいくぶんかでも飲めたらと、私は思います。

…… Last summer we have got in about 50 bushels of apples, 115 bushels of potatoes and 8 or 9 tons of hay and have sold between 3 or 4 tons of hay, and we have plenty of milk to drink. I wish you had some of that milk.

ここには、数量について正確な記憶を保つ万次郎の側面があらわれている。事務的なかわいた報告ではなくて、その結びに、「あのミルクをいくらかでもあなたが飲めたらな」というような人間的な感想をくわえているところがおもしろい。このあたりは、雇い主と作男というような関係ではない。やはり、長期にわたって遠洋航海に出たことのある海の男どうしの思いやりと言えるだろう。

あなたの奥さんは、注意深く、勤勉で、尊敬すべき、良い婦人です。私は、あなたがよい奥さんをもたれたことを、うれしく思います。あなたが私のことを忘れないでほしいと思います。というのは、私はあなたのことを思い出さない日がないからです。あなたは私にとって、偉大な神様を別にすれば、地上で最高の友人です。神様が私たちすべてを祝福してくださるように、せつに祈ります。

Your wife is careful and industrious, respectful and good woman. I am glad you have a good wife. I hope you will never forget me, for I have thought about you day after day;

you are my best friend on the earth, besides the great God. I do hope the Lord bless us whole.

神は、人間にとっての友人の理想であり、その理想にてらして、万次郎にとって最良の友人はホイットフィールド船長だった。人間にとってもっともたいせつな関係は、友人としてのそれだという万次郎の思想が、ここに、紛れようもなくはっきりと表われている。ここには、漂流の思想の一つの明白な結実が示されている。

おお、私の友よ、私は少しばかりではなくいっぱい、あの男の子（船長の子）に会いたいです。あの子は、私が今までに会ったことのないような、賢くて、かわいらしい子です。お家にお帰りになったら、お家の皆さんによろしくお伝えください。私たちは、今月の一六日で、出帆してから一〇か月になります。このあとで私たちは北西にゆき、日本の琉球島にむかいます。そして安全に上陸する機会を見つけたいと望んでいます。私は、捕鯨業者がそこに来て補給をうけられるように港を開くために力をつくしたいと思います。

Oh my friend I want to see that Boy more than little, he is cunning little thing I never saw before. When you get home give my best respect to whole. We were 10 months out

16th of this mo. After this we shall go N. and westward toward the Loochoo Island
Japan and I hope to get a chance to go ashore safely. I will try to open a port for purpose
for the whaler to come there to recruit.

命の恩人で、保護者であり、主人であった人にむかって、「おお、私の友よ」と呼びかける万次郎の態度は、かれ自身のもので、そこには、世話になったアメリカ人への卑屈さがない。

すでに無人島時代に、かれは、宇佐出身の四人から軽んじられていることに腹を立てて、集めてきた食料をもう渡さないと言って、改めさせたことがあった。同じようなことが、アメリカに行ってからも起きる。

一八五〇年の秋、万次郎は、日本に帰ろうとしてホノルルでアメリカ船にのりこむが、そこで、はじめにたるやおけのこわれたのを直したりしたのがいけなかった。船長がつぎつぎにおけを持ってきて、これも直せ、あれも直せという。

万次郎は、もともとフェアヘイヴンにいたころ、おけ屋の職人のところに住みこんで仕事をおぼえたくらいだから、おけを直すことはうまかった。しかし、アメリカ人にはアジア人を低く見て、自分には命令する資格があるような顔をしてものを言う人があるが、この船長もそうだったのが許せなかった。せっかく、この船長から日本まで送ってくれるという約束を取りつけたところだったが、この申し出は断わって、さっさと船を降りてしまった。

相当に自分自身に損になるようなこの行動は、恩人のホイットフィールド船長に「おお友よ」と呼びかけた万次郎にふさわしい。万次郎が無人島とアメリカで学んだのは、人間の対等性ということだった。ホイットフィールドは、万次郎が白人にたいして卑屈にならなくてよいという信念をもつ上で、たいせつな役割をつとめた。

万次郎をフェアヘイヴンにつれてきた時、ホイットフィールドは、かれを自分の所属している教会につれていった。万次郎を、その教会の日曜学校にかよわせるためである。ところがその教会は、有色人種の少年を白人の子といっしょに教育するわけにはゆかぬと断わった。するとホイットフィールドは、すぐさまこの教会に行くのをやめてしまった。

そして、万次郎を迎えることに同意したユニテリアン派の教会に新しく入会して、次の週から万次郎をつれて通いはじめた。そこで万次郎は、デラノ家の人びととといっしょにすわって説教をきくことになり、デラノ家を通して、フランクリン・デラノ・ローズヴェルト大統領の頭の中にまで万次郎の伝説がしみわたることになったのだ。

神を偉大な友だちと考える万次郎の信仰は、このようにしてつくられた。万次郎はアメリカにいたころ教会に通っていたし、みずからジョン・マン（John Mung）と署名したりっぱな聖書をもっていたが、それは日本にむけて出発する時にホイットフィールド船長に贈っていった。日本にもどって、琉球、鹿児島を経て、長崎で奉行の取り調べをうけた時、かれは奉行の要求するとおりキリストの像を踏み、キリスト教徒ではないと言って、この関門を通りぬけた。この男はキリシタン宗になれというすすめをうけたこともなく、疑わしいことはないという証明を長崎奉行からもらって故郷の土佐に帰ってくる。この時、万次郎は、一つのうそをついたと言ってよい。ユニテリアン派のキリスト教から万次郎の学んだものは、友だちをたいせつにすべきだということ、人間はみな友だちになるべきだという信念だった。こだわらずにキリストの像を踏んだとは言え、世界じゅうの人間と対等の友だちとしてつきあってゆく志は、日本に帰ったあとも、万次郎の中に生きつづけた。

ホイットフィールドあての手紙の中で、万次郎は、捕鯨船の補給根拠地をあたえるために日本に開国をすすめたという、かれ自身の政見を述べた。これは、友人のつきあいがたいせつだという価値観とともに、万次郎の政治思想の重要な部分をなしている。コンラッドと同じく一九世紀の偉大な海の作家ハーマン・メルヴィル（一八一九—九一）は、捕鯨業が、やがて日本開国をもたらすだろうという見とおしを述べた。メルヴィルの長編小説『モービー・ディック、あるいは白鯨』（一八五一年）は、マサチューセッツ州ニュー・ベッドフォード港のあたりで語りつたえられた大クジラの話を種にした物語であり、この小説に描かれた捕鯨船員の群像は、万次郎のともに暮らした仲間の肖像であると言ってよい。万次郎がはじめてアメリカの土を踏んだのは、このニュー・ベッドフォードであり、その後暮らしたのもこの港と地つづきの町だった。メルヴィルと万次郎は、捕鯨業者として、同じ一つの世界への夢を育てていたと言える。捕鯨船が、故郷をはなれて二、三年もたち、新鮮な野菜の補給もなしに北海道から琉球までの日本列島の沖合いを走っている時に、この日本という国が、われわれにとって開かれていたなら、という思いは、メルヴィルや万次郎ならずとも、ほとんどの水夫がもったであろう。万次郎に社会思想があるとすれば、それは捕鯨という職業そのものから育った、国籍をこえて人間どうしが助け合うという思想だった。

一八四六年五月一六日、一九歳の万次郎はホイットフィールド家から離れて、フランクリン号という捕鯨船に乗りこむ。その時に、すでに別の船で航海中だったホイットフィールド船長にあてた手紙が、前に（三四ページ）引いたものである。フランクリン号の船長は、アイラ・デイヴィスと言って、もとはホイットフィールド船長のジョン・ハウランド号の乗組員だった人である。そのゆかりで、デイヴィスは、万次郎を、捕鯨船にさそったのだ。このデイヴィス船長は、二年ほどたつうちに、気が狂ってきて、刀や鉄砲で船員をおどかしたりするようになった。そこで、フィリッピンのマニラで降りてもらうことにし、そこからアメリカ領事館をとおして本国への送還をたのんだ。さて、船長なしの航海をつづけるわけにもゆかないので、投票で船長を選んだ結果、一等航海士のエイキンと万次郎とは、同点だった。そこで、一同が相談した上で、年長のエイキンを船長とし、万次郎を副船長、一等航海士とした。この時、万次郎は二一歳である。この若さで、外国人のかれが指導者に選ばれるのだから、いかに平生から仲間に信頼されていたかがわかる。

一八四九年八月末、万次郎は、フランクリン号とともにニュー・ベッドフォードに帰ってくる。三年四か月の航海でとったクジラは五〇〇、万次郎の得た分配金は三五〇ドルだった。

ひさしぶりでフェアヘイヴンのホイットフィールド家を訪れると、船長は一足さきに帰っていて、夫妻ともども喜んで万次郎を迎えてくれたが、万次郎の大好きなヘンリーは留守中に二歳二か月でなくなっていて会えなかった。

こんどの航海で万次郎の得た三五〇ドルというのは、かなりの大金である。万次郎は、アメリカの社会でゆとりをもって暮らしてゆけるだけの力を身につけたと言ってよい。しかし、アメリカに残って豊かに暮らすことは、万次郎の人生の目的とならなかった。かれは自分で金をためて、自分だけでなく自分のかつての無人島仲間全員といっしょに日本に帰る道を見つけようとした。

そのころ、アメリカの西海岸に金鉱が見つかって、ゴールド・ラッシュが起こる。これを伝え聞いた万次郎は、一八四九年一〇月にフェアヘイヴンをたち、船で働きながら、一八五〇年五月末にカリフォルニア州に達する。そしてフェアヘイヴンから同行したテレという友人とともに、サクラメントの先の山の中にはいって、はじめは飯場に一泊銀一枚という法外な宿料をはらいながら、一か月働いて二人合わせて金一八〇枚をかせいだ。その金を元手にして、道具類を買ってこんどは自前の根拠地をつくって四〇日あまり働いたところ、万次郎一人の取り分が銀六〇〇ドルと銀塊数個となった。全部を一日わりにして見ると、このカリフォルニア旅行の四か月で、一日の純益八ドルずつをかせいだことになった。ここで道具を友人のテレにわたして、万次郎は、八月初めに山を降りた。このあたりの決断はいかにも万次郎にふさわしい。

金をもうけようと思って金山にはいり、もうかり始めたら、とめどもなくそこに居つづける誘惑があるものだろう。そこにはバクチ場があって、もうけた金をさらにふやそうとして、失ってしまう者も多かった。勝ったものは勝ったもので、恨みを買って鉄砲でうち殺されることさえあったという。万次郎は金をもうけつづけようという誘惑に屈しない。あくまでも、はじめの計画にしたがってこの冒険を実行し、もう一つの重大な冒険に必要なだけの金がたまると、さっさと帰ってしまう。

一八五〇年八月なかば、万次郎は、サンフランシスコ発のエリシア号という客船に、旅費二五ドルを払って、おそらく生まれてはじめてお客となって乗り込み、一八日間の航海をへて、八月末にハワイに達した。

すぐに寅右衛門をたずね、すこし離れたところに暮らしている筆之丞・五右衛門兄弟に使者を出す。それからかつての無人島生き残り組の全体会議が再開されたが、寅右衛門はハワイの暮らしが気にいったと言って、帰りたがらない。ほかの三人だけで帰ることに話しが決まった。

万次郎は、もっていたお金を出して、捕鯨ボート一そう、羅針盤、四分儀などを買うことを提案した。これだけの準備をしておけば、親船から降りてから前のような事故がまた起こったとしても、同じような漂流をすることもなくてすむだろう。

この計画を聞いた地元のデーマン牧師は、「日本人との一時間」（フレンド紙、一八五〇年一一月一日号）、「日本への遠征」（ポリネシア紙、一八五〇年一二月一四日号）を書いて、この日本人の計画を助けることをひろく市民に呼びかけた。集まってきた資金で旅行の準備はさらに充分なものとなった。

歴史では大きく扱われていないが、この万次郎たちの帰国計画は、ペリーの浦賀渡航（一八五三年七月八日）よりも二年も前に実行されたことなのである。その帰国を助けるという事業は、ペリーの日本訪問のようにアメリカ政府の資金によってなされたものでなく、ハワイ在住の市民によってなされたものであり、その必要資金の大部分は万次郎自身が自分の働きでかせいだものなのである。ペリーの遠征が公人によってなされた公的事業であるとすれば、万次郎たちの「遠征」（expedition, デーモン牧師の言葉）は私人による私的事業であり、その歴史的意味は、ペリーに劣るものとは言えない。

万次郎たちは、捕鯨ボートを手に入れることができた。ねだんは、一二五ドル。それに「冒険号」（the Adventure）と名づけ、その名をボートのへさきにペンキで書いた。

この専用の捕鯨ボートをサラボイド号にのせて、万次郎、筆之丞、五右衛門の三人は、ホノルルを出発した。一八五一年一二月一七日のことである。

出かける前に、万次郎は、ホイットフィールド船長あてに、次のような手紙を残している。

　小さい少年のころから青年になるまで私を育ててくださったあなたの慈愛を、私はけっして忘れません。私は今まで、ご親切にこたえることを何もしたことがありません。私は今、伝蔵（筆之丞）と五右衛門といっしょに、生まれ故郷に帰ろうとしています。私のこの恩知らずのおこないは許さるべきことではありません。しかし、この変わりゆく世界からなにか善いことが起こるであろうこと、そして私たちがまた会うことができるであろうことを、私は信じます。私がお宅に残してきたお金と衣類は有用な目的のために使ってください。私の書物と文房具類は、私の友だちにわけてください。

ジョン・マン

I never forget your benevolence to bring me up from a small boy to manhood. I have done nothing for your kindness till now. Now I am going to return with Denzo and Goemon to native country. My wrong doing is not to be excused but I believe good will come out of this changing world, and that we will meet again. The gold and silver I left and also my clothing please use for useful purposes. My books and stationery please divide among my friends.

John Mung

船が琉球まで来た時、万次郎は、ハワイに残った寅右衛門に手紙を書き、自分たちと同じかたで日本に帰ることをすすめる。この手紙をサラボイド号のホイットモア船長に託して、万次郎は、筆之丞、五右衛門とともに「冒険号」に乗りうつる。親船は西北の方角に走り去った。万次郎たちはオールをこいで沖縄本島の南端、摩文仁《まぶに》の沖に達し、夜のあけるのを待って、上陸した。一八五一年二月三日のことである。

島の人たちは快く迎えてくれたが、役人の手にわたってから、出入国の禁を犯したという罪に問われて琉球、薩摩、長崎で合計一年半にわたる取り調べをうけた。牢獄の生活も八か月に及んだ。そのあげく、ボートはもちろんのこと、万次郎が母親のためにと思って買いととのえたみやげものなどは、すべて政府に取りあげられ、万次郎たちは一八五二年八月二五日になってようやく土佐に帰ることができた。宇佐の港を出てから一一年ぶりのことである。それぞれの家のゆかりの寺に、自分のお墓がたっていた。万次郎の母、汐《しお》はこの時五九歳。彼女は一八七九年、八六歳になるまで元気でいた。

なぜ万次郎は、日本に帰ってきたのか。

ことばのよく通じない外国にとどまることの不安からというのは、万次郎の場合にはあてはまらない。アメリカ滞在のあいだにかれはすっかり日本語を忘れてしまい、フランクリン号で航海中に仙台の日本人と小舟どうしで海上で出会った時にも、ビスケットを相手にわたして、そのお礼に魚をもらうのが精いっぱいで、ほとんど何も話などできなかった。

一八六〇年五月二日のホイットフィールドあての手紙に書いているように、母親に会いたかったということは、たしかだ。

「(ホイットモア)船長は私に船にとどまって中国までいっしょに行くようにと言いましたが、私はその申し出を断わりました。私は母に会いたかったからです。」

万次郎には、国家とか政府とかいう考え方はほとんどなく、国民の義務として日本に帰るべきだなどという主張は見られない。母に会いたいということ、苦労をともにして来た土佐の仲間の漁師とともに故郷に帰りたいということが、彼の帰国の動機だ。万次郎が「くに」(country)という時、それは、日本の国家とか政府をさすものでなく、故郷でともに暮らした人びとをさすものと言える。万次郎にとって漂流は偶然のできごとであるが、帰国は長い年月をかけて準備した上で入牢を覚悟しておこなわれた意志的行動である。その行動をささえた思想は、愛郷心だと言えると思う。

万次郎は、このころの日本人としてただ一人、捕鯨船にのって世界一周したという経験をもっている。海の立場から、世界全体を見ることができた。愛郷心をもってはいるが、同時に、世界のさまざまなところにおなじような愛郷心をもつ人びとが住んでおり、その人たちと親しくしてゆけるという実感をもっていた。この点で、ヨーロッパと北アメリカの陸上の文化をおもに見に行った幕末の留学生、明治の留学生と万次郎とでは、体験の質がちがう。

伊藤博文《ひろぶみ》、井上馨《かおる》、森有礼《ありのり》、井上勝《まさる》、渋沢栄一《しぶさわえいいち》らは、ヨーロッパやアメリカにわたって、国家内の制度をならった。明治維新後の、大山巌《いわお》、金子堅太郎《けんたろう》、山本権兵衛《ごんのひょうえ》、東郷平八郎《とうごうへいはちろう》にしてもそうである。新島襄《にいじまじょう》や、福沢諭吉《ゆきち》の場合、国家内部のことにだけ目をむけたということはないが、それでも陸上のことをおもに見たという点では万次郎とちがう。これらの人びとは、日本に、法律、銀行、陸軍、海軍、鉄道、新聞、学校などをもたらした。

万次郎は、地位こそ幕府直参となり、海軍教授所教授となり、また明治維新後は開成学校（のちの東大）教授となったが、通訳と翻訳の仕事以外には用いられることがなかった。少年時代から青年時代にかけて、異国人の間にあってのかれのめざましい活動を思い合わせるならば、これは、徳川幕府と明治政府とは万次郎の見識と能力とを生かすことなく終わったということではないだろうか。

万次郎の漂流そのものが、日本国家の歴史からはみ出すできごとだったが、帰国後の万次郎の生涯も、明治維新前と維新以後とを問わず、日本の国家の制度から見れば、はみ出した一人の人間の生涯であった。万次郎が漂流によって得た思想は、明治以後の日本の社会には生かされることがなかった。

日本に帰ってきてからの万次郎の足どりをたどってみよう。

一八五二年一一月、土佐藩、高知城下の教授館につとめた。この時から、漁師ではなく、武士の身分に変わったことになる。

一八五三年、江戸（いまの東京）に呼ばれ、幕府の直参となった。

一八五四年、剣術師範、団野源之進《だんのげんのしん》の二女、鉄《てつ》（一六歳）と結婚、家庭にパン焼きガマをつくり、パンを焼いた。

一八五七年、軍艦教授所の教授となる。E・C・ブランター著『実践的航海者』（E. C. Branter, *The practical Navigator*）の翻訳を完成。筆で書いた訳本二〇部をつくった。この仕事は、日本人にとって、航海術の案内書となり非常に役にたったもので、万次郎のもっとも大きな仕事となった。

一八五九年、幕府の命により小笠原近海の捕鯨に出帆。第一回は暴風にあって失敗。再起を計ろうとするうちに、幕府の訪米使節を送る仕事の準備をすることになり、この仕事からはなれてしまった。万次郎としては、本格的な仕事のコースからそれたことになる。

同じ年に、『英米対話捷径《しょうけい》』という木版八〇ページの本を書いた。英語会話の速成教授法である。

一八六〇年、日米修好通商条約批准書の交換がワシントンでおこなわれるため、幕府はアメリカの軍艦ポーハタン号で使節をおくることにした。この正使節の護衛に、日本人が操縦する咸臨丸《かんりんまる》があたった。船長は勝麟太郎《かつりんたろう》、乗組員の主席は軍艦奉行の木村摂津《せっつの》守《かみ》だった。この船には、アメリカの海軍軍人が数名、補助のために乗り込んでいた。航海中、アメリカの水兵と日本人の事務官とのあいだにけんかが起こったりしたが、このような対立を解消するためには、万次郎の働きが必要とされた。咸臨丸は二月一〇日、浦賀を出帆、六月二四日品川沖に帰ってきた。

一八六一年、小笠原島の開拓調査に行った。この仕事も、政情不安のために、みのらない。

一八六二年、妻鉄、病死。その後、熊本県の医師の妹、琴《こと》と再婚したが離別。この年の一二月、一番丸の船長となって小笠原近海でクジラをとった。出資者は越後の地主、平野廉蔵《れんぞう》。

この時に、万次郎の思想をあらわす事件が起きている。

一番丸が小笠原の兄島で外国人の水夫を六人雇い入れたところ、その中に、イギリス人ウィリアム・スミスという者がいて、仲間のものを盗むので困った。このスミスは、父島に住んでいたジョージ・ボーウィン、ジョーンとつれだって、三人でボートに乗って一番丸に来た。かれらはピストルを持っており、スミスが借金の抵当として一番丸の乗組員にあずけてあった品物を奪いとりに来たもので、それを妨害された時にはピストルを撃つつもりだったということがわかった。

船長の万次郎は、父島の外国人一三人に、ボーウィンがふだんから乱暴者であるので出ていってほしいという署名入りの証明書を書いてもらい、またスミスに物を盗まれた一番丸の外国人水夫にも被害の証明書を書いてもらって、イギリス領事にこの二人を引き渡した。この事件は、日本人がヨーロッパ人やアメリカ人を逮捕した最初の事件だと言われており、万次郎がヨーロッパ人やアメリカ人にたいして平等感をもって対したことを示している。

一八六二年には、神奈川県の生麦《なまむぎ》で、イギリス人が薩摩藩の大名行列の前を横ぎろうとして藩士に切り殺されるという生麦事件が起こり、翌年これにたいしてイギリスが戦争を薩摩藩にしかけて来た。そのほとぼりのさめていないころだったから、幕府がヨーロッパ人やアメリカ人を恐れることはたいへんなものだった。この時勢にあって万次郎が卑屈さなくイギリス人の乱暴者に対したことは、時代をぬきんでた行動と言える。

一八六九年、明治政府は、万次郎を開成学校教授に任命した。

一八七〇年九月二四日、ヨーロッパ視察のために横浜を出帆した。アメリカを通る時に、ホイットフィールド船長の一家とひさしぶりに会った。

一八七一年、帰国。

一八七九年、母の汐が病死、八六歳。

一八八六年、ホイットフィールド船長病死。八二歳。

一八九八年、東京の京橋弓町《きょうばしゆみちょう》にある長男の家で脳溢血のため死亡。墓は、豊島区南池袋の雑司《ぞうし》が谷《や》霊園にある。

万次郎が帰国してからおよそ二〇種類ほどの聞き書きの書物があらわされて、万次郎は好奇心の対象となった。その書物の一つ『漂米紀聞《ひょうべいきぶん》』は次のような逸話を伝えている。

江戸に出てから万次郎は、いろいろの大名のところにつれていかれて、アメリカのことについて聞かれた。ある大名は居間にある一つ一つのものをさして、

「この鉄びんのことは、アメリカでは何と申すか」

とか、

「火ばしは、何というのか」

などと、こまかいことを聞く。鉄びんや火ばしは、アメリカにはないから、そんなものの名まえなどあるはずがない。しかし、その事情を説明してもわかってくれそうもないので、

「鉄びんは、テツビン、火ばしはヒバシと申します」

などと、いいかげんに答えていた。

ある日、幕府の高官、勝麟太郎のところに招かれて、アメリカのようすを聞かれた。万次郎は、いつものように、

「日本とそれほど変わったことはありません」

などと他の高官にたいするようにいいかげんに答えていた。勝は、

「それはそうだろうが、変わったことが何もないというわけではなかろう。それを私に

聞かせてくれないか」
と言う。そこで万次郎は、態度をあらためて、
「それなら、一つ、あなたに聞いてほしいことがあります。あの国では、高い地位につ
いたものは、いよいよ賢く考えようとし、ふるまいはいよいよりっぱになります。この
ところが日本と違います」
と答えたので、勝は感心したという。
　この逸話は、実話であるかどうかわからないけれども、なぜ万次郎が、徳川時代だけ
でなく明治維新後の日本でもはみだした存在となったかが、ここにあらわれている。

暗黙の前提一束

私がふだん思っていることから書きはじめたい。

いつもきわめて折目正しく、嘘をついてはいけないなどと言い、またあまり嘘をついたりしないでつきあってもらっているような知り合いの人びと(日本人)が、そのまま、日本の政府がきめたとなると日本政府のつく嘘を追及せずに日本人を守るためと言ってものすごい力をだして戦争にせいをだすのはどういうことか。一九三〇年代、実はその少し前から、私の中にある問題は、そういうもので、以来ほとんど五十年間、私の中に住みつづけている。

こういう問題を自分の中にもつということが、私を、まわりの人からへだてており、自分のうまれた家でもすわりごこちは悪かったし、今でも、親類や同窓会や旧職場の会などに出る(なるべく出ないようにしているが)と、具合がわるい。

この自分の中の重大な問題は、いろんなちがう形をとって、あらわれるのだが、たとえば日本という国は、日本人だけが住んでいるところだという暗黙の前提。(これは、おおまかに言えば、事実としてはある程度はあたっている。）そこから少しずれて、しかもなめらかに移行して、この日本の国は、日本人だけが住んでいるべきところだという判断。（これは価値判断であって、これをうけいれるとすると、排外主義をうけいれることになり、私たち日本人の今よりどころとしている倫理と法感覚と対立することになる。）ところが、なんとなく、この国には日本人だけが住んでおり、この国は日本人だけが本来住んでいるべきところなのだという判断がわれわれの間にひろくあるのだ。こういう感覚をいったんうけいれてしまうと、そこからは、十五年戦争の時代とおなじように、日本人の間ではおたがいに助け合うことが正しいとしても、外に対してはどんなことをしてもよいのだという暗黙の前提へと、ただちに移ってゆくことになると思う。そういう不安から、敗戦後三十年以上たっても、私は自由になることがない。日常生活の中で、そういう暗黙の前提にくりかえしふれることがあるからだ。

いつのことだったか、新聞に、日本人の主婦から、在日朝鮮人への反論として、「差別がいやだったら国へお帰りになったらいいのです」と書いた投書が出ていた。そういう感覚は、この投書を敢て新聞に送った積極的な主婦にあるだけでなく、もっと消極的な多くの日本人の中に暗黙の前提としてあると思う。それは、なぜ六十万人の在日朝鮮人がこの国にいるかという日本史の事実をまっすぐにとらえることのできないためにあらわれた判断であり、日本人が日本についてもっている知識の不足のためにあらわれた判断である。

かつて日本が朝鮮という国をとったこと。その後、朝鮮人の土地をだましとり、そのために安い労賃ではたらく他なくなった朝鮮人が日本に流れて来たこと。戦争中は、強制的に朝鮮人を日本につれてきて炭坑その他のきびしい労働をおしつけたこと。日本が戦争に負けると、そのあとにソヴィエト・ロシアとアメリカ合州国による朝鮮分割統治がはじまったこと。その分断された一方の国に帰りたくないものは、日本にとどまる他ないということ。そして、この分断ということについて、日本、ソヴィエト、米国が責任をもつもので、朝鮮人が（そして在日朝鮮人が）責任をもつものではないこと。それらのことが、日本人が日本についてもつべき当然の知識として、私たちの頭に入っていない。

日本語についての私たちの感覚についても、おなじようなことが言える。日本語とは、日本人が話す言葉だという判断。（これは事実として言えば、だいたいあたっている。）そこからすこしずらして、日本語は日本人だけが使う言葉としてあるという判断。（ここでは価値判断になっており、またもや排外主義がそこに入りこんでいる。）このようになめらかにずれてゆくところに、日本語→国語（国家の言語）→政府語（今の日本政府がその使用規準をきめる言葉）という混同があらわれてくる。

日本人の長年使ってきた言葉だとはいえ、日本語も、人間の言語である以上、そこには日本人以外の人も入って来てともに使える余地があるはずだし、ともに使うことによって新しくあらわれてくる可能性もあるはずだ。そういう側面をきりおとしてなりたっているところに、日本語の貧しさがあるし、日本語の狭さもある。日本語を使っていると、日本人の生活習慣の中にとりこまれてしまう感じ。そして今の日本政府のやりかたをうけいれてしまう他ないような心理状態にならされてしまう感じ。そういう感じは、英語にはない。フランス語にも、ドイツ語にもスペイン語にも、オランダ語にも中国語にもないだろうし、マライ語にも、ないと思う。今ここであげたのは、いくらか私の知っている言葉だけを思いうかべて書いたので、他の言葉では、日本語のように、一つの人格と一つの国家、そして現政府と密着している言語はあるかもしれない。世界で日本だけが特殊ということもないだろうから、日本語とよく似た性格をせおわされている言語はあるだろうけれど、私は、思いつくことができない。

私がうまれたのは、一九二二年で、小学校二年生の時が長い戦争時代の始まりだった。そのころから、私は、日本人にうまれて日本語を使っているからには日本政府の命令に無条件で従わなくてはならぬという暗黙の前提をせおってくらした。その暗黙の前提が、一九四五年の敗戦以後も、この日本の国の中ではうちくだかれていない。それが気になるのだ。

その気がかりは、おなじ国の中で生きる在日朝鮮人にとっては、さらに激烈なものであるだろう。

まずはじめに、この国は日本人だけが住んでいるべきところだという判断は、どのように在日朝鮮人にうけとられるだろうか。そのひとりとして、金石範は、次のように書く。

「しかしそれでも、ここは日本の国だから出ていきなさいと、すべての日本人の総意としていわれれば、出ていくしかないだろう。何十年にわたる生活基盤を持った日本から、まるで日本の昔話の浦島太郎のような恰好でしか踏むことのできぬ、その祖国の土地へ帰れといわれても、しかし帰るしかないということだ。そこには二、三世たちの人間としての存在理由のようなものが、深刻にからみこんでくる。それだけに、在日朝鮮人の日本在住の根拠は、人間の存在の深部にかかわるまさしくデリケートな倫理性を帯びるものといえるだろう。

その意味では、日本から出ていけといわれれば、在日朝鮮人は居坐るためのリクツを考えるべきではないと私は考えるのだ。リクツは歴史的な時間に支えられた、そのときの彼に迫ってくるきわめて現実的な状況が自らつくりだすものだろう。日本に住み、住みつづけてきたという事実性はあらゆる論理に先行する。在日朝鮮人は一定の目的を持ってやってきて、それが果されれば帰るという、自らの意思において生活を左右できる存在ではなかった。地を這う虫のように生き、そしていつのまにか、雑草のように日本に根づいてしまったのである。だから、日本に住みつづける特別の論理的根拠はない。生活の根拠だけがある。しかも、その精神は民族的なものを核に自立しようとして飛翔する。そして、その自立しようとする精神がはじめて、日本在住の理由、というよりも、その意味をたしかめることができるのである。」（金石範「ことば、普遍への架橋をするもの」『群像』一九七二年十二月号、『民族・ことば・文学』創樹社、一九七六年所収）

日本語に対しても、在日朝鮮人は、これによって考えまた書きながらも、これにとらえられまいと努力する。日本にうまれついて、ここに育って来た人が多いために、もっとも自由に使える言語は日本語であり、その日本語で考えながらも、日本語に身をまかせると言葉をとおして朝鮮人にたいする差別感までもが自分にのりうつってくるという難しい状況がここにある。朝鮮人ならば朝鮮語で書くべきだという理想型の提出ではかたづかない問題がここにある。自分をしばりつけている日本語そのものを使って、日本語のせまさを越えなくてはならない。この仕事は、本来、日本人自身がせおっている問題なのだが、日本人のこれまでの（おそらく古代以来の）くらしの中では、切実な形でわれわれにつきつけられてはこなかった。しかし、この問題はいつも、われわれ自身とともにあり、満州事変以後の侵略戦争の中で、歯どめなくわれわれを、日本人中心の思想にまきこんでいった。在日朝鮮人の文学は、金石範によれば日本語文学ではあっても、日本文学の一部ではないそうだが、しかし、日本人の文学が本来自分の課題としなくてはいけないものを正面に見すえているという意味では、日本人の文学（日本文学と言いかえてもよい）にたいして、他者の使う日本語としてはたらきかける力をもっている。

日本文学が世界文学の一部として自分を見出すための触媒であると言うことができるし、在日朝鮮人文学はそういうものとしてつくられつつある世界文学の活力ある部分をなしている。

話をもとにもどすと、日本人に対する私の恐怖は、戦争体験に根をもっている。それは、在日朝鮮人の日本についてもっている感覚と一点において交叉する。一九四五年の敗戦と米軍による占領という形で日本の侵略戦争は終ったけれども、その後も、日本人は侵略の潜在形を保ちつづけているという認識においてである。

侵略戦争をすすめた指導者層をそのまま今も保っているということでもあきらかだが、そういう狭い意味での政治に属することだけでなく、日本語に対する感覚、日本人と非日本人との区別など、さまざまの日常生活の領域において、侵略の姿勢は潜在形で保たれている。そういうものに行きあたると、この戦後の平和の中で、無気味な感じがよみがえってくる。

在日朝鮮人は、日本に住み、日本語によって考えながら、朝鮮人としてのみずからの解放をめざす。この土地に住む日本人としての私たちが同じ目的にむかって自分の日常をつがえてゆくということは言えない。しかし、この日本の土地で、朝鮮の文化を保ち、朝鮮人としての自己の解放をめざす人びととともに住めるような社会をつくることが、私たちが日本人としてめざす目標であると思う。

都会の夢

「どんたく」ということばに、私はこどものころ読んだ夢野久作の小説『犬神博士』（一九三一年新聞連載、一九三六年出版）の中ではじめて出会った。

乞食芸人夫婦に拾われて、その門付《かどづけ》の芸をたすける男の子（七歳）が主人公で、その子が教えられるままに「アネサンマチマチ」というわいせつな踊りを福岡市の中洲で踊った。投げ銭をもらっているところを髯《ひげ》巡査につかまり、警察にひきたてられるが、侠気ある芸者（トンボ姐《ねえ》さん）が身許をひきうけ、許されて料亭につれてゆかれる。ちょうどその料亭では知事をまんなかにして大宴会がひらかれており、こどもは余興ということで宴会に呼び出される。

そこで、乞食の子が県知事を前にして一歩もゆずらぬ問答があった上で、別室で飯を食べさしてもらい、酒も飲まされて急に元気百倍。公式の宴会が夜もふけて無礼講になったところに飛びこんでゆく。

吾輩《わがはい》が襖《ふすま》の間から顔を差し出すとほとんど同時に眼の前を火のような真赤なものが横切ったので、ビックリした。慌《あわ》てて首を引っこめながら、よくよく見ると、それは緋《ひ》縮緬《ちりめん》の長襦袢《ながじゆばん》の前褄《まえづま》を高々と取った髯巡査で、これを青い長襦袢を引きずったトンボ姐さんと手に手を取って達磨《だるま》の道行きみたいなものを踊っているところであった。

その横手で手拭《てぬぐい》を姉さん冠《かぶ》りにした署長さんがペコンペコンと三味線を弾《ひ》いているが、ドウモうまくゆかないらしく、水ッ洟《ばな》をコスリ上げては天神鬚《てんじんひげ》をシゴイているが、何べんシゴイてもうまく弾けないらしい。

それと向い合った縁側のまん中には大友親分が、昇り竜降《くだ》り竜の黒雲と火焔を丸出しにした双肌脱《もろはだぬ》ぎの向う鉢巻で、署長さんの三味線にかまわず両手をたたいて大きな声で歌を唄っている。

「達磨さんえい。達磨さんえい。赤いおべべは誰《た》がくれたア。どこのドンショの誰がくれたア」

「ヨイヨイ」

と芸者が一斉《いっせい》に手をたたきながら共鳴した。署長の三味線も何もどこかへフッ飛んでしまうくらいスバラシイ景気である。そのさなかで髯巡査が胴間声を張り上げながらドタンドタンと踊り上った。

「これは天竺《てんじく》。色町横町の。オイラン菩薩《ぼさつ》の赤ゆもじ」

「ヨイヨイ」

吾輩は髯巡査の踊りの要領を得ているのに感心してしまった。赤い長襦袢から、毛ムクジャラの手足を、煙花線香《はなびせんこう》みたいに突き出して跳ねまわるのだから、チョット見には非常に乱暴な、武骨な踊りのようであるが、その中に言いしれぬ風雅な趣きと愛嬌がある。それがその据《す》わりのいい腰付きに原因していることを発見したので子供ながらモウ一度感心しながら見惚《みと》れていた。

乞食芸人も、芸者たちも、やくざの親分も、知事も、署長も、巡査も、とらえるものも、とらわれるものも、一堂に会してその時かぎり、別の役柄になりきって宴会のうねりに身をまかせる。古式どおりの無礼講である。やがて一座は立ちあがって広間をまわりはじめる。

ところがまたそのうちに誰かが「ドンタクドンタク」と怒鳴《どな》り立てると聞くより早く皆総立ちになって、茶碗やお皿をたたいて、座敷をグルグルまわりはじめた。それを見ると吾輩もメチャクチャに愉快になったので、大いに大人《おとな》と張り合う気で、お縁側に置きっ放しになっていたお櫃《ひつ》の中から杓子《しゃくし》を二本抜き出して、御飯粒をスッカリ嘗《な》め剝《は》がして、ビシャリビシャリと叩き合わせながら、その行列に参加した……するとその杓子の音が非常に効果的だったらしく、台所から新しい杓子が十数本徴発されてきたのを、男連中が奪い合うようにして、われもわれもとタタキはじめた。……そのまま吾輩を先頭にして男連中が先に立って、そのうしろから芸者が三味線を弾き弾き従《つ》いて来る。その一番うしろから男親〔乞食芸人、主人公の養父〕が、鼓《つづみ》をタタキタタキ奇妙なかけ声を連発して来るといったようなわけで、都合二十人近い同勢が中二階を練り出して、広い料理屋中を、ぐるぐるとドンタクリはじめた。

舞台の設定は明治十年代で、玄洋社設立のころだから、幕末の変革のほとぼりがまだ九州人にのこっており、形式ばった宴会がやがて無礼講になるという、これまた一つの公式がのこっていた。たとえ官吏が参加していても、会の中心には、それを動かすものとしての民魂の動きがあることを期待した。というよりも、そう期待したいというのが、この小説の作者夢野久作の考えだった。

『犬神博士』執筆の少し前の一九二八年（昭和三年）の日記に、久作は書いた。

九月二日　日曜
これからの日本に必要なものは、英雄でもなければ、学者でもない。志士でもなければ豚でもない。何でも無い只の人間である。
その只の人間を殖《ふ》やして、あらゆる狡猾《こうかつ》、卑屈と、無用な議論とを圧伏して、天子様と人民だけにしてしまへば、よろしいのである。
（杉山龍丸編『夢野久作の日記』葦書房、一九七六年。以下同）

天皇をこの土地に住むただの人のたばね役としてとらえ、民族自立の象徴としてとらえて、そのまわりの華族、高官、位階勲等、階級制度の一切をみとめないというのが夢野久作の考え方であり、その夢を託するものとして福岡市の「どんたく」があった。『犬神博士』執筆直前のころには、どんたくに出かけ、参加している（一九二九年）。

四月二十九日　月曜
出福。原稿書きに夢中になり、十一時の汽車に乗り遅れ、八百重に二時間ひるね。ドンタク前にて稽古〔註・謡曲〕四人。笹に短冊結び。夜十二時迄、原稿書き。三六、工合よろし（松風）君子、清子へうたひ。

四月三十日　火曜
ドンタクにて雨。
庄林君、稽固場に来り、色々うたふ。夜、松風けいこ。
ドンタク、権藤の座しきに上りこみ騒ぐ。

次の年の一九三〇年（昭和五年）を見ると――

四月三十日　水曜
出福。ドンタク。栗のさんに山の事話す。上坂せむといふ。気の毒。江浦（浜の町）にゆく。稽固なし。庄林にゆき、番組催促。

五月一日　木曜
ドンタク、午后、小雨寒し。
稽固能の地謡合せ。江浦けふも稽固休み。

このあとの日記にはなくなった部分があり、死の直前の一九三五年（昭和十年）に、

五月一日　水曜
二三日風強し。花散り埃立ち空青く野青し。つめたき風吹き清爽に過ぎ襟巻後逸す。
ドンタク二日目北西の風。

とある。どんたくの日にもうたいのけいこをつけているところからうかがえるように、夢野久作は、喜多流の謡曲をならい、能に通じていた。現存する日記の最後のページに

近く、一九三五年十一月二十四日（日曜）の記事に「喜多でお能。大蛇。三井寺。乱。〔喜多〕六平太先生の乱を見て胸が一パイになり立上るのがイヤになる。一生涯か丶つても六平太先生の乱ほどの探偵小説は書けず」とある。能とどんたくが並行して記され、むしろ能の母体である雑芸能の様式が、夢野久作の創作の方法をはぐくむものとなった。どんたくは、夢野久作にとって、その夢を託する行事であり、その創作の方法をさぐる場所であった。

その夢野久作はすでに一九三六年になくなり、創作五十周年記念の会が七六年七月十四日に福岡で開かれた。久作の長男杉山龍丸氏にまねかれてその会に出かけたのを機縁に、偶然、その夜から翌日の朝にかけておこなわれる、櫛田《くしだ》神社の夏祭を見せてもらった。

この祭りは、祇園山笠《ぎおんやまがさ》と呼ばれ、博多（福岡市）の町民をまきこむ、雄大な祭りである。市内ではいたるところに、白のしめこみを裸の尻にくいこむようにきつくしめて、尻はむきだし、上半身にはっぴをきた青年がつれだって歩いており、他所者《よそもの》には異様な光景だった。

祇園山笠の夏祭のつづく七月一日から十五日までの十五日間は、しめこみにはっぴのこの姿で町に出ると、天下御免なのだそうだ。映画館はタダ。飲み屋ならば、飲みしろはタダ。それを許さぬような店は、以後のけものにされるという。ただ、青年の側の自主規制として、この十五日の間、男女のまじわりをつつしむことになっており、そのつもったもののはじける時が、夏祭の最後の行事としてあらわれる追い山である。宵のうちから、続々と人びとは櫛田神社の境内にあつまる。見物席がまわりに設けられており、夜十時にはもういっぱいになり、人びとはじっと辛抱して、翌日の午前三時に祭りがはじまるまですわったり、うずくまったり、立ったりして待っている。

午前四時五十九分。この時から次々に、市内各所に祭りの間じゅうたててあったかざり山が櫛田神社境内に到着し、一つ一つ紹介されて、太鼓の音とともに、境内中央をひきまわされ、その櫛田入りにさだめられた道を走るのにかかった時間が三十九秒とか四十秒というふうに読みあげられる。

千代流れ、土居流れ、大黒流れ、西流れ、東流れ、というふうに名前がついていて、それぞれ何かのおみこしの下に丸太棒を何本もつきとおして七百五十キロにもなる重さを、二十八人の白しめこみにはっぴの各町内の若衆がかつぎ、速さくらべに町内の名誉をかける。

暑いまっただなかに力を出してかけぬけるのだから大変な熱気で、それに両側から店の人が水をかけるので、湯気が立っている。二十八人のティームは、櫛田入りを終えてからさらに五キロの力走のつぎめつぎめで入れ替わるので、それぞれのみこしの走るうしろに、予備軍がついている。見物人の中には一歳くらいの子を肩車にしてかついでいる若い父親もいた。このこどもの眼から見た福岡のくらしが、夢野久作の物語の原型なのだろう。

櫛田神社を始点とする五キロの競走を終えると、今度はうってかわったのどかな気分で、それぞれの流れ山笠が市内を一巡して、もとの町内に帰る。町の所々に、かつがないほうの大きなかざりものの山笠がおいてあり、それぞれが曼荼羅《まんだら》の形をしており、櫛田神社裏にあったのは、頂点に常磐御前、そのそばに烏天狗、その下に牛若丸、またその下に弁慶という図柄で、常磐御前の母親としてのやさしいまなざしが牛若丸その他の活動の全体を照らしている。恩愛のきずなを中心につくられた世界像である。明治の末までは五十尺ものこういう山笠をそのままかついだものだそうだが、電線がはりめぐらされてから、その下を通り抜けられるように、かつぐほうの流れ山笠が別に工夫されたのだそうだ。

白しめこみの若い男たちが中心とはいえ、彼らが自由に市中を歩きまわるためには町全体の協力がなくてはならず、これほどに一つの都会が祭りの気分にひたるというのは、私にはめずらしかった。あとになって長谷川法世の長編漫画『博多っ子純情』（双葉社、一九七七年）を読むと、「博多の男は、山笠をかついで一人前になる――六平十四才の夏」とあり、山笠が博多そだちの少年の成長に重大な役割を果していることがわかった。

そこで、もう一つの祭り、どんたくにも来てみたいと思って、昨年（一九七七年）五月三日、四日の両日にまた福岡に来た。

どんたくは、もとは年のはじめに博多商人が福岡城に新春の年賀を申すために出かける「松ばやし」という四百年来の行事から来たもので、この点で、本来の万歳とよく似た性格である。その「松ばやし」の中の、仮装して練り歩く「風流《ふりゅう》」と呼ばれる部分が、さらにその時その時の流行風俗から多種多様の趣向をかりて、その名も、近くの長崎まで来るオランダ人の休日の呼び名「ゾンターク」をなまって「どんたく」と改め、五月はじめの、町をあげての祭りとなった。

その年の博多どんたく案内図によると、市中に二十四カ所のどんたく舞台が設けられ、そのうち十四カ所ほどを私は見ることができた。

スポーツ・センターが中央本舞台で、地下街どんたく広場というのもあり、道がせきとめられて、まんなかに舞台がつくってあるところもあり、川の上につき出すようにもある。「博多舟」と大書した水上舞台があって、それを対岸から見るようになっているところもある。デパートの屋上に舞台があって、屋上にいたるまでの各階をエスカレーターでのぼってゆくと、「大安売で三割引」とか、「いつもの二倍買いなさい」とか、「電球のつかみどり」などという幕が出ている。町が一つの劇場、というよりむしろ、ばらばらにいくつもの舞台があって、しかもそれらがつながって一つの劇場になっており、まずどこに行ってそのあとどこに行くか、その組合せを、歩行者各自のえらぶにまかせるところに、不規則性と自由がある。

道端に立って見ていると、仮装の原点とも言うべき松ばやしが、かなりもったいをつけて通ってゆく。無形文化財松ばやし保存会の人びとによって演じられ、大黒は打出の小槌《こづち》をもって馬にまたがり、布袋《ほてい》に寿《じゅ》老人と続く。七福神をかたどったものだそうで、煮しめたような色の面もあり、それぞれ相当に古いものなのだろう。あとで見た『筑前名所図会』の、江戸時代の松ばやしとおもむきは似ており、これは古式を忠実に守っている唯一つの部分である。

「風流《ふりゅう》」ということばはもともと思いつきという意味だそうで、その中にはどうかわってもいいという即興性があり、年々目先をかえてゆくところに特色があるので、ウルトラマンの大きなハリボテが出たり、ピンク・レディーそっくりの一大部隊がそのあとにつづくのは、風流本来の面目であろう。

この祭りの規則は簡単で、官僚的統制の色あいが薄い。

どんたくへの参加は原則として自由です。一人で飛入りされても結構です。日頃、練習された唄や踊りを市民の皆さんへ披露する、年に一度の無礼講がどんたくと解釈して頂いて自由にご参加下さい。

（博多どんたく案内図のちらし）

いろいろの仮装がある中で、ゆかたにしゃもじ二つもってというのが一種の制服になっていて、それで町内の一隊ができて行進してゆく。しゃもじ二本をたたきあわせて調子をとるというのは、いつ始まったものか。ともかく、祇園山笠が男中心の祭りであるのに対して、どんたくは女中心、それも年輩の主婦中心の祭りであるということを示している。

昔、夕食を仕度中の商家の前をどんたくばやしが通りかかったところ、その店のおかみさんが家事をほうり出して、おしゃもじをたたきあわせて行列に加わったという言いつたえである。

練り歩く行列のうたう唄は、「ぼんち可愛やねんねしな」という古い形から、もっと新式になって、「もうしもうし。床やさん、かみをハイカラにつんでおくれ、うしろ短く前長く、なるべくべっぴんさんが好くように」とかわり、この「もうしもうし○○やさん」の替え唄が次々に新しくつくられてゆく。

福岡市の人口は百万である。こんなに大きい都市なのに、それほど難しい規制をつくらなくても、無秩序ななりに一種の自主的な秩序ができてゆくのは、周辺の農村の部落自治の気風がここにうけつがれているからで、都会の夜に今も農村の自治が姿をかえて息づいているのだろう。このような無礼講が、祭りの終った後にも、日常生活の底流としていつもしまってあるものとして、夢野久作は、社会生活の理想を考えていたのだろう。福岡は今もなおその面影をとどめている。京都・大阪・東京も、明治・大正・昭和のはじめまでは、いくらかはそういう性格をもっていたのだろう。

一日目の人出は百四十万人ということで、人口百万の福岡市にとっては大変なにぎわいだった。二日目には雨がふった。それで二日あわせて延べ二百五十万人の人出という目標には達しなかったが、どんたくには雨がつきものという言いつたえがあるそうで、平気で行列をつづけた。どんたくの〝本流〟松ばやし隊は、かみしもの肩衣《かたぎぬ》に、たっつけ・ぞうりで、今はお城に年賀というわけにはいかず、知事公舎、警察署、銀行、デパート、放送局に向かう。これが現代のお城なのだろう。市電が二年前に廃止になったので、二千個の六十ワット電球をちりばめた花自動車が三台走りまわった。昔は家がみな低かったから、外を練り歩いても三味線と太鼓がよくひびいたが、今では高いビルの谷間で、ブラスバンドなどがまざってちょうどいいくらいのにぎやかさだ。

かつては商家がみな二階を開放してどんたく組の来るにまかせ、無礼講になった。全体として言えば、どんたく隊（旧松ばやし）は年賀の形をかりて、黒田藩にたいする無礼講を演出した。このどんたく隊全体の形は、その一部である二人一組、あるいは一人だけで演ずる俄《にわか》の形とおなじ構造をもっている。俄は、特別の個人の創意からうまれたものでなく、もしそうだとすれば次から次へとこんなにわき出てくるはずもないし、何百年もうけつがれるはずもなく、どんたくの祭りに参加する人びとの気組みから自然にわいて出るものだ。仮装をしてこの祭りに加わる人びとのおたがいのやりとりが、日常生活での役割をぬぎすてて、仮面にのっとっての自由なやりとりになっている。

俄は、紙でつくった半面《はんめん》をつけて、舞台に立って演じるものだが、すじがきはどうでもよく、ともかく終りにおちがあればよい。

デパート屋上で深川良造という老人の演じた俄は、デパートらしく買物にちなんでいた。

「おとうさん、うちに鯉をかいたいな」

「いけない（池ない）」

「あなた、あたしハンドバッグがほしかけん、こうて。どんなんがよかろう？」

「皮ん（買わん）がよか」


博多川水上舞台では、福岡工業高校の生徒がやはり半面をかぶって、いれかわりたちかわり出演する。


「あすこを見ろ、エンピツが歩いているよ」

「どんなふうに」

「トンボトンボ（とぼとぼ）歩いている」（トンボ鉛筆）

「おかあさん、鯛って昔からいたんだってね」

「そうよ、坊や。でも、どうして知っているの？」

「学校でならったよ。小鯛（古代）から金鯛（近代）まで」

すべての俄がこんな一口話ではなく、役にあわせての演劇もある。しかしいずれにしても、俄の半面は、その役になりきらず、というところか。なりきれば、その役にしばられて運命のままにあやつられて悲劇風になる。なりきらずの状態では、アマテュアが自分の生活をすてきれず、尻に卵のからをくっつけたまま動きまわり、尻についた生活のスタイルが、顔につけた劇中の役柄を批判する。逆に日常生活の自分の役（サラリーマンなり、職人なり、主婦なり）を、道を歩く道化の立場から批判する。同じ町内の仲間とともにチョンマゲをつけてビルを見れば、その行為がそのまま時勢批判になる。時々、その半面を顔の上までおしあげて、批判も批判離れも自由自在という境地がひらける。半面をとおして男が女に、老人が若者に、こどもが老人にかわり、役がかわることで、この社会の対立する部分が、この無礼講の二日だけ、たがいに抱きあう姿があらわれる。半面使用にかぎらず、どんたく隊には、和服の娘がマンボにあわせて日本舞踊を踊るとか、七十歳の老人がピンク・レディーの歌にあわせて娘の恋のしぐさをするとか、日本文化の半身性をこもごも見せる表現様式が多い。このことを通して、日本文化のあやういバランスが感じられる。

　時勢の動きにあわせて新しい趣向をとりいれる風流《ふりゅう》、すじや形おかまいなしでおちをつけて逃げきる半かくしの芸としての俄、これらは、中世の型どおりの万歳を現代の漫才にきりかえる触媒として働いた。福岡・大阪などに発達した俄が、古代あるいは中世以来の太夫・才蔵の内面を新しくして、大正・昭和にふさわしい雑芸へとそだてた。

ある帰国

長い戦争が終わってから、さらに八年たった一九五三年に、ひとりの男が、シベリアの収容所から日本にかえりついた。父母がすでに死んでいたので、故郷の親類の家をたずねた。

第二次世界大戦後のソヴィエト・ロシアは、五十三万の日本人を捕虜としてソ連領土にとどめておき、その中からさらに戦争犯罪人を指定して、形式だけの裁判のあとで、長年月にわたる重労働を課した。その戦争犯罪人とは、連合軍による極東軍事裁判とは無関係にソ連の国内法にもとづいておこなわれた「かくし戦犯」である。戦争が終わってから四年目の一九四九年に、捕虜の中から約三千人がそのような方法で戦争犯罪人にえらばれた。この人は、その三千人ほどの一人として二十五年の刑を言いわたされ、シベリアの密林地帯で囚人としての労働にたずさわった。

寒さと食糧不足のために、多くの囚人が死んだ。この人にとって、身におぼえのないこの刑罰を、彼は、あの戦争の当事者だった日本人の誰かが負わなければならないものとして納得していた。だから、スターリンの死にともなう恩赦があって、一九五三年に、日本にかえってきた時、この人は、当然に、十三年ぶりに会う旧知の人びとから、

「御苦労だった」

と、ねぎらいの言葉をかけられるものと思っていた。しかし、日本人は、忘れやすい。敗戦から八年たったあいだに、もう戦争のことは忘れられ、戦争の犠牲となっている人びとが日本の内外に生きているということは念頭にのぼらなくなっていた。

故郷の伊豆に親戚を十三年ぶりでたずねた時、長老格のN氏は、居ずまいを正して、最初に、

「きみは、アカではないか。もしアカである場合は、この先おつきあいするわけにはいかない」

と言った。その次に、

「きみには父も母もいないのだから、自分が親代りになってもよい。ただし物質的な親代りはできない。精神的な親代りにならなる」

と言い、

「祖先の供養をしなさい」

とさとした。

伊豆という土地をおとずれる時の期待を、彼は、次のように書いている。

「伊豆という土地はその時まで私にとって、やはり一つの象徴的な意味をもっていましたし、なによりもそこに長い年月を黙々と眠りつづける祖先の霊に接触することによって、長い血統をつらぬいて私自身にまでうけつがれた、何か理解できない重いどっしりしたものをあらためて確認するという上で一種の期待に似た気持があったことを否定しようとは思いません。(ことわっておきますが、この時期の私の関心はキリスト教を全くはなれ去っていましたし、その後しばらくの間、教会は全然訪れていません。)」(石原吉郎「肉親へあてた手紙」一九五九年十月、『日常への強制』構造社、一九七〇年所収)

この石原吉郎という詩人の故郷との対話の中に、家の神の位相がはっきりとあらわれている。

父と母とを失ったこの復員者にとって、もう彼の帰るべき家というものはなかった。たてまえとしては、戦後の今日でも、昔とおなじような大家族制の形が残ってはいるが、それは礼儀だけのことで、葬式とか婚礼とかにあつまってたがいを見知るというくらいの習慣にすぎない。日常の労働と経済についておたがいに助け合うということは、夫婦とその幼いこどもという核家族のあいだのことにかぎられている。

都会が成立してから、このような家族の習慣は実質的にはあったが、第二次世界大戦の後では、マイ・ホーム主義として、それが一つの近代的な倫理なのだという根拠を得た。復員青年が故郷の親戚に会った時に、物質的親代りにはなれないといわれたのは、戦後の当然の倫理となっていたマイ・ホーム主義の立場からうけたしめだしなのだ。十数年前に青年を日本から外地の戦場におくりだした時には、日本民族は一億一心火の玉となって鬼畜米英を倒すというような共同体の倫理があった。しかし、そういう共同体の倫理は、敗戦とともに消えた。鬼畜と呼ばれた米国は占領軍となり、日本の秩序の保護者となった。その新しい秩序は、共産主義による攪乱をおそれ、アカにたいして身を守ろうとした。それほどの財産でないにしても、家をもっているほどのものは、アカにたいして日本を守ることをとおして、日本の平和だけでなく一家の平和をも守ることができるのだと考えるようになった。平和とは、米軍占領下の数年間にそのように考えられるようになっていた。そこで敗戦に八年おくれてかえってきた青年は、まずアカでないという一身のあかしをたてることを要求され、次に親戚として物質的に助力を求めないということを要求され、最後に、しかし自分の家を大切にして祖先の墓まいりなどをするようにと要求された。

祖先をとうとぶという思想が、いつも、このような形をとるかどうかは、わからない。現に戦争中には、この同じ思想が、日本人が絶望的な戦争の中で最後までくじけずにたがいに助けあってたたかう力となった。しかし、戦後の現在では、石原の記録にある長老N氏の意見は、かなりのところまで、日本人の家の思想を代表しているものと見てよいだろう。

家は、私たちのひとりひとりをそだてた。私たちは、自分の生命を家に負うている。自分の生命だけでなく、自分の精神をも、かなりの部分まで、家に負うている。だから、家は大切なものだし、なつかしい。

家を守るさまざまの象徴を、おおまかにすべて家の神と呼ぶことにすれば、家の神は大切なものだ。しかし、それは家の神についての話のはじまりであって、そこで話を終えることはできない。戦争体験をもって故郷にかえった石原吉郎は、自分の話が家の神に通じないことを思い知らされた。私たちは、家の神に何が通じないかを、ひとりひとり自分の目録としてつくっておくほうがよさそうだ。家の神への供養にはさまざまの方法があってよいはずで、これが家の神への供養にならないということはない。

Ⅱ　それぞれの土地を横切って

国の中のもうひとつの国

1

時間の長さの感じは、歳によってちがう。三歳、四歳のころには、親からはなれて、ひとりで家の隅などで待っている十分くらいがとても長く感じられたものだ。それは、中年に達した今の私にとっての一カ月以上にあたるだろう。歳とともに時間が早くたってゆく、ということもない。十代に入って時間が早くたってゆくなと感じはじめてから、戦争がやってきて、この戦争の中では、時間はねっとりとしたながれになり、ほとんどとまってしまったかと思えた。戦争が終るとまた、それまでとはうってかわって、ひどい早さになった。

その時の社会の空気が、自分のからだの反射とからまってしまうようだ。メキシコに行って、あざやかに感じたのは、日本とメキシコでの時間の流れかたのちがいである。

七三年の二月に、メキシコを南から北にむかって縦断する一日半のバス旅行をした時にそれがよくわかった。夜、なんとなくバスがとまってしまった。しばらくして、故障だということがわかったが、別に運転手は乗客にむかって説明することもない。よくあることなのだろう。結局、四時間ほど、ひとところにとまっていたけれども、怒りだす人はひとりもなく、何人か外に出て修理のすすみぐあいを見ていたくらいで、あとは暗いバス内でじっとすわって、ねむるものはねむりつづけ、話をするものは話をつづけた。

「明日は、大切な約束があるのだ」

「こんなにおくれるのだったら、料金をはらいもどせ」

という人はなかった。

すべて、あたりまえのこととしてうけいれ、別にからだに無理がゆくわけでもないし、ただ時間の流れにまかすというふうだった。

日本の社会の尺度で計れば異常なことなのだが、日本とメキシコとどちらが異常か、うたがわしい。一時間をおしまなくてはならない仕事をどれだけ、日本人はかかえているのだろうか。

バスは動きだすと、かなりのスピードをあげ、とまる時間をみじかくきりあげて何とかおくれをとりもどしていった。

途中、海水浴場のマサトランのあたりに、およそ百台のトレーラーがむらがってとまっているのを見た。それをとりまく泥煉瓦づくりのメキシコ人の家とのあざやかな対照。

米国から高速度道路をまっすぐに南下して、この海水浴場で南国の休暇を家中でたのしんでいるのだそうだが、それはコルテス[1]のひきいてきた馬上の征服者部隊《コンキスタドール》に似た、近代化をになう征服者部隊であるように見えた。

カリフォルニア湾に面するオブレゴン市でバスをおりる。ここは、人口三万ほどの、明るい都会で、ここまで北上すると、住宅のスタイルがかなり米国風に近づいている。同行の伊高浩昭と一緒に、この町で数日をすごし、ここでアイスクリーム屋をひらいている上原修の家で何度もごちそうになった。

上原氏の息子でこれから歯科医を開業する人が、私たちにこんなことを言う。

「ぼくは、日本と言っても、自分の中にそれを感じることは、あまりない。米国にしばらく留学していた時、久しぶりでメキシコの音楽をきくと、ああ自分のくにのものだな、という感じが、わきあがって来た。しかし、おなじ時に、レコードなどで日本の歌などをきいても、そういう感じはおこらなかった。

だが、おとうさんとおかあさんは日本人ですし、日本のことがなつかしいだろうし、あなたがたが来てくださることは、父と母のためにうれしいです」

この家の成人した息子たちと両親との間柄が、一つの家庭内部におけるメキシコ—日本のいきいきした交流であるように見えた。

長男は医者、次男は歯科医、三男は高校生で、すでにメキシコの社会にしっかりと根をおろしており、かれらは、自分たちをそだててくれた両親にこまやかな愛情をもっている。

上原氏は、成功者のひとりにかぞえられるだろうが、今でも店に出て、実によくはたらく。夫人は、料理をつくり、家事をきりまわし、飛ぶように家の中を動いている。自分ではたらくという点で、上原夫妻は、メキシコ人のおなじような成功者ときわだってちがう日本人らしさを発揮していた。おさない時から、このようにはたらいて家をきずいてきた両親の日常を見てきた息子たちが、両親への敬意をとおして、間接的に、日本への敬意をもつことは自然だろう。かれらの日本への敬意は、日本の国力の大きさなどということとまったく無関係なものだ。

私たちが、オブレゴンに来たのは、この近くにあるヤキ族の部落を直接に見たいと思ったからだ。上原夫妻は、ヤキの研究家のサンチェス博士という開業医を紹介してくれた。

そこでサンチェス博士の話を、二度にわたってきくことができた。アマチュアの研究者だけあって、ものすごいものしりで、めずらしい文献を貸してくれた。それは、四百年にわたるヤキの戦闘の歴史だった。サンチェス博士は、祖父がヤキ族に殺されたそうで、そのことからヤキ族に関心をもつようになったという屈折した研究歴をもっていた。そのためかどうかわからないが、ヤキ族の中に入っていったことはないそうで、私たちが入ってゆくことも危険だと言った。

上原氏はちがう意見で、ヤキ部落までよく釣に行くけれども、一緒に酒をのむこともあるくらいで、別に危ないことはないと言う。そして、自分で自動車を運転して、ヤキ部落につれていってくれた。

部落の入口にはメキシコの兵士が歩哨として立っていて、別に何も言わないで通してくれたが、かえりに写真をとろうとすると、急に鉄砲をむけられ、カメラをとられそうになった。フィルムを全部ぬきとるから、ここへ出せというのだった。しばらく押問答をしているうちに、おだやかになり、別にカメラを没収しはしないが、フィルムをぬきとってあとでわたせという言い分にかわり、それも実行はしないでよさそうなことになった。

なぜヤキ部落の入口にメキシコ人の歩哨がたっているのか。おそらくは、長い間の抵抗の歴史を背後にもっているヤキ族の動静を見張るためなのだろう。

オブレゴン市にかえってから、新聞社、市役所などをたずねて、いくらか資料を得たうえでもう一度、行くことにした。

上原氏の家で古いアルバムを見せてもらうと、そこに、ヤキ族の女性と結婚していた岸根さんという四国出身の人をまじえた日本人グループの写真があった。岸根さんは、ここからバスで三時間ほど北にあたるエルモシオ市で、おなじく日本人の片瀬さんという人の農園の作男をしていた。ヤキ族の女性との間に四人か五人のこどもがいたが、わかれてしまって、最後はひとりでくらし、五年前に八十歳くらいでなくなったという。

この数日、メキシコ人から、ヤキ族は危険だという説と、ヤキ族はなまけものだという説とを何回かきいた。オブレゴン市中には、ボウリング場、給油所、銀行などに、「ヤキ」という名を冠したものが多く、その看板が目につくので、案外に、ヤキという名は重んじられているのかと思ったが、よくきいてみると、このあたりの「ヤキ河」「ヤキ渓谷」などからとられているもので、ヤキ族をさすものではないそうだ。このオブレゴンはガイマスとともに、ヤキの部落にもっとも近いメキシコ人の都市なのだが、市民の平均の意見は、「ヤキ族は危ない」「ヤキ族ははたらかない」というもののようだ。

2

ヤキ族の土地は、山々にかこまれた五十万ヘクタールほどの広大な領域で、メキシコの大統領カルデナスの時代に保証されたものだという。

それまであいつぐヤキ族の反乱になやまされてきたメキシコ政府は、大統領ポルフィリオ・ディアス(2)（在任一八七六―一九一一年）の時代に、ヤキ族の一部を故郷から遠くはなれた太平洋岸のメリダとヴェラクルスに移した。故郷の土地と親密な関係をもつことの上にヤキ族は自分たちの民族哲学をきずいてきたので、このためにかれらはメキシコ人官僚の察することのできない苦痛をあじわった。多くのヤキは、この時代に国境をこえて、米国のアリゾナ州にわたった。

アメリカ合州国内部には、メキシコ合州国内部よりも、さらに大きなヤキ族の人口が住んでいる。それは、米国との戦争の結果、今のメキシコの半分ほどにあたる広大な土地を米国がメキシコから一八四五年から五三年にかけてうばった結果であったが、当時は国境の警備がゆるやかだったので、メキシコ政府のヤキ族にたいする圧制をのがれて、かなりのヤキ族が米国にのがれたという結果でもあった。現在、米国内に三万六千人、メキシコ国内に一万六千人のヤキ族が住んでいると言われる。二つの国にわかれてはいるが、ヤキ族としての共通の文化は保たれており、今日までのところ国境による分割が、ある程度以上の力をもたないという状況をも示している。

ヤキの領土内には、八つの部落があり、それぞれの部落に、部落長、副部落長、書記がいる。昔からの長老支配が、のこっているので、長老が部落長になっている。長老は、スペイン語を話さない。ヤキ語だけを知っており、ヤキの文化に習熟している。副部落長も、スペイン語を話さない。書記には、ヤキ語とスペイン語の両方をはなす人がなるそうだ。だから自然に、スペイン語をとおしての、メキシコ国家の中央政府の影響は、ここに住んでいるヤキ族個々人の自治の中心にまで達することはない。

だが、オブレゴン市やガイマス市などメキシコの都市に近い周辺部では、ヤキの土地の内部にすでに多くのメキシコ人が入ってきて店をひらき、ヤキ族に保証されている土地をかりてたがやすこともしており、かれらをとおして入ってくる資本主義文明の気風は、ヤキ族の若い世代にすでにはっきりしている。その結果、長老の支配にたいしての不満を直接にメキシコ政府につたえることが、一つの運動としてヤキの社会内部にある。たしかに、近代化をよしとする見方にたてば、これほど広大な土地を所有して、それをヤキ族の発展のために活用しない現在のヤキの政策は攻撃にあたいしよう。

このあたりで許可を得て入った家では、家の所有者夫婦はこどもとともに、安らかな表情をもっていたが、そこにいそうろうをしている独身者の弟は、壁にかけたギター一つがたのしみといったふうで、無気力な暗い顔つきだった。ヤキ族には選挙権はあるが、税金はない。一時間ほど自動車で行けば、明るい電灯のかがやくアメリカ風の都会生活がひらけている時、工業もなく娯楽施設もないヤキ部落にとどまることには、ここにとどまればいちおう食べるにこまらないとしても、積極的意味は感じられないにちがいない。

私たちは、まず、ある部落の書記をしているタデオという三十代のヤキをたずねた。彼の弟は、ヤキの八つの部落全体の経済代表であり、中央政府とのかけあいにメキシコ・シティーまで出張していることが多く、当日は不在だった。

訪問の目的を言うと、タデオ兄は、しばらく考えていたが、その場では答えを言わず、ひとまず、彼の母親の家につれていった。お母さんは六十代に達しているように見え、めがねをかけたおちついた人で、アルバムなど出してきて、家の説明をしてくれた。娘さんと、そのいとこだというもうひとりの娘とが出てきて、話に参加した。

娘によれば、この家はポタムの部落でのもっとも裕福な層に属するとは言えない。なぜかと言えば、この家のものは、息子も娘も、みなはたらいているから。自分も、事務員としてはたらいているのだが、流行性感冒にかかってしばらく病院に入っており、出てきたばかりだという。しかし、裕福ではないが、部落の中で尊敬をうけている家だということはみとめて、それは自分の兄がヤキの経済代表だということと、自分たちの曾祖父がヤキの抵抗を指導した将軍だったからだと言った。それにしても、壁にかかっている大きい写真が、おばあさんの写真だったということがいくらか不思議だったが、ともかくこの家で、おじいさん、おばあさんが重い位置を占めていることは明らかだった。おそらくそのためだろう、アルバムをくりながら私たちに家庭の説明をしている母親の様子を見て、タデオ兄は、私たちをヤキ部落のどこかに今晩とめるように手配をしに出て行った。

ヤキ族が、外部の人間にたいして猜疑心をもっていることはたしかで、その夜とめてもらった奥地の部落では、夜がふけてから、家長の娘ムコが、

「なぜ、自分たちのことをしらべるのだ。前にも、ここに学校をつくると言ってメキシコ人の教授だという人が来たが、このあたりの部落から四百ペソも金をとって、それに時計までとっていって、それっきりだった」

などと、言った。もっとも、時間のたつうちに彼もうたがいがとけて、

「あんたがたは、自分たちとおなじヤキだ」

などと言うようになった。

タデオ兄がもどって来て、彼のもってきたトラックにわれわれをのせてくれた。これから行くのは、ヤキの領土の一番の奥地のラウムという部落だという。タデオのおかあさんのすすめで、そこは寒いからというので、毛布を何枚もかしてくれた。タデオの家に出かけるとなると、タデオ兄は、ポタムの部落の中をあちこち案内してくれ、自分の家にもつれていってくれた。彼は、母や弟妹とは別の家に住んでいた。

途中で、近所の人に会うと、車をとめて、

「この人たちは、日本から来たのだ。ヤキの部落を見たいと言っている。私の家にとめたいのだが、もっと奥地のヤキらしいところを見たいと言うので、そこにつれて行くのだ」

などと話していた。彼のおかあさんの態度がいとぐちとなり、急に氷がとけはじめたことを感じる。

多くの家は、この地方特有の細い竹をたてよこにくみあわせてかこいとし、風とおしをよくしようとする部分はそれだけにとどめておき、もっとあたたかくしようと思う部屋は竹をあんだ上に泥をぬった壁でかこったり、泥煉瓦を重ねて壁にする。家の内部には普通は椅子はなく、木の棒四つをくみあわせてムシロを張ったものをベッドとする。家の中は暗く、したがって戸外にいることが多い。

ポタム部落の中心には、みんなのあつまる大きい広場がある。それは、二千人あまりの人口にとってべらぼうにひろい集会の場所であり、その広さにびっくりした。東京都にたいする日比谷公園などというものではない。日本人の住居の感覚から言えば、この部落の二千人全部が入ってしまいそうなほどの広さだ。

その一方のへりに教会堂があり、その内部は暗くて、平たい床があるだけだ。ヤキ族は椅子を使わないという。そこにひざまずいて、聖母に祈るのだ。中心に聖母像があり、キリスト教以前の神々をしのばせるものはなにもない。

教会の外に、古い鉄道線路を横にしたものを両側から木でささえ、その線路から、鐘をつるしてある。鐘は、鉄道よりも古いもので、一七〇二年という銘がきざんである。

教会の会堂からはなれて、広場のもう一つのへりには、これもまた質素な建物がたっており、その前に、ぶどう棚のように組んだ木と、その下に自然木がいくつか横たえてあり、それがベンチになっている。ここは、部落の長老があつまり、政策を協議する議事堂らしい。高天原《たかまがはら》の神々のあつまったところのように、古代的な感じのするところだ。日本の国会議事堂、メキシコの議会にくらべて何と簡素なものか。

広場の外には、学校もあり、そこでスペイン語による普通教育をおこなっている。オブレゴンからポタムに来る途中、カルデナスのたてたというヤキ族の農業指導者をつくるインテルナードという学校の建物があったが、そこは今ではほとんど使われていないらしく、がらんとしていた。メキシコ政府としては、ヤキ族の農業の近代化をすすめる

ヤキ族の領土の全景（伊高浩昭氏撮影）

ヤキ部族の中央広場（伊高浩昭氏撮影）

ヤキ族の教会と墓地（伊高浩昭氏撮影）

教会の鐘、鉄道線路につりさげてある（伊高浩昭氏撮影）

つもりだったらしいが、そういう近代化をしりぞける態度が、ヤキ族の側にあるようだ。トラックは、ポタムをはなれ、人家のない道をゆく。深い森林というのではなく、ひょろひょろとところどころに木のはえているひろびろとした野原だ。日ぐれ時になってトラックがとまる。そこに何人かの男が、つばのひろい帽子をかぶって立っていた。タデオ兄とともにトラックからおりて、その人たちにあいさつする。どうやら、ここで今晩はとまるらしい。そばに家があるが、みんな、そこに入るようすはなく、戸外の野原で一日の大半をすごすらしい。

やがて、タデオ兄はかえり、日がとっぷりくれてから、家の中に入った。

そこはチョキさんという家で、十四人が同居している。家は泥煉瓦でできており、兄弟が力をあわせてつくったものだそうだ。四つほど部屋があり、別棟に二間、合計六間ほどである。

まわりには人家は見えず、となりの家は遠いらしい。

まっくらになってから、家の中にまねかれ、ランプのあかりのそばで家長のガブリエル・チョキ・ゴンザレス（六十八歳）、長男のイサヤス・チョキ・モリナ（二十六歳）、次男のアウレリオ・チョキ・モリナ（二十一歳）が、われわれの質問にこたえてくれた。

母親のアウグスティナ・モリナ（四十五歳）も時に、顔を出したが、あまり口をはさまなかった。妹娘（二十四歳）とその夫（二十八歳）も同席したし、もっと小さい弟たちも、めずらしそうに出たり入ったりしていた。かれらにとって、上の兄さん二人は、理想の男性らしく、非常な尊敬をもって、たえず兄たちに視線をむけていた。長兄、次兄ともにひきしまったつよい顔だちで、弟のほうにはいくらかユーモアがあり、二人がギターを演奏する時に、弟が兄を見てにこっと笑う表情がすばらしかった。二人とも、二十五ペソで買ったというつばひろのわら帽子を家の中でもかぶっており、夜がふけて十二時、一時になってもそれをはなさず、帽子が武士のたましいを象徴するもののように見えた。弟たちも、兄にならって、それぞれ帽子をかぶって、一座の中をちょろちょろ歩いていた。

長兄イサヤスの嫁はサルヴァドーラ・ガルシア・チョキ（十八歳）と言い、一歳の男の子をかかえていたが、ういういしい娘のようなお嫁さんだった。彼女は、米国領のアリゾナ州のうまれで、この土地には一年前に来たばかりだそうだ。ここの家族の中で、彼女だけが英語を話す。そして彼女だけがヤキ語を話さない。彼女と他のメンバーとは、スペイン語で話している。

主な話し手は長男で、しかし彼は時に、父を見て、それでいいですかというふうに、その承認をうながす。そこで父が話す、というふうだった。

この家は、十三ヘクタールの土地をもっている。家そのものは、家族全員のものだが、まず土地は父の名義になっている。十三ヘクタールというのは、このラウム部落では、まず平均と言ってよい。一番大きい土地は、共同体の所有で、そこは十人で二百ヘクタールもっており、年間三千ペソから四千ペソの収入がある。

この部落には全然土地をもっていないものも多い。しかし、土地をもつというのは、別にむずかしいわけではないので、地面を自力でたいらにしてそこに水をわけてもらえば、自分のものになる。農業開発金庫が許可しないと機械をかしてもらえず、そのために整地できないで、すぎてしまうという場合もある。

自分の土地をもっていない人のくらしのたてかたは、炭をやいたり、たきぎをとったりで、誰にでも、ヤキの領土内の山に入る権利はある。くらしに困って死ぬなどという家族の例は、知らない。自殺はほとんどない。ヤキは、辛抱づよいからね。

この近くにマルティネス・ルビオというほとんど盲の八十歳ちかい老人がひとりで住んでいるが、ここにいる兄弟が（と父親が兄弟をさして）タコスをもっていって食べさしたりしている。

ヤキの領土も、昔にくらべれば、ずいぶんへったものだ。スペイン王フェリペ二世の死んだころ（一五九八年）には、ヤキは五百万ヘクタールの土地をもっていたのだが、今じゃ五十万ヘクタールだ。

われわれはこのラウムでは自給自足していると言ってよい。菜種、小麦、大豆、フリホール豆、ゴマ、トウモロコシなどをつくっている。果物はつくらないが、つくろうと思えば、つくれる。

ないのは金だ。農業信用金庫は前貸をしてくれないから、われわれの収穫が自給自足のレヴェルをこえた時に、それをもっていって収めると、四カ月たってやっと現金をく

国境をこえて見つけた妻、こどもと夫とともに（伊高浩昭氏撮影）

ヤキ族の寝台、昼間はかたづけられている（伊高浩昭氏撮影）

れる。

他の部落では漁業をやっている。共同体が主になってやっている。とれるものは、タイ、スズキ、エビ、カキなどだが、それを売るほうは共同体はやらない。メキシコ人にまかせている。

鉱物は相当にあるのだろうが、ヤキは、そういうものを開発はしない。いったん開発をはじめると、メキシコの白人たちが来て、もうけをとってしまう。だから、長老たちがそれを許さないのだ。

犯罪がおきると、ガイマス市に犯人はつれてゆかれて、メキシコ人に裁判にかけられる。しかし、おたがいの話しあいできまりのつかないことは、めったにおこらない。

あるところで、兄弟がムギをまいていた。そこに別の兄弟の山羊が入ってきて畠をあらしたので、両グループのけんかになった。この時には、山羊をかっていたほうの兄弟が、他人の畠をあらさないような処置をしなかったことをとがめられて、ガイマス市の牢屋に入った。そんなところだ。

殺人になるようなけんかは、まずない。なぐりあい程度だ。なぐっても、次の日にはもう友だちにもどっている。

若い時には、メキシコ社会にもっといいくらしを求めて出てゆくものもいるが、いったん去ったものも、またここにもどってくる。われわれは、ここでは税金をはらわなくてもいいし、この土地に特権をもっている。だからここにもどってくるのだ。

われわれには、メキシコ人とおなじように徴兵令が来るけれども（メキシコでは一年の兵役義務が制度としてはある）、それに応じなくてもいい。第二次世界大戦にも、メキシコは参戦したが、ここのヤキには戦場に行ったものがない。自分たちは（と兄弟は自らをさして）、銃のもちかたもしらない。父は十歳の時にたたかいはじめたと言う。もしこの土地に外敵が来たら、自分たちもたたかうだろう。それは、この土地への愛、この土地に住む自分たちへの愛によるものだ。

――メキシコ人を、どう思うか？

われわれはヤキだけれども、同時にメキシコ人だと思っている。メキシコ人も、われわれのことをそう思っているのではないか。

米国領土内のヤキはメキシコ人とつきあわない。米国人が自分（長男）をメキシコ人と呼んだりすると、妻の両親はわらって、お前はメキシコ人でなくてヤキなのにまちがえたなどと言う。しかし、私自身の考えでは、自分はヤキでもあり、メキシコ人でもあると思う。自分はメキシコという国を、世界でもっとも平和を求めている国だと思っている。

家の中での語りつたえは、ヤキ族の社会では、きわめて大切なことである。

スペインの侵略にたいして、また後にはメキシコ中央政府軍の攻撃にたいして、ヤキ族がどのようにたたかったかを機会をとらえてはこどもたちに、私（父親）は話してきた。偉大なファン・バンデラス（一八二五年にヤキ族の独立を求めてグアダルーペの聖母の旗をたててメキシコ人とたたかい捕虜となった）、マリア・レイヴァ・カヒメ（一八七五―七七年に反乱を指導し捕虜となって死ぬ）、ファン・マルドナド・テタヴィアテ（一八八七年以後の抵抗を指導）などの話を、くりかえし、自分は話してきた。

かつては自分たちの領土の内にあったヤキ川の水は、今では、自分たちのものではなくなった。われわれは今では、水を買っているのだ。一ヘクタール分のかんがい用の水に、年百ペソ（二千五百円）はらっている。自分たちの持分である十三ヘクタールの耕地にたいして、千三百ペソを、収穫の時に支払っている。一九七二年九月からは水道がしかれて、それについては月に十ペソ支払っている。

私（父親）は、ヤキ語で書かれたヤキ族の歴史の本を知らない。自分の父から口づたえできいたヤキ族の歴史を、もう一度口づたえでこどもたちに話している。その話の中心は、バンデラス、カヒメ、テタヴィアテがいかにたたかったかということだ。スペイン侵入以来、四百五十年たたかいつづけて、今の領土を守りぬいたということが、自分たちの誇りだ。

――メキシコ革命の時には、オブレゴン(3)（穏健な改革派の首領、一九二〇―二四年にかけて革命後のメキシコ大統領、一九二八年ふたたび大統領となったが暗殺された。オブレゴン市は彼の名をとったもので、そこに彼の広大な農園と邸宅がある）の指揮下にくみいれられて、ヤキ族は、パンチョ・ヴィヤ(4)（サパタとともに貧農の利益を守ってたたかった将軍。一九一五年四月オブレゴン軍にセラヤでやぶれた。一九二三年に暗殺された）のひきいる軍隊とたたかったということですが。
（父親は、率直にその非をみとめて）パンチョ・ヴィヤが貧しいものの側にたってたたかった偉大な指導者だったということを知っている。そのころ、われわれは十分にそのことを知らなかったのだ。

（ヤキは絶対に正しかったなどと決して言わないところに、感心した。このガブリエル・チョキ氏は、部落長でもないし、ラウムという奥地の一部落の中堅の位置にいる人だろうが、この人の話をきいているとかえって、そのしなやかな現実把握としんぼうづよい抵抗の姿勢とが、四百五十年たたかいつづけたヤキ族の力を納得させる。ただ勇気があるとか、戦争の技術にたけているということだけでは、この部落が、スペイン軍・メキシコ中央政府の双方にたいしてたたかいつづけられたとは思えない）

――ヤキ部落の外のメキシコ文化については、どう思いますか。
米国と南米とを結ぶ高速度道路が、われわれのヤキ部落の中をつらぬいている。文明はすこしずつわれわれに近づいているのだ。（とこれは長男の意見）
――あなたは、その文明の中に住みたいですか。
いやだ、（と父親は言う）ここはとてもよい土地だ。しかし電気はほしい。

（この家に米国から来た嫁がいることは、前にのべた。どのようにして彼女が、この奥地の部

落に来るようになったかを長男のイサヤスに聞くと）

私は、ギターを一つもって、米国領のアリゾナ州のヤキ部落に出かけた。むこうにつくと、広場でギターをひいて、歌をうたった。そんなふうにして、知りあいになったのが、サルヴァドーラなのだ。

当時、サルヴァドーラは、まだ十六歳である。ギターと歌にたよって、嫁さがしに他郷に出るというのは、おもしろい。二つの国にわかれたヤキ族の文化をどのようにして一つのものとして結びつけてゆくかは、米墨戦争以来つねにヤキの長老たちの心にかかっている課題なのだろう。だから、国境をこえて、両方の若いものがたがいに交流するさまざまの機会を準備してきたものらしい。

そのさまざまの機会に、祭りがある。ヤキは、米国領・メキシコ領ともにキリスト教をうけいれているので、祭りとは、キリスト教、それも旧教のカレンダーによる祭りである。ヤキの伝統に根ざす、名高い鹿おどりも、カトリックの祝祭日である聖週間を期して、おおがかりにおこなわれる。他に、サヴィエル祭というものもあり、聖フランシス・サヴィエルの祝祭日である。日本に布教したサヴィエル（一五〇六—一五二年）が、なぜヤキ族にとって重要かというと、サヴィエルがカトリック教会の世界布教保護聖人として公認された人だからであり、同時に、この地方の原住メキシコ人の間で布教したエウセビオ・キノ（一六四五—一七一一年）のもっとも尊敬する聖者だったからである。キノは、イタリアのチロルにうまれ、イエズス会に入り、サヴィエルにならって東洋での布教を志したが、その機会がなく、メキシコに来ることを選んだ。メキシコ北部の山の中を馬にのって奥地にまで入って布教し、白人による原住メキシコ人虐待をおさえる力としてはたらいた。「馬上の神父」として伝説に残っている。聖サヴィエルを記念したサン・サヴィエル・デル・バクの教会は、一七〇〇年にキノによってつくられた。この教会は、今日の米国領トゥーソンの近くにある。キノ神父の布教をとおして、メキシコ北部の奥地の人びと（白人でない人びと）は、聖サヴィエルへの敬意をもつようになった。十二月三日の聖フランシス・サヴィエル祝祭と十月四日の聖フランシスの祝祭とは大切な行事とされた。キノ神父と聖フランシス・サヴィエルとさらにアシジの聖フランシスとは、混同されて言いつたえられている場合もあるという。

スペインの征服者のもたらしたキリスト教は、虐殺と圧制の口実をあたえる無慈悲な宗教であったが、同時に、中部メキシコのミチョワカンでフランシスコ会派のヴァスコ・デ・キロガらによってすすめられた共同体の建設運動や北部メキシコでイエズス会派のエウセビオ・キノたちによって進められた布教活動は、白人の圧制をゆるやかにする役割を果した。ヤキ族が、スペイン人とメキシコ人にたいする警戒心を決してすてることなく、同時にキリスト教を自分たちの宗教としてうけいれたことには、かれらのために努力する布教師の活動が影響をもったであろう。

三時間ほどの長い質問と応答が終って、酒をのんだりしていると、兄弟はギターをもってきて次から次へと歌をうたいはじめた。ギターは糸が一本きれていたが、わるびれるところなくそれを見事にひきこなしていた。父親はそれを見ながら眼を細めて、

「二人が商売としてではなく、アマチュアとしてやっているのだということを、みとめてやってください」

といい、時々、感にたえたように、こぶしで机をたたいて調子をとった。兄とおなじく帽子をかぶった弟たちも、お母さんや妹たちも部屋にあつまって、歌にききほれていた。

歌の多くは物語詩でスペイン語のものもあり、ヤキ語のものもあった。

途中、ひと息いれると、兄のイサヤスが部屋を出て、またもどってきて、伊高氏に何かをくれた。それはガラガラへびのしっぽをきったもので、手でふると、カラカラとかわいた音がする。自然の中からつくった、彼らのおもちゃだった。メキシコではおもちゃはこどものものだけではなく、おとなたちのためのおもちゃが多いが、これもまた、その一つだった。

時々、父親が私のほうをむいて、

「今は何時ですか」

と、たずねる。

「十一時です」

すると、うなずいて、

「まだ早い」

と言う。またしばらくして、

「今は何時ですか」

「十二時です」

「まだ早い」

歌は、外の暗い野原にひろがってゆくが、あたりに人家がないから、誰の迷惑にもならない。

午前一時ごろ、私たちはひきとったが、われわれがいなくなったあとも、かれらの間で、歌はまだまだつづいていた。今夜のつどいがかれら自身にとってもたのしいものだったということがわかってうれしい。

この家には便所がないので、暗闇の中に出て、野原で用をたしてもどってくると、外に長男の嫁が待っていて、話したいことがあるという。そして、英語で、

「私の夫が、つたえてほしいと申します。今日は、酔ったりしてたいへんに無礼をいたしましたが、どうぞお許しください」

そばには彼女の夫がたっていて、彼女の言葉がはっきりと私につたわるのをたしかめて、頭をさげた。

私たちにわりあてられた部屋には、ヤキ風のむしろの寝台がおいてあった。昼間はそれをかたづけてしまって部屋の中には、何もないのだが、今は、ひろいベッドになって

いる。その上に横になってねむろうとしていると、暗い中に、家長が入って来て枕もとにたち、静かな声で、ほとんど暗誦するように、

「今日《こんにち》は神とともに一日がすぎました。神がおまもりくださって、私たちはねむります。明朝、神とともに私たちは起きるでしょう」

と、ところどころではっきり区ぎりをつけてあいさつをした。客をむかえた時の、ヤキ族の夜のあいさつだったと思う。

次の朝、兄弟は、畑を案内してくれた。小枝であんだ十字架のしるしが、木にかけてあり、それは、それぞれの家にある、その家のしるしだという。それぞれの家が、天に対して、家ごとの信号を出しているのだ。

今日のうちにメキシコ・シティー行のバスにのるためには、いそがなければならない。やがてタデオ兄が共同体のトラックで迎えにきてくれた。そのころには、野原をこえて、労働着をきた年輩の人が数人来ていた。別に紹介されるということもなくて、ただ家の前にしゃがんだりしていたが、トラックでわれわれが出たあとで、かれらがわれわれを送りに来ていたのだということがわかった。部落長と副部落長だった。そういう人たちが、あまり威厳を見せることなく、何となくみんなの間にたちまじっていることが、昨日ポタムとラウムの広場で見た高天原のように簡素な議事堂を思い出させた。

タデオ弟の家につき、そこでタデオ兄のトラックと別れた。昨日会った娘がいて、昨

日とおなじくさわやかな態度で話に応じてくれる。話しかけないとだまっており、話しかけると、よどみなくこたえる。母親は、今日は風邪の具合がわるくて隣の部屋に寝ているそうだ。

彼女（タデオ妹）は、ヤキ部落にずっと住んでおり、二年ほど前にはじめてメキシコ・シティーに行ったそうだ。メキシコ独立記念日の行進にヤキ族が参加したので、彼女はヤキ族の旗をもって歩いたのだという。

——ずっと、この村にいますか。

「それは、わかりません。結婚する人によってきまるでしょう。ヤキと結婚すればこの村にのこることになるし、メキシコ人と結婚すれば別のところに住みます」

昨日からのヤキの歴史が心にあるので、彼女には、武士の娘といった風格があるように思えた。

この人と別れ、タクシーをとって、オブレゴン市にかえった。タクシーの運転手は、ヤキ族と結婚してここに住んでいるメキシコ人で、こんな批評をした。

「ヤキは怠けもので、おくれている。もうけようという考えがないからだめだ」

3

ポタムからオブレゴンに行く時のタクシーの運転手の話は、メキシコ人とヤキ族との関係をてらしだすように思われた。こんなにヤキ族に近くくらし、ヤキ族と結婚していても、彼がヤキ族についてもっている偏見は消えはしない。メキシコで実現された近代文明にたいする彼の信仰はゆるぎのないもので、その故に彼は、自分たちの文明の足もとにあるもう一つの文明を見ることができない。

それにしても、カルデナスがヤキ族に領土を保証してヤキ族とメキシコ人との間の長いあつれきに一つの区切りをつけたことは、すぐれた政治的決断だった。十九世紀はじめからの自立への困難な道をふりかえって見て、何人かのメキシコ人は、スペインによる征服以前にこの土地にあったさまざまの文化を早急に一つのものとして統合するのではなく、それぞれの文化的伝統からまなぶという道すじをも考えたのだろう。カルデナスのヤキ族についての決断は、彼のそのような展望とかかわりのあるものだろう。日本政府が明治以後に、北海道に文明をしくという理想をかかげて、開拓使黒田清隆をおくって欧米にならった改革をごういんにおしすすめ、その道すじでアイヌの文化をおしつぶしていったことと考えあわせると、メキシコ政府がカルデナス時代にとったこの政策はめざましいものに見える。ヤキ族は今日、ひとつの国家の中に入りこんだ実質上のもうひとつの国家として存在しており、それは、国境をこえて、もうひとつの国家内の自分たちの集団との交流の道を保っている。

この事情は、日本人にとって、わかりにくいことだ。日本では、社会と国家とがほとんど同じものに感じられており、アルトゥジアス、ホッブス、ルソーなどの、社会から契約によって国家をつくるという思想は、自分たちの体験からは理解しにくい。社会と言えばただちに国家ということで、だからこそ「国家社会のことを論じる」などというふうに、「国家」と「社会」とはほとんど同じ意味の言葉として使われる。しかし、ヤキにとっては、まずヤキの社会があり、それが実質上の国家の機能をほとんどもっており、その外側にもうひとつの国家がある。自分たちをとりまくヤキ社会（小国家）は、大国家が人情ぬきで権力をもって自分たちにおそいかかってくるのをふせぐ役割を果している。

このような二重の国家体験が、今後の世界にたいして、一つの新しいモデルを示唆している。今までのような強大国家の一元的支配を世界大にひろめてゆくことが、われわれの未来であってよいものか。

契約によって、新しい社会をつくるというくわだては、米国におけるブルック・ファームやニュー・ハーモニー・ヴィレジ、日本における新しい村のように、これまで数多くあらわれ、そのほとんどがわずか数年でくずれてしまっている。社会をつくりそれを長い年月にわたって支えてゆくには、意識の表にあらわれる推理や計画だけでなく、意識のかくれた部分においてはたらきつづける思想の力がなくてはならない。ヤキの社会が、スペイン人到着後の四百五十年間、困難にめげずに自分たちの社会を保ちつづけてひとつの準国家として存在する保証をとりつけたのは、表層と深層においてはたらきつづける活力ある思想をかれらがもっていたことによる。

ヤキの思想の中心には、家伝の歴史教育があり、キリスト教をうけいれてからもそれを在来の宗教によってうらうちしてつよい合板をつくる動きがあった。軍事行動をとりやめてからも、抵抗の歴史を語りつぐことをとおして、彼らの中に、かつての武力的反乱は今日の非暴力抵抗として残っている。このことが外部のメキシコ人にとって、ヤキはおそろしいという印象を残しているのだろう。

歴史教育や非暴力抵抗を支える根本の思想は、ヤキの自然観であり土地の哲学である。かれらは土地を、利潤や投資の対象として見ない。この林、この山に精神がやどることを信じ、鳥やけものに自分の心を託す道を習練している。この考え方は、すでに人類学者カスタネダが、ヤキの哲人ドン・ファアンの教えを記録した三部作によってつたえたことだが、私たちの見たヤキの日常の生活哲学は、ドン・ファアンのようなヤキ族の間でのやや専門的な思想家の哲学とほぼおなじわくぐみをもっている。自然とともに生き、その中で自分が老いやがてもうろくし死んでゆく計画を全体としてもっており、自然から自分をきりはなしてこれと対立する道を歩んできた近代の工業的文明とは別の、もうひとつの文明の道をヤキ族はきりひらいてきた。

この道は今後も、近代化されたメキシコ国家内部のもうひとつの文明の道として保たれてゆくだろうか。ヤキ族が、電化をのぞんでおり、やがてここにもメキシコのテレビ放送が入ってくることを考えると、それはむずかしいことだと思う。チョキ兄弟のような、ギターのひきがたりの名手が、歌のコンクールなどにあらわれ、やがてメキシコ・

シティーの有名歌手になる日がくれば、あとにつづこうとして新しい波がこの社会内部にあらわれるだろうし、その時には、長老たちも、工業的開発をしりぞけ自給自足の生活をつづけることを若い人びとにしいることはできなくなるだろう。

むしろ、ヤキの文明に歩みよるべきものは、メキシコをふくめての近代工業文明の側ではないのか。そのような新しい転換を考えなくては、近代の工業文明は、この地球の上に生きつづけてゆくことがむずかしくなるだろう。

（1）コルテス（一四八五—一五四七）エルナン・コルテス。スペインのエストレマドゥラ州にうまれ、一五〇四年十九歳で大西洋のサン・ドミンゴ島に移り住み、はじめてコスメル島に上陸した後、一五一九年四月二十二日軍隊をひきいてメキシコに上陸。一五二一年八月十三日にアステカの首都をおとし、メキシコの総督兼軍司令官に任ぜられた。後にスペインに帰り侯爵となって死んだ。ピサロのペルー征服に関心があつまり、失意の晩年を送った。コルテス別荘は首都の地下鉄駅名として残っている。首都の「オテル・コルテス」は「オテル・モンテホ」とならんで、植民地時代の建築スタイルを残しており、欧米観光客のノスタルジアにうったえる。

（2）ディアス（一八三〇—一九一五）ポルフィリオ・ディアス。オアハカ州の原住メキシコ人とスペイン人の血をひく。若い将軍として、マクシミリアン皇帝のひきいるヨーロッパ軍を破り、原住メキシコ人出身の大統領フアレスに勝利をもたらす。その後フアレスに対抗して大統領候補となって一度はやぶれたが、フアレス死後の一八七六年から一九一一年まで三十五年間にわたって独裁者としてメキシコを支配した。彼はシエンティフィコ（科学主義者）と称する近代化論者をブレーンとして側近においき、能率本位にメキシコを改革し、中南米諸国の中では著しい進歩をもたらしたが、それはメキシコ人口の大半をしめる農民を犠牲にしての進歩であり、マデーロを指導者とする改革派に選挙でやぶれてからヨーロッパにのがれ、一九一五年七月二日パリで死んだ。彼の独裁時代にはディアスはコントとスペンサーを信奉する慈悲深い独裁者として欧米諸国からたくさんの勲章をもらった。

(3) オブレゴン(一八八〇—一九二八) アルヴァロ・オブレゴン。メキシコ北部ソノラ州出身の政治家。メキシコ革命の中で徐々に力をまし、一九一五年ヴィヤとのセラヤのたたかいに勝った後、カランサを倒して大統領となった。その後メキシコのとった社会主義的とも自由競争的とも言えぬ折衷コースを設計した人物。ソノラ州オブレゴン市は彼を記念して名づけられた。首都にも彼の名を冠した大通りがある。

(4) ヴィヤ(一八七八—一九二三) 本名ドロテオ・アランゴ。通称フランシスコ・ヴィヤはパンチョ・ヴィヤとも呼ばれる。ドランゴ州リオ・グランデで一八七八年六月五日貧農の息子としてうまれた。山賊となりやがて革命軍指導者となる。一九一五年四月六日オブレゴンとのたたかいにやぶれ、一九二〇年に引退。農園経営に従事。一九二三年七月二十日、狙撃されて死亡。犯人はとらえられなかった。一九六七年メキシコ議会は彼を革命の英雄と認めた。

メキシコ市のソノラ通りの店のショーウインドウに、トウモロコシでつくったパンチョ・ヴィヤの像が出ていたのを私は見た。こういう人形が何百となくヴィヤ死後五十年の今もつくられて売られていることは、民衆がヴィヤを近しいものと感じていることを示している。民謡においても、もっとも魅力のある人物として生きつづけている。

グアダルーペの聖母

1

十二月十一日の夜、メキシコ・シティーの町はずれにあるグアダルーペの寺院に出かけた。メキシコについてしばらくたったばかりの一九七二年の年の暮のことである。日本から来た留学生と一緒で、みな日本にいたころはスペイン語科なので、たよりになった。ただし、グアダルーペに行くのは、はじめてだという。

寺院は、たいへんな人出だった。寺の前の石だたみは人をかきわけなければ歩けないが、それでも、ところどころにあき地があり、そこを舞台にして、奉納のおどりがおこなわれていた。

メキシコのいろいろの地方から出て来た踊り手らしく、寺院前の広場の片隅に天幕をはって、そこに泊っている。そして、人ごみの中にあるいくつかのあき地にいれかわりたちかわり出て来て、一昼夜の間やすみなく踊りをつづけるのだ。

私が見たものの一つには、こどもが老人の大きな面をかぶって、老人となっておどっているのがあった。老人の顔だし、身ぶりも老人の身ぶりなのだが、面と衣装の内部には、こどもがいるわけだから、何となく、若やいでいて、陽気なかんじになり、老年時代がこのようであってほしいという若い世代からの希望をのべているように見える。いずれも単純な踊りだが、熱気がこもっていて、踊り手には手をぬくところが見られない。夜もふけて来て、こどもには相当のつかれだろうと思うのだが、一年に一度、メキシコの隅々から出て来て、それぞれの民族を代表して踊りを神に奉納するのだから、この日にかぎって、スペインによる征服以前からつづいているメキシコの伝統がはっきり人びとの前によみがえるという重大な機会である。人びとの前にということであり、この祭りの日にグアダルーペをおとずれるメキシコ人の前にというのは、ここには白人観光客はほとんどいないし、純粋に白人系のメキシコ人もほとんどいない。混血のメキシコ人は相当にいるのだが、ほとんどが褐色の肌の人びとで、ここに集まっているのは有色人種の大群衆であり、そういうものとしてのおたがいの親しみがある。

カメラをぶらさげた米国人の観光客が、ここの踊りをとろうなどとしていると、尻をなぐられたりしたと前にきいた。白人が自分たちの間にわって入って、自分たちの儀式をおもしろがるということが、おもしろくないらしい。

この夜、私たちは、米国人にかぎらず、他の白人の観光客にも、この群衆の間で出会うことがなかった。私たち自身をのぞいては、日本人の観光客に出会うこともなかった。

メキシコ・シティーの目ぬきのとおりを歩くと、三十分に二、三人、時には十人以上も、日本人の旅行者に会うことを考えると、このグアダルーペの寺院で日本人に会わなかったことは不思議だった。白人の行かないところには日本人の旅行者も行かないというふうに、旅行案内業者に警告されているのかもしれない。

たいへんな人出で、教会堂そのものにはなかなか近づけなかった。かなり努力して人をかきわけて会堂のすぐ前に出てみると、そこには、ロープがはってあってそれより前には進めず、警官が番人としてたっていた。そこにとまってあれこれ話しているうちに、

「その人たちは、日本人だ。日本から来たんだから、いれてやれ」

「そうだ、そうだ」

と、賛成する声が、自分たち自身がロープでとめられているメキシコ人の間からあがって、警官が私たちを、ロープの内部にいれてくれ、私たちはようやく教会に入ることができた。

私は、日本人だからいれてやれという声が群衆の中からあがったことにびっくりした。それより少し前にきいたことだが、メキシコ・シティーには、「ハポン」（日本）と名のる幼稚園が二つあり、二つとも日本人がそこにかよっているというのではなく、ただ日本が好きだからその名をつけたのだそうで、幼稚園の創立記念日にはメキシコの旗とともに日本の旗を出し、日本の歌もうたうという。そんなことが自然におこるほどに、日本は、ぼんやりと好ましいものに、思えているらしい。米国人に対する反感が、日本

への好意のもととなっている。敗戦このかた日本が米国に忠実に従って来た国だということな、日本人への反感にむすびつきそうなものだがそうはならず、ここではかえって、日本人への好意のもととなっている。敗戦このかた日本が米国に忠実に従って来た国だということなど、メキシコの民衆の心中に浮ぶことがない。

こうした、ややまとはずれの好意に助けられて、私たちは教会内部に入り、ミサに参列することができた。そのあとで、この寺院建立の縁起となった聖母マリア出現の場所と言われる裏山にむかうと、昇ってゆく人と降ってゆく人がそれぞれ粒子ではなく液体となっている感じで、しかもほとんど動きがない。階段の角と両側には、頭からすっぽりと布をかぶってただそこに坐っている人たちがいて、かれらは、ほとんど身動きもしない。堂におこもりしているという感じだった。長い時間をかけて頂上に達し、そこにあるもう一つの御堂の前から下を見ると、山への道から寺院前の広場にかけて、一つの大きなかたまりとなった十万人近くの人びとが一目に見えた。

寺院のとなりは遊園地になっていて、そこは今夜は終夜営業ときまっているらしく、夜半をすぎても煌々とあかりをつけて廻転木馬や観覧車をまわしている。

寺院と遊園地と二つの中心をもつ大集団の構図が山から見てとれた。電車も今夜は終夜営業で、たえず新しく人びとを首都から送りとどけ、また首都へとひきもどしてゆく。

私たちも山をおりて、電車にのった。となりは母と子の二人づれで、母親は四十歳くらい、男の子は十二歳くらいに見えた。子どもはつかれて眠っており、母親もつかれてはいるが、子どもを見て平和な表情だった。グアダルーペに参拝して、自分たち一家が守られているという感じがあるのだろう。

朝三時ころになって私のアパートに帰りついた。もうしばらくたたないと、地下鉄も動きださないので、学生たちは部屋にのこって今見て来たことを話しあった。彼と彼女たちは、大学に入った時からスペイン語科をえらんだけあって、英語、フランス語、ドイツ語をえらぶ人たちとちがう気風があった。はじめから、アメリカ合州国に留学するよりは、ラテン・アメリカ諸国に留学したいと思う学生は、今時の日本の大学生の中では風がわりであろうし、日本の社会で支配的な位置をしめたいという欲をあまりもっていない人だろう。メキシコで会う商社の人たちともはっきりちがっていて、日本人だけでいて気をゆるしている時にもメキシコ人の悪口を言うことがない。彼らのその気風が、この日、十時間以上も話しづめに話した間に、心にのこった。

しかし、三十年ほども年がちがうと、徹夜のこたえかたがちがう。明るくなってかれらが別れていってから、私はひとねむりしたが、眼がさめた時にも相当にまいっていた。しかし、グアダルーペのまつりの終らないうちにと思って、約束していた大学の同僚たちと一緒に、正午に寺院までとってかえした。

そこは、前の晩とおなじごったがえしで、各民族の代表が、つかれを知らないように、前夜にひきつづき踊っていた。踊りを奉納するという熱意がそこにあらわれており、ごったがえす見物人などいないも同然だった。

前の晩にもあったのかどうかわからないが、今、昼の光で見ると、中央広場に高い棒が一本たっており、上のほうに水平に輪が一つ組んである。するすると人らしい姿がのぼってゆき、やがて高い柱の上に、かるがると指導者がたち、すぐ下のものたちに何か言っている。やがて指導者だけが頂上にのこり、他の人びとはさかさに輪につるされて輪とともにまわりはじめる。赤いズボン、白い上衣、羽のついた帽子。両手をしっかりと横に翼のように張っている。みんな鳥なのだ。高い柱の上できいた長老の言葉は、それぞれがもはや鳥なのだから恐れるところなく空をはばたいてわたれという、呪文だったのかもしれない。今、彼らにとって世界は、鳥の見る世界として存在しているのだろう。

大きな弧をえがいて、鳥たちはゆっくりと地上にまいおり、ふたたび、ひとりひとりが、人間にかえる。ヴェラクルス地方の儀式だという。長い年月の間には事故もきっとあるのだろうが、それでも続けてゆくだけの気力が保たれている。これほど危険なことを毎年この日にくりかえすということは、あきらかに信仰の行為だと思えた。

昨夜とおなじように、群衆のところどころに空間があけてあり、そこで、民族舞踊がつづいている。昨夜とちがうところは、一カ所で、米国人らしい白人が二人ほど、まざって手拍子、足拍子をまねておどっていたことだ。二人は、すくなくとも踊っているあいだは、白人でないものの仲間になりきっているように見えた。

あるところでは、踊りが一段落つくと、踊りの中心にいて琵琶のようなものをかなでて調子をとっていた、背に弓矢をせおい豹の皮を着た上半身はだかの老人のそばに、赤ん坊をだいた婦人がきて、しきりに何か話している。老人はマジック・ドクターで、その診断と治療を、うけに来たものらしい。この婦人は、踊り手とおなじ民族出身で、この首都にはたらきに来て住んでいるらしく、一年に一度のグアダルーペの祭りに、魔術師が来るのを知って、病気のこどもをつれて来たものらしい。あかく日焼した老人は、次の踊りの始まるまでのつかのまの休みをさいて、母親のうったえをきき、力づけてやっていた。

こういうことと、キリスト教の教理とは、どういうふうに結びついているのか。なぜ、四百年以上もの間、このキリスト教の寺院の前で、キリスト教伝来前からの異教の儀式が魔術師の治療をふくめて、ここで完全に保存され、それを求めて来る人びとの前に公開されるのか。ヨーロッパによる征服後四百年の後にも、一年に一度ずつ、この近代都市でおおぴらになされる、征服以前の文化との連続性の確認。一夜二日にわたり力をふりしぼってくりひろげられる踊りは、キリスト教と別様の異教の世界を、教会堂の前にあらわしている。昨夜は気づかなかったことだが、日の光の下にこの広場にたって、教会堂を見ると、この寺院はあきらかに、かしいでいる。左のほうの寺院は左に、右のほうの寺院は右に地面の中にめりこんでいて、ちぐはぐになっている。ヨーロッパからの征服者たちが、後代に残すものとしてたてた堅固なるべき大伽藍が、このように地中に沈みつつあり、その前で、かれらがすでに亡ぼしたと考えた異教徒たちが、昔のままの異教の踊りを、踊っている。

故郷から出てきたマジック・ドクターにこどもの病気を相談する若い母

遠くからきて、おどりを奉納

このようにして、世界的規模において、キリスト教文明はひびわれ、亡びてゆくのではないかと、ふとその時、思った。

夕方になり、遠くから来た民族の代表たちがたがいに別れのあいさつをして散ってゆくころになると、寺院前の広場も、閑散としてくる。すると、石畳の上に長い布をしいて、その上を膝で歩いて教会に向う人があらわれた。

二切れほどに小さく切ったじゅうたんをたずさえてきており、若い父親が、石におかれたそのじゅうたんの切れの上を膝で少しずつ進む。そばに立つ妻が、夫の進み具合を見て、もう一つのじゅうたんの切れを、彼の前方に新しくおく。うしろになり、まえになりして、五歳ほどの男の子が、父の手をひいている。それにしても、寺院の正門から教会堂までは遠く、じゅうたんをしいていても、石畳の上をこんなに長く行くのでは膝がやぶれて血が流れるだろう。どういう願いをかけに来ているのか、あるいは、どういう願いをきいてもらった御礼に来ているのかわからないけれども、膝行する若い父親はほとんど表情をかえず、苦しみを見せずに前に進んでいった。

2

白人ではない貧しいメキシコ人たちをこのように集め、異教の踊りを奉納させる力をもつ、グアダルーペの聖母とは何か。

伝説によれば、コルテスがアステカの首都をおとした一五二一年から十年ほどたったばかりの一五三一年の十二月九日のあけがた、フアン・ディエゴという中年のアステカ人が、彼の住んでいるクアウティトランの村から首都に向って歩いてゆく途中、ちょうど首都への入り口にあたるあたりで、丘の上に、聖母の姿を見た。

このテペイヤカクという丘には、一一六九年以来、ナウア族が町をつくっており、この町は一四六九年にアステカ人アクサヤカトルに征服された。ここにはその後、神々の母であるトナンチンをまつる寺院がたてられ、遠くから巡礼が来て、トナンチンに花と香料をささげた。

トナンチンという言葉は、ナウア語で「われらの母」を意味するという。この土地にいるわれらの母に対する数百年来の信仰が、スペイン人による征服と迫害とによる中断をへて、突然に、グアダルーペの聖母として、よみがえったのである。

グアダルーペは、アラビア語から来ており、その発音にふくまれるGとDの音は、ナウア語にはない。聖母ははじめフアン・ディエゴにあらわれ、次に彼の伯父フアン・ベルナルディノにあらわれるのだが、とくにこの伯父のほうはスペイン語はまったく話せなかった。その伯父にむかって、聖母は自分の名前をあかして「永遠の処女グアダルーペの聖マリア」と呼べと言ったという。ここには何かの誤伝があったと考えられる。ザヴィエル・エスカラダ神父は、テクアトラシューペ（それは石の蛇をもほろぼすであろうという意味）と言ったのを、後でスペイン人が、ききまちがって、自分たちの母国の守護聖者のグアダルーペと結びつけて、そのように呼びならわしたのだろうという説をたてている。いずれにしても、スペインとはもともと無関係な女神が、このメキシコの丘に出現したのであり、彼女の言ったことが、スペインの習慣とむすびつけられて、この伝説をつくりだしたのであろう。

もう一度、伝説にもどって、一五三一年十二月九日に何が起ったかを、サムエル・マルティ『グアダルーペの聖処女とファン・ディエゴ』(エディシオネス・エウロアメリカナス、一九七三年)によってたどってみる。

ファン・ディエゴは、クアウティトランのトラヤカクというところで一四七四年にうまれた。もともとの名はクアウトラトアチンと言い、鷲の如く話す人という意味である。「チン」という言葉がつくのは、いくらか高い身分を示すものだというし、自分の土地をもつ農民だったのだろう。スペイン人による征服のあと、一五二四年から二五年あたりで、キリスト教徒としての洗礼をうけ、ファン・ディエゴという名をもらった。彼は、キリスト教に改宗する前から、宗教心のつよい人であったらしく、ひとりでいることが多く、時として深い沈黙におちいったり、またしばしば懺悔をしたりする一種の神秘家として知られていた。彼の住んでいたクアウティトランの村から三時間半ほど歩いて首都まで出て宗教上の教えをうけることも、早くから彼の習慣の一部となっていた。以下は、彼が五十七歳の時の出来事である。

第一の出現。

一五三一年十二月九日（土）早朝、テペイヤカクの丘をとおりすぎようとすると、頂上で音楽がきこえた。彼が頂上までのぼると、そこに神々しい婦人がたっていて、彼に司教のところに行って彼女のための寺をたてるように言ってくれと命じた。

第二の出現。

同じ日の午後。首都のスペイン人司教が信じてくれなかったのでファンは悲しみにくれておなじところにもどる。そこに彼女はたっていて、もう一度司教のところに行くようにと命じる。

第三の出現。

十二月十日（日）の昼さがり。丘の上にまた帰って来たファンは、彼女に、司教が何か証拠をもって来なさいと言ったとつげる。彼女は、ファンに、証拠をわたすから翌日来るように言うが、彼は、伯父ファン・ベルナルディノが疫病にかかって重態なので来られない。

第四の出現。

十二月十二日（火）早朝。ファンは、伯父の臨終にまにあうように首都から神父を呼んでこようとして道をいそぐ。聖母に会うとおくれてしまうから会わないようにとねがって問題の丘を迂廻して歩いてゆく。すると、丘の上から聖母がおりてきてファンにむかい、伯父はもう治っているとつげ、丘の上にあがって花をつんでそれを証拠として司教にもってゆくようにと命じる。十二月だから花はないはずだが、丘には花があった。聖母は花に手をふれた。それをもってファンは首都の司教を、同じ日の昼ごろにたずねる。

花をつつんできたマントを司教にさしだすと、そのマントの上に、聖母の像があらわれていた。司教は、このマントを証拠としてもらいうけ、礼拝堂においた。

第五の出現。

テペイヤカクの丘でファンが聖母と話していたと同じ時刻に、ファン・ディエゴの伯父ファン・ベルナルディノは、クアウティトラン村の彼の自宅で聖母に会い、その名をつげられた。彼の病気は、たちどころに全快した。

その後、テペイヤカクの丘には堂がたち、そのそばに、聖母の目撃者二人は堂守りとして住んだ。ファン・ディエゴは、一五四八年に七十四歳で死んだ。

ファン・ディエゴの着ていたマントは、その後、今日までつたえられており、聖堂におかれている。それは、長さ六フィート半、幅三フィート半の大きなショールで、マゲイというサボテンの糸で織ってあり、色は麻布のようで、その手ざわりはあらくて、その上に絵をかくのはむずかしい。二つの布をぬいあわせてマントにしてあるので、ちょうど聖母マリアの顔のまんなかにつぎめがくるところだが、彼女はわずかに右にむけて顔をかしげているので、顔形がくずれずに救われている。

この絵を誰がどのようにしてえがいたかについての記録はつたわっていない。重要なのは、誰がどのようにしてえがいたのかわからないが、この聖母マリアが、暗い色の肌と、黒い髪をもっていることだ。

首都の郊外にまつられているばかりではない。自宅の隅や店のうらなどに、邸神《やしきがみ》様のように、グアダルーぺの聖母像がおかれているのを、何度も見た。銀山の町タスコに行った時、夜もかなりおそくなって、人どおりのたえた道のわきに、ぼんやりと明るいところがあるので、近づいて見ると、小さくかこってグアダルーぺの聖母像がまつってあり、燭台の上に蠟燭がもえていた。

3

グアダルーぺの聖母は、思いがけない仕方で、また私の前にあらわれた。メキシコの中央部を旅行して、ドロレス・イダルゴ市のイダルゴ神父の家を訪ねた時のことである。

ミグエル・イダルゴ(1)(一七五三―一八一一年)は、メキシコうまれのスペイン人である。ヴァヤドリド市のサン・ニコラス高等学校をへて、首都のメキシコ大学で学位をとり、神父となった。母校のサン・ニコラス高等学校にもどって、一七九〇年には三十七歳の若さで校長になった。この地位は、イダルゴに三つの農園を買うほどの高給をもたらした。しかし、校長在職わずか二年で辞職している。その理由は、イダルゴが財務責任者だった間に、多額の借金ができてしまったことによる。ヒュー・M・ハミルの『イダルゴの反乱』(フロリダ大学、一九六六年)によれば、イダルゴ神父は高等学校における食事と生活条件をよくすることに熱意をもち、そのために学校の借金をふやしたのだという。田舎町の僧侶としてくらすうちに、イダルゴの神学上の意見は、カトリック教会の異端審問の対象としてとりしらべをうけるようになった。審問所の集めた資料の中には、イダルゴの情婦だったと称するマリア・マヌエラ・エララの証言などがあった。

一八〇三年、五十歳のイダルゴ神父は、彼自身の私生児二人(女性)、弟、異母妹二人、従兄を含む大家族をつれて、ドロレス市に移り、この町の教会をうけもつことになった。

イダルゴ神父は、この町で自宅に人をあつめて、音楽を演奏したり、舞踏会をひらいたり、酒もりをもよおしたりするとともに、実質上は産業学校とも言うべき研究集会をひらいて町の人への助言をした。作物の品種の改良、工場の生産計画への提案に、長年にわたって彼のたくわえた知識をいかした。このような実学的な研究会とならんで、政治上の談話会もひらかれるようになり、当時のメキシコを支配していたスペインうまれのスペイン人を追いはらって、メキシコにうまれてここに住んでいるスペイン人を主にする自治制度をもたらそうという計画をたてるようになる。計画はやがて政府の知るところとなり、政府に知られたということを早目に知ることのできたイダルゴは、しりごみする仲間に、機先を制して立ちあがる他はないと呼びかける。

一八一〇年九月十六日、彼は、自分がいつも説教している教会の鐘をならして人びとを集め、教会の前にたって、独立へのうったえをおこなった。メキシコ史の伝説の一部となったこの「ドロレスの叫び」は、どういう言葉であったのか。おそらくは、当時のスペイン王に対して忠誠を誓い、スペイン王を頭にいただきつつ、メキシコ育ちのスペイン人による政治を実現しようとのべたものだったと推定される。

毎年九月十五日の夜から翌十六日朝にかけて、メキシコ合州国大統領は官邸の窓から、かつてのイダルゴの呼びかけをみずから再演して現在のメキシコ国民にうったえ、独立記念日の行事の頂点とする。このような歴史再演の役を大統領職の一部としてふられているのだからメキシコ歴代の大統領は名優でもあることを要求される。

しかし、国民の前で再演されるドロレスの叫びが、もともとはどのようなものであったかは、グアダルーペの神話ほどではないにしても、やはり謎につつまれている。目撃者の証言は三種類のこっており、まちまちである。

ソテロの証言によれば、イダルゴ神父は、自宅の窓から、家の前に最初にあつまった人びとにむかって、あけがたに一場の演説を試み、声を高めて、

「グアダルーペの聖母万歳、独立万歳」

と叫んだという。

ペドロ・ガルシアによれば、町の人びとが、早朝のミサのために教会にゆくと、式を司会するはずの神父の姿が見えないので、その自宅まで歩いて行った。すると神父は自宅の入口から出て来て、専制君主を倒して自由をかちとる時が来たと説き、

「グアダルーペの聖母万歳。アメリカ万歳。アメリカのためにたたかおう」

と結んだという。

フアン・デ・アルダマによれば、イダルゴ神父は、当日朝八時、日曜日のミサに近郊から馬にのって来たり歩いて来たりした六百人ほどの人びとを前にして、フランスの侵略からスペイン王国の独立を守るために立ちあがれ、フランス側に内通している現在のメキシコ支配者を倒して専制を終らせよう、と説き、馬と武器をもって参加するものには一日一ペソ、手ぶらで参加するものには一日一レアル（四レアルが一ペソ）を支払うと約束したという。

国民的伝説としては、町の教会の鐘をうちならして人びとをあつめ、教会前の広場で牧師が、独立へのうったえをしたというのが、もっとも劇的で、うけいれやすいだろう。現に、教会の前の広場にはイダルゴの像があり、広場のほうに身を移してそこから教会を見ると、グアダルーペの聖母の旗を左手にもち、右手を高くあげて立つイダルゴ神父が教会を背に、台座の上にたって町全体にむかって訴えかけている姿が見える。

ドロレスの叫び、ドロレス市にたつイダルゴ神父の銅像

これはおそらくは史実に反する。もっと史実に近いのは、イダルゴ神父が自宅の窓から首を出して、家の前の道に立つ人びとに、

「こういうわけで、いろいろ準備をしなくてはならないから、ミサができなくなった」

と言いわけをするところから独立運動がはじまったということだろう。

首都から遠くはなれたこの小さい町の路上の集りが、やがてメキシコ全土をゆすぶる力となった。目撃者談がまちまちであっても、この事実は、動かない。

ただし、ソテロとペドロ・ガルシアがのべたように、イダルゴが、はじめての演説で「グアダルーペの聖母万歳」と叫んだというのは、他の状況証拠からおして信じがたい。その点ではおそらくアルダマの証言によるように、フランスの侵略からメキシコを守ろうというのが最初のよびかけだったろうと考えられる。

教会が立派なわりに、イダルゴの自宅はメキシコの白人の家としては小さい。といっても、かなり立派なもので、中庭があり、調理室もあって、美食家であった主人をしのばせる。この中庭で、ダンスなどもできたかもしれないが、なにしろイダルゴは革命家として出陣したころにはもう六十歳に手のとどこうとする年齢だったのだし、この家の感じも、おちついた学者風のものである。書斎には、イダルゴ愛用の老眼鏡があり、蔵書の中にはビュフォンの大冊の博物学などもあって、フランス百科全書派の知識と理想とを、彼なりにこのメキシコの土地にいかそうとして努力した人だったということがわかる。

（上）グアダルーペの聖母の旗をもつイダルゴ神父の絵葉書
（左）イダルゴ神父の家の内庭

遺品の中には、グアダルーペの聖母をえがいたタテ長の旗が一流あり、それは、私たちが、たとえば一九六〇年の安保闘争の時の「声なき声」の旗として十分ほどでつくったような、一息で書きながしたもので、それを書いた時の気持ちの流れがわかるようだった。その絵筆のタッチのつたえるように、立派な画をあらかじめ準備しておくというふうでなく、らくがき同然に、手ばやく、聖母像をかいたのだろう。

イダルゴ神父は、仲間のかなり多くの反対をおしきって、この反乱に原住メキシコ人をさそう決定をしたという。それは、かねてから彼が原住メキシコ人に共感をもち、法をおかしてまで、原住メキシコ人が栽培する作物の品種を調達して来たことからも明らかである。イダルゴの自宅では、工場の設計と農業の品種改良についての研究集会がひらかれていたので、そのつながりをとおして、わずかの時間に、職人と農民をあつめることができた。工場との結びつきがあるからには武器の調達もむずかしくはなかった。ドロレスの叫びをあげてから一日の中に、ドロレスの町を支配層のスペインうまれたちからうばうことに成功し、五百人から八百人くらいの最初の革命軍を編成することができた。その中核をなすものは、十四人の農民兵だった。

「スペイン国王フェルディナンド七世を守れ」という呼びかけで早朝にはじまったこの運動は、その日のうちに、「グアダルーペの聖母」を旗としておしたてる反乱軍とかわった。グアダルーペの聖母という象徴は、この反乱が単なる政治運動ではなく、宗教に基礎をもつ運動であることを示すとともに、古来メキシコに住む原住メキシコ人が参加する運動であることを示していた。

おなじころに南米では、スペイン人の支配に反抗して現地育ちの白人による独立運動がひろまり、すでに確実な成果を収めていた。アルゼンティンの現地白人グループによる独立は、もっとも早く成功した例であり、チリ、ヴェネゼラ、ペルー、ボリヴィアなどでも、独立運動は進んでゆく。

これらとくらべて、メキシコの独立運動は、一進一退で長く成果を収め得なかったという点できわだっているとともに、この運動がその出発の時から、現地白人グループによる支配のみをめざす運動としてではなく、原住メキシコ人をふくめた現地人グループによるスペイン植民官僚打倒の運動だったという点でもきわだっている。ヘンリー・バムフォード・パークスが、今日もなおメキシコ人の間で好んで読まれている『メキシコ史』（ハウトン・ミフリン社、一九三八年）で述べたように、メキシコにおいては独立戦争は社会革命の性格をあわせもつものとなり、民族独立のための戦争が同時に階級闘争の性格をもつものとなった。この故に、他のラテン・アメリカ諸国では現地白人は一致団結してきぱきと独立の事業を達成したのに反して、メキシコでは現地白人グループが内部分裂してその一部がスペイン官僚について独立反対にまわるという状態をつくりだした。このために、イダルゴたちの軍隊はやぶれ、イダルゴは、他の三人とともに、グアナファト市の公共穀物倉の四隅に首をさらされることになる。

その首は、首というよりはもはやされこうべと言うべきだが、一九一〇年になって首

（上）イダルゴの首がかかげられたグアナファト公共穀物倉庫の全景
（右）イダルゴの首のかかっていた角

都の独立記念塔内部におさめられることになった。納骨の儀式には、ひとりの娘が参加しており、彼女は、イダルゴ神父の孫娘だと名のったという。これは保守的な歴史家ジョーゼフ・H・L・シュラーマンの『メキシコ、火山の国』（ポルア社、一九六九年）に引かれている逸話である。

イダルゴ神父を助けて、軍事面の指導者となったアエンデ大尉[2]の家は、ドロレスの近くのサン・ミグエルにあり、この町もまた独立運動の指導者の名をとってサン・ミグエル・アエンデと呼ばれている。アエンデの家は、町の表通りの一角を占め、イダルゴの家にくらべてさらに立派である。闘牛の好きな青年だったアエンデの力づよい門出を示す馬上の立像が、この町の広場にたっている。孫娘のいる神父、闘牛の好きな大尉など、この独立運動は、これらの指導者の悲惨な最後にもかかわらず、メキシコらしい野放図な性格をもあわせもっている。初期の反乱の失敗したあとをうけて、運動をたてなおしたホセ・モレロス[3]。この人はミチョワカン州出身の混血人で、サン・ニコラス高等学校でのイダルゴ神父の教え子だったが、とらえられて処刑される前に、グアダルーペの教会の前をひかれていったという記事が、グアダルーペ寺院の歴史の中に見える。グアダルーペの聖母がこの運動の守護神であったことを考えると、モレロスの処刑もまたグアダルーペの聖母を背景として民衆の伝説の中に生きていることを示す逸話である。その後、ゲリラ軍をひきいてゲレロ[4]その他がたたかいをつづけ、さらに一進一退あった後に、ヨーロッパ人の血をうけないファレス[5]が大統領となって、ヨーロッパからおしつけられたマクシミリアン皇帝の軍隊をうちやぶって終点に達するまでに、独立運動は長い道のりを歩まねばならなかった。

4

ファン・ディエゴが聖母を見たのが一五三一年だという歴史上の証拠は見つかっていない。十六世紀なかばにアステカの学者アントニオ・ヴァレリアノによってアステカの文字でアマテという木の皮の紙に書かれた「ニカン・モポウア」の草稿とそのうつしが、この伝説的事件がおこったことをすくなくとも十六世紀なかばにつたえている。十六世紀最大のアステカ研究者ベルナルディノ・デ・サアグン著『新エスパニア事物史』（一五六八年）はすでに、神々の母トナンチンをまつるやしろがテペイヤカクにたっていることをつたえている。

これらほぼ同時代の記録には、一五三一年に聖母の出現がなかったという証拠は見出せない。一五三一年あるいはそのころに、アステカ人がテペイヤカクの丘の上に自分たちとおなじ肌の色をした女性の像を見たということは、ほぼたしかだと考えられる。しかし、その女性像が、はじめから聖母マリアとしてあらわれたのかどうかは、わからない。また、今日もつたえられているマゲイの糸で織った布とその上にあらわれた聖母像を、誰が、どのようにしてえがいたのかも、推理する他にない。その聖母像がかかれたのは、伝説のつたえるように一瞬ではなく、数日あるいは数カ月、あるいは数年をかけて、何人かの合作を経てなされたものかもしれず、その長期間にわたる作業を、伝説は一瞬のまぼろしとして語りなおしたものかもしれない。

そのような合作は、自分たちのところにたどたどしいスペイン語を使って何かを話しに来た原住メキシコ人からヒントを得て、何人かの才智あるスペイン人僧侶の手で進められたのかもしれない。伝説によれば、ファン・ディエゴが聖母に命じられておとずれたのはスマラガ司教であり、この人は最初には、現存する原住メキシコ人の書物をやきはらったり偶像崇拝を禁じるきびしい処置をもってしられていたが、その後一転して、当時の占領政府の原住メキシコ人に対する苛酷なあつかいに抗議して、温情のある処置をとるようにすすめた。スマラガ司教が、トナンチンを聖母マリアに転生させる計画を作った当人かどうかはわからないが、いっぽうにおいて中年のアステカ人ファン・ディエゴが一つの複合人格として歴史上に存在したように、この複合人格に対してスペイン人のカトリック教会の側から協力するものとしてスマラガ司教に宿るもう一つの複合人格が存在したと言えよう。カトリックの教理には、プロテスタントの教理とちがって、このように現地の土俗信仰を寄生させるだけのゆとりがあった。十六世紀のカトリック神父たちは、このようにしてキリスト教の信仰をメキシコ人の間にひろめることができると考えただろうが、その後四百年たった後のグアダルーペのまつりは、グアダルーペの聖母というこの象徴の設定が、メキシコ人がキリスト教渡来前の信仰を保つための精神の修練の場となってしまったことを示す。コルテスの侵略四百年後の今、キリスト教寺院に奉納される踊りの中に、キリスト教文明の崩壊のまぼろしを私は見た。これは、メキシコ到着後三カ月ほどして、グアダルーペの祭りを見て書いた私のおぼえがきなのだが、ひとりで、他の自分の見聞と結びつけて、自分なりの仮説をたてて見た。日本に帰って来て、いくらか本を読んで見ると、私のような見方は、すでに何人もの人びとによってたてられている。

増田義郎は『古代アステカ王国』（中央公論社、一九六三年）の中で次のように述べた。

「ところがおもしろいことに、キリスト教とアステカの宗教の間には、多くの類似点があった。どちらの宗教でも、洗礼、告白、聖体拝領、尼僧の制度、聖地巡礼などが行なわれ、礼拝のとき香がたかれ、十字架がシンボルに使われた（アステカは、蛇の神をあらわす帽子や楯に、十字架を使った。）そしてどちらも、聖母の処女懐胎を信じていた。というのは、アステカ人は、コアトリケ女神に天からおちてきた黒曜石《こくようせき》のナイフがつきささって、軍神ウイツィロポチトリが生まれた、と信じていたのである。

そこで、スペイン人に強いられて、キリスト教に〝改宗〟したメキシコのインディオが、どのくらい本質的に、彼ら自身の古い宗教を棄てて、精神的にヨーロッパ化したか、はなはだうたがわしかった。名前だけが変って、相もかわらぬ昔のものを、彼らは信仰しつづけたのかもしれなかった。カトリックの僧たちは、もちろんこのことにすぐ気がついた。しかしどうすることもできなかった。いくらインディオに、悪魔の恐ろしさを説いても無駄だった。彼らは、悪魔と天使を混同して、区別をつけることができなかったのだから。そこで、ついには、軍神ウイツィロポチトリがスペインの戦争の守護者イヤゴになり、トナンチィン女神は、グアダルーペ寺院の聖処女になってしまった。

同じような現象は、メキシコ文化のあらゆる面でおこった。ヨーロッパ文化は一見インディオ文化を征服したかに見えた。だが、ほんとうに征服されたのは、ヨーロッパ文化だったのだ。」

マドリッドのスペイン研究高等学院で教えるフランス人ジャック・ラフェは、「メキシコのユートピア」（『ディオゲネス』日本版、第八号、一九七四年）で、グアダルーペ寺院への巡礼について次のように書いた。

「テペヤークの巡礼は、ある人にとっては黙示録の女と一体化されてはいたが、インディオにとっては昔と変わらぬトナンツィンの母なる神であった。グアダルーペの信心の持つ歴史の古い曖昧さをかかえながら、スペインと西欧キリスト教社会に支配的なマリア信心のかくれみのの下で、メキシコの民族意識が発展することを可能にしたのである。テペヤーク山におけるメキシコの聖性の極化現象が、あらゆる面で中心指向的なメキシコ統一の端緒となり、またその統一を可能にしたことは疑い得ない。」（三保元訳）

ラフェはさらに、「一般に一つの民族は必然的に、漠然としている解放の未来のヴィジョンによるよりも、自らの過去について持ち得るイメージによって、自らの特徴を定めるものだ」として、グアダルーペの伝説が、四百年前の過去に関するものでありながらもメキシコの民衆にとってユートピア構想の機能を果して来たと推定する。このような作業仮説をうけいれるならば、フアン・ディエゴの聖母目撃の伝説は、メキシコ独立運動だけでなく、その後に接続し今なお決して終っているとは考えられないメキシコ革命運動をも背後からおしすすめる象徴であると言えるだろう。イダルゴ神父だけでなく、非命に終ったマデーロ、サパタ、ヴィヤなどの社会革命の運動も、グアダルーペの旗の下にたたかわれた巨大な運動の一部として、メキシコの民衆思想史の中に位置づけられる。

キリスト教の象徴とアステカ宗教の象徴とには、よく似たところがあった。このことが、わずか四百人のスペイン人に人口百五十万人のアステカ王国が攻めほろぼされたという、説明しにくい事実をつくりだす。スペイン人は、馬と鉄砲をもっているだけで、戦争に勝ったのではなかった。

コルテスがアステカ王国を攻めほろぼした経過は、コルテス軍に従ったスペイン人ベルナール・ディアスの記録『新エスパニア征服の真の歴史』（一六三二年刊行）に見事に語られている。このスペイン側の記録によってみても、当時のアステカ王国の人びとがいかに策略に乏しい集団であったかがわかる。なかでもモクテスマ王は、かつてメキシコ人の暴虐（とくに人身御供の習慣）にあいそをつかしてこの地を去った神ケッツアルコアトル（羽毛ある蛇）が今や白人コルテスとしてもどってきたと考え、彼に謝すべきことを謝し、彼の求めるままに黄金をあたえ、あるだけの黄金をあたえればまたこの地をたちさってくれるものと考えた。

コルテスの侵略を今日の言葉で語りなおしたモーリス・コリスの『コルテスとモクテスマ』（フェイバー社、一九六三年）によれば、自国の伝統についての博識にもかかわらず、キリスト教についての知識をもっていなかったことが、モクテスマ王のつまずきとなった。もしもモクテスマがキリスト教徒となっていたならば、羽毛ある蛇の化身としてコルテスを見ることはなかったであろうし、ただメキシコの国をとりに来た悪人としてコルテスを見ることができただろうとコリスは言う。そうならば、キリスト教君主としてのモクテスマの義務は、コルテスとたたかうことであり、彼を捕虜とするか、彼を殺すかすることとなったであろう。そして当時のヨーロッパで通用していたキリスト教の規準によれば、もしメキシコの王がキリスト教徒であるならばコルテスのような目的をもつものがそこにとどまることは許されなかったはずだという。

不幸にもアステカの伝統にしたがうヒューマニストであったために、モクテスマ王は、コルテスにやぶれたのである。

もちろん、アステカ王国がメキシコ全土を統一することに成功していたならば、モクテスマが王位を追われて殺され、クイトラワックとクワウテモックとにひきいられてアステカ王国が侵略者とたたかう気になったあとでも、スペイン軍を撃退することはできただろう。しかし、実際には、コルテスが上陸以来メキシコ諸民族の軍隊を手びきとしてアステカ王国に入って来たことが示すように、アステカ王国はメキシコの諸民族の支持を十分にうけていたわけではなかった。

こうして、アステカの首都をめぐる攻防戦がたたかわれ、首都はこわされた。アステカ王国の所在地メキシコ渓谷の人口は、チャールズ・ギブソンの『スペイン支配下のアステカ人』（スタンフォード大学出版部、一九六四年）によると、征服後わずか五十年に四分の一から五分の一にへってしまったという。人口減少の傾向は一五七六―八一年の疫病でさらにつよまり、十六世紀末から十七世紀はじめにかけては征服以来九〇パーセントへったと言われることも普通であったという。それぞれの村について言えば、人口八千人の村が三百人になったり、人口六千人の村が二百人になったり、人口四千人の村が百五十人になったりした例が報告されている。

グアダルーペの聖母（実は神の母トナンチン）をテペイヤカクの丘でアステカ人が見た

のが一五三一年であるかどうかは知らない。しかし、このころであるとすれば、征服以後十年、もっとあとだとしてもすくなくとも征服後三十年ほどで、この女神はあらわれた。

モクテスマ王にとっても理由がわからなかったようにアステカ人の多くにとってもスペイン人の侵略の理由はわからなかっただろう。白人は突然にやって来て自分たちの国をとり、神殿をこわし、文書をやき、人口の大半をほろぼした。この時うけた精神の傷から、中年のアステカ人が白昼夢として、丘の上に、自分たちをやさしくまねく女神を見ることは、自然のことだったと思える。メキシコ侵略の歴史をたどりなおす時、メキシコ人の内面の傷からグアダルーペの聖母の象徴があらわれることは、不思議ではない。

日本がもしメキシコの位置にあり、日本にある黄金を求めてコルテスが入って来たとすれば、ほぼおなじ目に日本人は遭ったかもしれない。しかし、メキシコやインド、ビルマ、中国よりもはるかに遠いところにあったために、白人が日本に達した時には、ヨーロッパの衝撃は弱まっていた。その結果、日本人は、ヨーロッパ文化をとりいれるについて、メキシコ人ほどの傷をうけていない。メキシコの文化が、日本にくらべて異様なはげしさをもっているのは、西欧の文化と土着の文化の対決にさいしてうけたその精神の傷の深さによるものだろう。

コルテスの手びきをしたメキシコうまれの人びとの代表にマリンチェがいる。

彼女はアステカとおなじメキシコ系の貴族の娘としてうまれたが、母親に奴隷商人にうられ、コルテスのうちやぶったタバスコ民族からコルテスにゆずりわたされた。彼女は自分のうまれついた民族へのうらみから、すすんでコルテスを助け、情婦兼通訳をつとめるばかりか、参謀となって、アステカ人の動きについての適確な判断をコルテスに示した。彼女は、ただ利益を目的としてコルテスに近づいたのではなく、スペイン軍大敗北の夜にも、彼を力づけてふるいたたせたことが、コルテス軍将校ベルナール・ディアスの記録に見える。

このおどろくべき有能な女性は、メキシコのヨーロッパ化の一つの象徴であり、近代化、能率化の象徴であり、メキシコ人の自治への裏切りの象徴でもある。彼女は、コルテスによって子どもを生んでおり、混血児の母としても先駆者となる。

大統領の執務場所である中央政庁には、メキシコの全歴史をにつめてえがいたリヴェラ筆の一連の大きな壁画がある。そのアステカ王国時代の部に、アステカの服装をしたマリンチェがたっており、頭をあげ、反逆の意志をこめてアステカ王と民衆を見ている。マリンチェは、グアダルーペの聖母とならぶほどに重要な役割をメキシコの内面史で果している象徴的な人物であろう。彼女はメキシコの文化のもろさを見抜き、これをうちこわす方向にかけた。そのすぐれた知性は、ヨーロッパの侵略者の目的に奉仕することにむけられた。ディアスの記録にもあるように、彼女はしばしばメキシコ人虐殺への機会をつくっている。このようにしてつくられた傷をいやす力への渇望の中から、グアダルーペの聖母がうまれた。

コルテスの時代をこえて、独立運動がおこってからも、メキシコの支配層は、ヨーロッパ的教養をうけたメキシコ人にかぎられている。銀行とか、飛行機会社とかのように精密さを要求される仕事場には、その中心に、近代化された能率的な幹部がいて、その周辺に、決定にあずかることのない下部の従業員がむらがっている。能率的に事務を処理する幹部は、決定からはずされている大衆にとっては、マリンチェにつらなるメキシコ人に見えるだろう。

メキシコでは、道をゆく時によく、

「今の時間は何時か？」

ときかれた。時計をもっている人が少ないし、プールでも時計をはずさずに、自分の時計が防水であることを見せびらかすように、ぬきてをきって泳ぐ人を見かけた。

アルジェリアうまれのレイモン・メルカは、「時間厳守——現代人の心理についての試論」（竹内成明訳『ディオゲネス』日本版、第五号、一九七一年）というエッセイを書いて、アラブ人の世界から見て、ヨーロッパ人が時間を失うことをいつも怖れて細かく区切って使う習慣にしていることが、「今」というこの時の質をおとしてゆく側面をもつことを述べている。アラブ人とちがって、日本人は、そういう批判を、ヨーロッパ文明に対してもつことがなかった。メキシコ人が、ヨーロッパ文化に対してもつ見方も、アラブ人の見方に通じるところがあるように感じられる。メキシコ人（とくにマヤとアステカ）

は、天体の動きによって、時間を大きく区切る方法を工夫したが、分秒きざみで今の自分の生活をとらえる見方になじむことはなかったようである。

現代のメキシコには、時間の流れを自分のもっている時計にあわせて規則的に統制できる人びとの系列と、その時間の流れからはみだして別の流れの中に生きる人びとの系列とがあるように見えた。そのあとの人びとが、十二月十一日にグアダルーペの寺院におこもりをする人びとである。ふだんは、近代化されたメキシコの生活の底にかくれて流れているこのもう一つの時間が、グアダルーペのまつりの日にははっきりとその姿をあらわして人びとをその中にひたす。

（1）　イダルゴ（一七五三—一八一一）　ミグェル・イダルゴ。グアナファト州サン・ヴィセンテ・デル・カニョに一七五三年五月八日にうまれた。父はメキシコうまれのスペイン人で大きな農園の経営者。母もメキシコうまれのスペイン人。その息子の彼もメキシコうまれメキシコ育ちのスペイン人という身分（クリオヨ）に属し、有力者層ではあるが支配層からはずされる運命をもっていた。僧侶となる。中年になって革命家となり、メキシコうまれのスペイン人の結束だけでなく原住メキシコ人の解放をめざして聖母グアダルーペの旗の下に反乱をおこし、一八一一年七月三十日銃殺された。銃殺に先だって彼は銃殺隊員に悪意をもっていないことを示すためにポケットからあめをとりだしてくばったという。イダルゴは、アルダマ、アエンデ、ヒメネスとともに、その首をグアナファトの公共穀物倉庫の四つの壁のそれぞれにつるされた。四人の首は今は独立記念塔の下におさめられている。彼が司祭をしていた町ドロレスはドロレス・イダルゴと名をかえられた。首都の地下鉄駅の一つもイダルゴと呼ばれている。彼が独立への呼びかけを田舎の小さい町でおこなった九月十六日は、今ではメキシコ全土で独立記念日としていわれる。首都では花火とネオンサインの下に大変な人出で、午後十一時イダルゴの鐘がならされ、大統領が広場におりて長い演説をする。そのネオンサインは、スペイン人渡来以前の古代絵文字のように空いっぱいに明滅する。自分のはじめた反乱による流血についてイダルゴ神父は心をいためており、反乱について後悔の意を表明し、その責任をとって自分が銃殺されることは当然と考えていたふしがある。

(2)　アエンデ（一七七〇―一八一一）　イグナシオ・アエンデ。グアナファト州ドロレス村に近いサン・ミグエル町の裕福な商人の息子としてうまれた。息子のイグナシオ自身の所有として時価二万九千九百三十二ペソの粉ひき小屋をもっていたというから、彼自身も相当の財産家だったのだろう。馬術家としても、博徒としても、女たらしとしても名高い青年で、大尉だった。「ドロレスの叫び」のあげられた独立運動の出発にあたってはイダルゴ神父みずからが全アメリカ軍総司令官兼元帥となったが、政府軍とのたたかいに敗北を経験してからアエンデが軍事上の指導者となった。敗北してとらえられ銃殺された後、その首は金属製の籠に入れられてグアナファトの穀物倉の壁の上に十年間おかれて見世物にされた。彼の生家は今日も残っており、その町は彼を記念してサン・ミグエル・アエンデと改められた。そこには今や走り出そうとする馬上の青年将校アエンデの銅像がたっている。この町に、南北両アメリカ大陸に知られる泊りこみの馬術学校がある。首都に彼を記念する地下鉄駅がある。

(3)　モレロス（一七六五―一八一五）　ホセ・マリア・モレロス。貧しい大工を父に、教養ある女性を母に、ミチョワカン州の首都で今は彼の名をとってモレリアと呼ばれる町でうまれた。父にはおそらく原住メキシコ人の血があり、彼は混血と見なされた。おさない時からはたらいて一家を支え、二十五歳になってからイダルゴ神父が校長をしていたサン・ニコラス学寮に入って神学を勉強した。一七九五年にメキシコ市の大学を卒業。村の司祭として民衆とともにくらし、イダルゴの独立への呼びかけにこたえて運動に参加。有能な組織者としてすぐれた手腕をあらわし、一八一三年反乱軍最高指揮官兼元帥となった。独立、共和制、農地再配分が彼の綱領であり、それらをもりこむ独立宣言が一八一三年十一月六日にチルパンチンゴでの会議で発表された。一八一五年九月に政府軍にとらえられ、十二月二十二日首都に近い村で銃殺された。彼は頭痛もちだったので壁画にあらわれる彼は頭痛どめの鉢巻をしている。

(4) ゲレロ(一七八二―一八三一) ヴィセンテ・ゲレロ。貧農の息子としてメキシコ南部のティストラにうまれた。アフリカからつれてこられた黒人の血をひくと言われる。白人をきらい、原住メキシコ人をあつめてグアダルーペ連隊を組織して指揮官となった。最高司令官モレロスの死後、大西洋岸のヴェラクルス地方ではグアダルーペ・ヴィクトリア、南部ではゲレロがわずか千人ほどの兵力をひきいて山間でたたかいつづけた。軍事指導者としてきわめてすぐれていた。総督の軍隊の司令官イトゥルビデがゲレロの軍隊にやぶれたのを機に独立軍側にねがえりをうち、その力もあって一八二一年にスペインの支配からメキシコは解放された。その翌年イトゥルビデは皇帝となり、これに反抗してゲレロはふたたびたたかってイトゥルビデを追放し、メキシコに共和制をもたらした。初代大統領グアダルーペ・ヴィクトリア、二代大統領ペドラサについで、三代大統領にゲレロが就任したが副大統領に中央政府を掌握され、一八三一年二月十四日オアハカに近いクイラパの教会の庭で反逆者として処刑された。彼は腐敗しなかった故に今日も民衆の記憶にのこっている。首都に地下鉄駅があり、彼の名をとった州もある。

(5) フアレス(一八〇六―七二) ベニト・フアレス。オアハカ州の山奥にあるサン・パブロ・グエラタオという小さい村に、サポテカ系原住メキシコ人を両親としてうまれた。親は彼が三歳の時になくなったのでそのことはほとんどおぼえていないという。その後、叔父にひきとられてここではじめてスペイン語をならった。十二歳の時に歩いてオアハカ市に出て製本屋の家に住みこみ下僕兼書生としてはたらき、主に自分で勉強した。小学校に行ってみたがつまらないと思ってやめた。二十二歳の時にオアハカの上級の学校に入り二十五歳の時に法律科を卒業。二十八歳で弁護士の資格をとり、州議会議員、オアハカ州知事をへて、中央政府の司法大臣、最高裁判所長官、副大統領となった。このころ保守勢力と自由主義派の間に内乱がおこり、メキシコに二人の大統領ができた。ファアレスは一八五八年以後自由主義派の大統領となり、何度も戦いに負けながらも不屈の態度をかえず、フランスのナポレオン三世がマクシミリアンをメキシコ皇帝としておくりこんできてからも、これと戦い、一八六二年五月五日サラゴサ将軍のひきいるメキシコ軍がフランス軍をプエブラに破るという大勝利をもたらした。（サラゴサは首都の地下鉄の終点になった。）この五月五日は今日もメキシコの重要な記念日である。その後も何度も失意の時があったが一八六七年ついにヨーロッパ諸国の干渉を最終的にしりぞけて首都にもどった。一八七二年、大統領在職のまま六十六歳で死んだ。米国国境に近く、彼の名を記念した都市があり、首都には彼の名をとった地下鉄駅がある。

エル・コレヒオでの一年を終えて

一　現状の報告

一九七二年九月はじめから七三年六月末にかけて、メキシコ・シティーのエル・コレヒオ・デ・メヒコで講義をした時の見聞を、まとめてみます。

講義の主題は、前半は、明治以後の日本文学、後半は第二次世界大戦前後の政治思想ということにしました。

クラスのもちかたは、前半は、毎週二度、各回二時間の講義、それとは別に、学生各人が毎週一つの論文を書いてもってきて個人的にそれについて議論する機会をもつというやりかた。後半は、セミナー形式とし、はじめに各人が書評という形で、講義主題とかかわりのある書物についてのリポートを書き、それを中心として討論。次に、私が十回ほどの講義。そのあと各人が長い論文を用意してそれについての報告と討論ということにしました。

このクラスの他に、すでにエル・コレヒオの正規課程を終えた人で、論文執筆中の人に個人指導だけのセミナーを年間通じてもちました。

さらに数回、エル・コレヒオの研究員だけのよばれる会合で、研究発表と討論の機会がありました。スタッフ・セミナーという形です。私の話は英語で、学生は必要に応じてスペイン語を使いました。その程度にはスペイン語がわかるようになりました。

以上は、純粋に報告ですが、これにいくらか私の主観がまじってしまうことになりますが、現状についての印象を書きます。

(a)学生について

セミナーの参加者は、メキシコ人四、チリ人一、ブラジル人一、キューバ人一、日本人一です。

学生の質が悪いということを、日本を出る前に警告されてきましたが、私は一年滞在の結果、そうとは思いませんでした。たとえば、講義形式をとった前半について言えば、半年の間、週に二度、二時間ずつの講義に、誰ひとりとして休んだものはいません。日本の大学に二十一年いた私の個人的経験とひきくらべて、学問への意欲という点では、日本のいわゆる一流大学（私の教えたことのあるのは京大、東京工大、同志社大ですが）の学生よりもいくらかつよいという印象をもっています。

ただ日本から来た教師がメキシコでとまどいを感じるのは、学生の知識が均質でないことです。

日本ならば、おそらく江戸時代からそうだったのだろうと思いますが、少年・青年の知っていることは均質です。さらに明治以後となると、その均質性はますます濃くなってゆくわけで、今では、小学校卒業ならこれくらいのことは知っているはずだとか、中学校卒業ならば、高校卒業ならば、大学卒業ならばと、期待の水準が教師の側にあります。しかし、メキシコでは、そういう均質性はありません。英語をどのくらい知っているかというような単純なこと一つとっても、ひとりひとりがちがうのです。社会科学の知識、思想史の知識、日本についての知識など、それぞれについてまったくばらばらなのです。そういう場合、何人かにおなじ講義をして、おなじ問題についてのリポートを書いてもらうという方法は成功しません。

エル・コレヒオの日本研究科の学生の質が悪いという説は、今の日本の教育の均質性になれてこれを世界いたるところで期待する日本の教授が、その期待をうらぎられたためにおこした反応ではないでしょうか。むしろ、日本人自身の特性を逆に照し出しているように私には思えます。

これにたいしてどうしたらよいかということは、さらにきめかねる問題となるのであとにまわします。
(b)私のような題目をえらぶものにとっては、エル・コレヒオの日本関係図書室は、かなり有用のものです。代々の前任者は、きわめて注意深く、基礎的な文献からつみかさねて来たという印象をうけました。しかし、図書の中心は古典文学にあり、近代の文学となると手うすであり、もっとひろく思想関係となるとさらに手うすになります。さらに、経済の領域になると、非常に手うすであり、経済学および社会学の領域にエル・コレヒオの日本研究者の関心があることを考えあわせるならば、早急に補充さるべきものと思われます。

日本語の書物は、利用者があるかどうかによって補充さるべきですが、私の見るところでは、エル・コレヒオに短期あるいは長期にわたって滞在する日本研究者は、ラテン・アメリカ国籍、ヨーロッパ国籍、日本国籍などの区分を越えて、ここの日本語図書を使って研究しているので、かなり高度のものであっても十分に活用されていると言えます。

(c)エル・コレヒオの日本研究の将来性について。これは、エル・コレヒオ所属のアラビア文化、中国文化、インド文化の研究者が、それぞれかなり高い水準をもっていることから、それらの研究者の仕事を有機的にむすびつけられることによって、相当に実りある仕事を期待できそうに思います。私の参加した数回のセミナーから、私はそういう印象をもちました。

この場合、日本のことだけを対象とする日本研究よりも、比較文化論・比較社会論の方法をもつ日本研究が育つことに、より大きな可能性をみとめます。

二　分析と意見

(a)日本研究の学生が、どのように研究の題目をえらぶかは、むずかしい問題です。日本からでかけてゆく講師が、まったく自分の研究上の都合によって、テーマをおしつけることになりやすいから、どうしたら、そういう誘惑をさけて、学生自身の要求にあわせることができるかがもっとも微妙な問題になります。学生自身の要求と言っても、学生は、日本についてそれほどひろい知識をもっているわけではないのですから、彼自身の選択にまかせると、かえって、ただ有名だというだけでえらぶということになりかねません。

手つづきから言えば、学生の関心をもつ主題にそうて、ひろい選択範囲を指定し、いくつもの研究題目の可能性にたいして知識をあたえることがまず必要です。それは、とてもむずかしいことで、私をふくめて、これまでエル・コレヒオに招かれた人びとが、このことについて、十分な成功をおさめたとはとても言えません。

この場合にも、比較文化・比較社会の方法が、学生各個に適当な主題の選択へのもっとも手がたい接近方法を用意すると私は思います。学生自身のうまれてそだった文化(メキシコ、キューバ、ブラジル、チリなど)のどういう側面に彼が関心をもっているのか、そこから考えてゆけば、日本文化の中の(彼にとっての)もっとも実りのある研究題目をえらぶことができるはずです。

このことは、学生自身についての問題を含んでいます。自分のうまれついた文化にたいして、肯定的にせよ、否定的にせよ、つよい関心をもたないものは、外国文化の研究者として見込みがないと思います。

おなじことは、日本から行く講師の適性にかかわる問題を含んでもいます。彼ら（私たち）は、学生がそのうまれついた文化（メキシコ、チリ、ブラジル、キューバの）についてもっている知識からいくらかでもまなび（この点では講師が学生となる能力をもっていなくてはならない）、かれらの関心を自分のものとしなくてはならないでしょう。

エル・コレヒオでの日本研究学科が実りあるものとなるためには、このようにして、比較文化・比較社会論的視角が、学生・教師相互のものとして用意されることを必要とします。

学生の教養と知識とに均質性がないことは、前にのべましたが、このことと、比較文化・比較社会論的視角からの日本研究の方法とをむすびつけて考えるならば、日本研究の指導は、エル・コレヒオにおいては、当分、マン・トゥ・マン方式ですすめられざるを得ないと思う。

何人の学生を日本研究科で教育するかというような規準から、能率本位に日本研究を見ないことが、エル・コレヒオでの日本研究の水準をたかめるために必要なことだと思いますし、ひとりひとりの研究者にとって独自の道がふみしめられてゆき、それが、日本における日本研究にとっても新しい領域をきりひらく時が来るならば、その時に、きわめて自然に、メキシコにおける日本研究の大道ができあがるものだと思います。

(b)図書の設備の拡充、研究者の派遣についても、比較文化・比較社会論的視野は必要だと思います。日本の中国研究、朝鮮研究、沖縄研究、アイヌ研究は、エル・コレヒオ・デ・メヒコにおける日本研究に適切な刺激をあたえます。日本の東洋学者、たとえば内藤湖南の中国研究および日本研究のような著作は、コレヒオの日本研究にとって多大の刺激をあたえると思います。

このような主題を現在研究している年若い学究が、日本からメキシコに送られることを望みます。

(c)日本語の学習については、私の担当外のことなので、ふれるだけにとどめますが、ここでは、スペイン語をとおしての日本語教科書が編まれることが、まず必要なことと思われます。

比較文化・比較社会論的視角から日本を研究するためには、日本語を自在に読む能力はかならずしも前提とされません。スペイン語を母国語とする学生と教師たちが自由に、日本の素材について討論するために必要な、資料の集成（スペイン語に翻訳された日本文化の根本資料の選集）が、ラテン・アメリカの研究者の必要に応じて、新たに編まれることが望まれます。

北の果ての共和国――アイスランド

空港から町へゆくバスの中から、地平線までひろがる野原を見た。木がまったくない。岩が多く、その上に苔と低い草がはえ、遠くの丘は青とときいろのだんだら模様のビロードのように光っていた。

それは人間が死にたえたあとにひらけてくる風景のようだった。

よく見ると、羊がところどころに点のようにうずくまっているので、どこかに人家がかくれているのかも知れないけれども、努力しても私には人間を見つけることができなかった。

八月の末にしては寒いにはちがいないけれども、思ったよりあたたかいのは、暖流が島をめぐって流れているためで、首都では、この冬は一日しか雪がふらなかったという。そのかわり雨が多く、ついた日にも、ひろびろとした野原と岩の上に雨がふっていた。やがて雲に切れ目ができて日がさすと、遠くの丘が、青馬の背なかのようにやわらかな光を帯びる。

湖のない内陸、木はほとんどない

今は八月で、ほとんど一日中が明るく、北極に近いこの島の人びとにとって毎年一度の自然と人間とのゆっくりした再会の季節である。

昔といっても、つい近ごろまで、馬でお互いにゆききしていた。今では自動車と飛行機があるからといって、馬をなくしてしまうということはしない。馬を大切にする習慣が趣味としてのこっており、家々にうまやをもち、小馬をかっていて、こどもは、長い夏休みに親の手伝いをして野菜をそだてるあいまに、小馬にのって遊ぶ。

それでも、いつも遊んでいるというわけではないので、道の両側にひらける野原のいたるところに、鞍をおかれず、のんびりと日ざしをたのしんでいる馬の姿が見られた。

馬は、この島の人びとにとって、昔からのくらしかたの一つの象徴の役を果たしている。ゆとりのないこの島のくらしにとっての一つのゆとりであり、自由な馬を見ることが、アイスランド人のかけがえのないたのしみの一部だ。

人間にとって、いつもあてにできるもうひとりの仲間であり、馬とともにこの自然の中にいつも生きてきたこの島の歴史の集約である。

今では馬ではなくて飛行機に大いに助けられ、ロンドンとニューヨークに、二、三時間でむすばれる。アイスランド語に近いノールウェイ語よりも英語をおぼえておくほうが役にたつらしく、英語を話す人が店などに多い。

レイキャヴィクまで田舎から出てくる人をとめた旅人宿が何軒かのこっている。その昔風の家は、屋根に芝生がうえてあり、芝生のある土がふとんのような形で、それぞれの家をあたためている。

昔のレイキャヴィクはどういう町並だったか。さいわい、一八三五年から六年にかけて博物学者ポオル・ガイマールにひきいられたフランスの科学者一行がアイスランドをおとずれたことがあり、かれらの刊行した現地スケッチが、たしかな手がかりになる。給水ポンプのまわりに水をくみにあつまってくる人びとを描いた一枚は、今日でもレイキャヴィク市の目ぬきどおりの配置そのままであり、左端の家は今でも雑貨店としてたっている。給水ポンプを中心として、日常の井戸端会議がつづけられていたことがわかる。

もうひとつ、家の内部をうつした絵があり、父親が何かの本（おそらくはアイスランドの民族伝説の本）を朗読するのを家中の者がまわりにあつまってきいているところである。くじらの骨でつくった椅子や、木製の皿なども、見える。

十一月から一月にかけて五時間ほどしか明るい時のない日もあるこの島では、小さい家の一部屋をあたためて家族が一緒にすごすことが多く、そこで本を誰かが読んで他のものがきくというのが、たのしみの一つだった。

その習慣は、根づよくのこっており、一人が一年に読む本の数では、アイスランド人が世界一である。

五日ほどをこの島ですごし、その間に食物を買いに行ったり、郵便局にいったり、図書館にいったり、道をきいたりというわずかばかりのつきあいをとおして得た印象では、この国の人たちは、ヨーロッパの他の国民、たとえばイタリア人などにくらべて愛想がなく、無駄口をきかず、それでいて他人の必要への配慮があって親切だ。

かなり歩いた上で見つけた食堂に十三、四歳の娘ひとりしかいない。その少女がひとりで店全体をうけもっている。彼女は英語もドイツ語も私の知っている言語は何も知らないらしい。困っていると、うらの台所に入って冷蔵庫からタラをとりだしてきて、これでいいか、という身ぶりをする。タラのフライと、それからじゃがいものあげたのだが、一つ一つ、見せて、客の確認を得て、無言迅速に料理する。

本屋でかなりの本を買ってもちはこびに困り、何かに入れて結んでもらえないかとたのむと、この国では包装用具などはあまり使わないし、紐の余分もない。待っていてくれと言って、店の娘さんが、かなり遠くまでいって紐をもらってきて、しっかりと結んでくれた。

ガラス戸ごしに、ビルの内部で会議をしているのを見ても、一つの課の会議の座長を女性がつとめている例に何度も出あった。男女に上下の身分をたてるなどしては、ここでは仕事がはかどらない。全国二〇万人（そのうち八万人が首都に住む）しかいないのだから、はたらいている人の上に、特別に偉いはたらかない部分をつくるわけにはいかな

19世紀はじめの屋内

19世紀はじめのアイスランドの港、石版画

かったのだろう。ソ連などのような社会主義国よりもさらに実質的に平等と相互扶助があるように感じられた。

総理大臣の家というのを見たが、小さい平屋で、他の家と見分けがつかない。

島の記録映画を見にゆくと、そこは三〇人入ればいっぱいというくらいの映画館だった。そこで一九七三年のヘイマエイ島ヘルガフェル火山爆発の実写を見た。町の人びとが、他の町の人びとに助けられて脱出する。すぐに総理大臣が現場に来て爆発の模様を見ている。なにしろ数十年前には気候の急変のためにアイスランド全島の人びとをデンマークに移住させる計画さえ考えたくらいだから、世界最北のこの国の全体をいつあけわたさなければならないかわからない。そういう危険をいつも心において一国の政治を考えてゆくことが、この島の政治家に、米国やソ連、そして日本にもない、想像力と決断力を保たせている。

全島第一の都市レイキャヴィクはその全体が温泉によってあたためられている。もともとここは小さい村で、一七八六年に町として認められた時にさえ、二〇〇人くらいしか住んでいなかった。第二次世界大戦以後は、飛行機の便の発達とともに大きくなり、今では八万人以上が住むようになった。ここでの生活をするために、一〇キロも遠くのほうから温泉の湯をひいてきて共同利用を計っている。

町の中には大きな野天温泉プールがあり、そこで青年男女がのんびり泳いでいる。あがるとあたたかい湯のシャワーにかかることができ、そこからはもうもうと湯気がたっている。水泳は、乗馬とともにアイスランド人の好むスポーツだ。

首都の東一一七キロほどのストロックールにはいくつもの間歇泉《かんけつせん》（ゲイザー）がわき出ており、待っていると三〇メートルほどの高さの巨大な湯の柱がたつ。まわりにかぞえきれないほどの間歇泉があり、赤ちゃんのように小さい温泉が他の大きなものとおなじように一人前に湯気を吹きだしてはたらいているのが、可憐だった。

温泉は、家をあたためるためだけでなく、野菜をそだてるためにも使われる。フヴェラゲロイの農業学校の温室に入ると、バナナまでがなっている。ここでトマトの栽培に成功した時には、記念切手が発行された。全国民にとって重大な事件だった。

アイスランド人の食物には変化がない。魚にしても、数少ない輸出用の産物であるタラを別にすると、サケ、マス、ウナギ、肉では主に羊肉。他に牛肉、豚肉もあるけれども、普通に食べるのが羊肉だ。野菜はもっとも貴重で、温泉利用を工夫するまでは、ほんの少しの種類しかつくれなかった。市中いろいろのところに魚のヒモノがつるしてあり、私の育ったころの日本を思いだした。

めぐまれない自然条件を活用して生きていく道をさがし求める上で、おたがいの協力がつねに暗黙の前提として了解されており、アイスランド人の愛想のなさと言葉すくなさの裏にその前提がいつも生きている。この暗黙の前提の故に、いざ必要となるとあっという間に、事故に対処する集団的機動力が発揮されるのだ。ここには宮沢賢治が童話にえがいたような想像力が、特別の英雄個人のものとしてでなく、集団によって共有されている。

しかし、暗黙の前提が共有されているというところには、さけがたくよそものをうけいれぬという姿勢もそだってくる。

一一〇〇年前にここに住みついた北欧人(主にノールウェイ人)は、体力にすぐれ、娯楽などなしにくらすことのできる人びとだったろう。一つの部落に数十人くらいしかいない岸べで、漁を中心としてくらしているあいだに、かざりのない助け合いの習慣が、つよくそだっただろう。そこにキリスト教がヨーロッパ本土から入って来た。そのキリスト教をうけいれると、いやおうなしにその宗教と結びついてローマの法王庁からヨーロッパ中央の文化が送りこまれてきた。

スカルホルトは、レイキヤヴィクから九二キロほどはなれたところにあり、一〇〇〇年前にはアイスランド文化の統合の中心だったらしい。アイスランドの最初の司教区がここに一〇五六年につくられ、ここの教会にはカトリック司教が代々住んでいた。

「宗教改革とからんで反乱がおこると」と、われわれの案内人は言った。

「司教とその息子二人とは首をきられて、そこの河になげこまれたんです。教会のわきにある大きな石は司教の記念のためなんです」

「司教と二人の息子というのは少しへんにきこえますが」

「いや、ヨーロッパからこれほど遠くはなれると、坊さんは罰を恐れずに女と一緒に住んでいたし、息子もいたものです」

司教たちは、土地の文化とはなれて、ラテン語の文書を読んでくらしていたのであろう。彼らは、地元の助け合いの文化とかかわりなくくらしており、一度、政治闘争にまきこまれると、司教の権威などは一度にふきとんでしまったのだろう。

家には近ごろできたものは屋根に赤や緑などのあざやかな色を使ってあるが、それより前からあるものは色をおさえてある。灰色、黒、茶色というところ。すこしばかり派手な色を使っても、この茫々としたくらしの中ではかえって邪魔になり、むしろ控えめな色調の変化の形のほうが好まれたのだろう。

学校で昼食をとったことがあるが、その時に食事をもってきてくれた娘たちは晴着を着ており、その晴着が黒だったことが印象に残っている。

学校と言えば、休暇の間は学校がホテルにかわるのはかなり前からこの土地の習慣らしく、それは言いかえれば、学校はいつどのようにして降りこめられてもたえられるようなしっかりした設備をもっているということでもある。

大学でも同様で、大学内の食堂も、コーヒー店も、ゆったりとしていて、セルフ・サーヴィスながら、何時間でもここですごせるような空気をもっていた。大学をふくめて、さまざまの学校が、外部の人をさえぎるようなスタイルをもっていないのが、日本にくらべて対照的だった。

図書館、博物館、美術館などにいくと、その管理がすべて老婦人にゆだねられていた。なにしろ人手がたりないのだから、あらゆる仕事の責任者に壮年男子をおくなどという風習が育つ余地がないのだ。

アイスランドは九世紀なかば以後ノールウェイの船のしばしばたちよる場所だった。最初にこの島に住みついたのはインゴルフル・アルナシンで、西暦八七四年レイキャヴィクに家をさだめたと言われる。その後ノールウェイ王の圧制をのがれて、ノールウェイ人の集団が移り住むようになった。ノールウェイで夫を失った未亡人が移りすんで開拓した部落もある。

かれらは自分たちの共和国を九三〇年にたてた。この共和国は一二六二年までつづいた。その後ノールウェイにとられ、またデンマークにとられ、第二次世界大戦でナチス・ドイツがデンマークを占領した時から英国の支配、米国の支配の下におかれた後、一九四四年にアイスランド共和国として独立を回復した。

レイキャヴィクの東五〇キロほどのところにマルマナギアの巨大な岩山があり、それがねじれてまんなかがわれて、ひとすじの道が岩の間をとおりぬけている。その道を一キロほど歩いて終わりまでいきつくと、眼下にシングヴェリルの平原がひらける。

この平原が、アイスランド共和国の議会だった。議会はアルシングと呼ばれ、共和国成立と時を同じくして、西暦九三〇年にうまれた。平原には建物など一切のこっていない。毎年、夏が来ると二週間ほど、アイスランド各地から、来られるものはみなここにあつまって、産物交換の市あり、舞踏会あり、それぞれが馬にのって、山をこえ、川を

シングヴェリル野外議会のあと

わたってやって来て、一年ぶりでお互いにあうのだから、たのしい空気が夜のない野原にあふれていただろう。馬をつなぐのに、大きな場所が必要だっただろう。

岩の上を歩いていると、案内人が手まねきした。

「ここにたってごらんなさい。ほら、むこうの岩に、自分の声がよくひびくでしょう」

たしかにここは、巨大な岩壁でむかいあってつくった自然の講堂になっていた。

「ここに、法律の読み役がたって、下にあつまっている人たちに、アイスランドの国法を朗読してきかせたものです。法律全部を読むのに、三年かかったと言います」

案内人は、岩の上に自分の孫をたたせて、たのしそうにしていた。三年とは、一年に二週間ごとで三年というわけで、アイスランドの法律全部を朗読するのに、六週間必要だったということになる。

アルシングの議員は、各部落の代表者で男性にかぎられていたようだが、アイスランド民話集には、こんな話も出ている。

ある部落で羊がさかんになくなるのでそれぞれの家から男を出してさがすことになった。牧師の家には娘と息子がいたが、息子は気が弱いので学校にもどし、娘がひとりで羊をさがして歩いた。そのうちに突然の吹雪におそわれて道を見失い、ようやく山をこえたところに一軒家を見つけた。戸をたたくと青年が出てきたが、この家にとめることはできないと言う。

「この家の人たちはあなたを殺してしまうだろう」

「でもあたしのような娘を殺すなんて考えられないわ」

「では仕方がない」

と青年は言って、家の中に入った。それからひどい物音がして、たたかいがおこり、それがやむと青年は出て来た。彼は、こどものころこの家の人たちにさらわれて来て、ここにとめられた。この家の人たちは羊を盗んでくらしをたてていたのだった。

娘は青年に羊をあつめて自分の部落に来るように言う。

「わたしは、殺されてしまうだろう」

と青年はしぶるが、

「でも、あたしの命を助けてくれたと言えば、許してくれるでしょう」

と娘は言った。

部落では羊がかえってきたので大喜びしたが、娘の父親である牧師は娘をとられるのがいやなのと、羊を自分のものにしたいのと、二つの欲がからんで、議会に青年を羊盗人としてうったえる計略をたて、青年をつれてシングヴェリルにむけて馬で出発した。父親のくわだてを知った娘は、おくれて自分も馬にのって、父の一行のあとを追った。シングヴェリルについてみると、青年はもう絞首台にのぼっている。娘は、役人に待つように言って、議会にのりこみ、途中で書いてきた文書を、議員にわたして、青年が自分の命を助けたことと盗まれた羊を部落にもどしたことをつたえた。

普通には議会に出るのは男だけだったが、議員たちはこの女性の訴えをきいた。そして青年を許し、牧師をかわりに絞首刑にしようとした。娘は父のために命ごいをし、その結果牧師は追放されて行方知れずになった。

この民話は、アイスランドの女性の心意気を示すとともに（弟のように学校にいかずとも、彼女は家庭で母に教えられて十分に読み書きができ、議会むけの文書を起草できたというところなどおもしろい）、物資不足のアイスランドでは羊の盗みが死罪にあたいするという自明の理があったことをも示している。

シングヴェリルの議会は、欧米の歴史に最初に登場した議会である。アテナイにも議会はあったが、それは、そこに住むドレイをぬきにして自由市民の代表だけの議会だった。

私は米国の学校にかよっていたころ、イギリスの圧制をのがれてアメリカ大陸にわたるメイフラワー号の上で、新しい土地でどうくらすかのとりきめがつくられた話を米国史の時間にきいた。そのメイフラワー号協定が米国建国の原型となったという。あとになって考えると、ずいぶん乱暴な話だと思う。これからいく土地にはすでに先住民族がいるのだ。その人びとの意見をもとにすることなく、どうして民主的政治の形をとりきめることなどできるのだろう。私のうけた米国史の教育には、こういう現実無視がつきまとっていた。これと対照的に、西暦九三〇年のシングヴェリルでアイスランド人のつくった議会は、この島には先住民族はいなかったのだから、西欧民主主義の理想を、米国建国とは比較にならないほどあざやかにあらわしたものと思う。

明治はじめに欧米を視察して新しい政治の流儀をまなぼうとした岩倉具視一行は、米国、英国、ドイツ、フランスを見てまわったが、それらと別にアイスランドの流儀があることに気がつかなかったのも無理はない。昭和二十年の敗戦後に占領軍をとおして日本に入ってきた民主主義もまた、アイスランドの流儀に気づかせるものではなかった。

敗戦後に創刊された「近代文学」の同人の中には、山室静のように戦争中から北欧に関心をもつ人がおり、荒正人のように北欧への関心からさらにアイスランドにむかう人もいた。荒正人が一九六八年に書いた『ヴァイキング』(中公新書)は、アイスランド共和国の民主主義のもつ意味を日本の読者にしらせた最初の本であろう。私たち日本人は、大国にばかり興味をもつ傾向があり、米国、ソ連、中国のことばかりが新聞に出たりテレビに出たりするが、世界の権力政治の中で日本の航路をさがすためには大国の動向を知ることが必要であるとしても、思想のねうちは、その思想のにない手が大国政府であるからということでねうちが生じるものではない。

アイスランドの社会に西欧民主主義の原型あるいは純粋型があるというのとはすこしちがう。アイスランドはヨーロッパ大国の介入にもかかわらず、アイスランドとしての時間の流れを保ち得たし、その故に、欧米式の近代文明の破局のあとに来る文化の形を示唆する力をもっていると私は思う。

市民の記憶術——ポーランド

ビルケナウの収容所には、べつにものものしい入口はない。入ってゆくとまっすぐに道がつづき、両側に有刺鉄線でへだてられた野原がひらけている。左側には女、右側には男が住まわされていた、そのバラックのいくらかはのこっており、多くはくずれて、なくなっている。

私たちの歩く中央の一本道にそうて、鉄道の引きこみ線があって、その行きついたところ、ぽつんと鉄路のきれたところが、今も収容所のはてにのこっている。

何人もの男女が、この行きどまりまで汽車ではこばれ、ここでおろされた。

ここで殺された四〇〇万人のユダヤ人のひとりひとりのかわりに、四〇〇万の四角い小石がしきつめられており、それが祭壇になっている。そのむこうには記念碑、そのうしろにポーランドの国旗がたっているけれども、鉄道の引きこみ線の終わるところにひらけているひろい石だたみは、ほとんど何もないところという感じをあたえる。

ひどいことがなされた。その場所に、空白をおく。

線路の終わり、オフィシエンツィム

空白によって記念するという流儀は、人間の言葉をここに長々と書きこんでいましめとするという流儀以上に、人の心にうったえる。

何行かの言葉にして、すむというようなことではない。言葉にはその言葉を記す人の権威、その記す人を権威づけている国家の権力がうしろだてとしてあり、それは、ここで四〇〇万人が殺されたという事実とつりあわない。

祭壇にむかって左側に、ひしゃげた建物のあとがかたまっており、それらは浴室と焼場だったと言う。浴室といつわって、何百人もの男と女、大人と子供とをかためてはだかにし、密室においこんでからガスを吹きいれて一時に殺し、それから死体を次から次へと手ばやく、となりの焼場で灰にしていった。ナチス・ドイツの旗色が悪くなるにつれ、この収容所近くまで敵がおしよせてきたので、あわてて、自分の手で死体処理現場を破壊したものだと言う。

焼場の中に立つと、そのむこうの小石の台地のうしろにたつ四本の旗竿の上にポーランドの国旗が見える。風のない日で、元気よくひるがえるというふうではなくて、おだやかにただそこにさがっており、やさしく、このひろい収容所の敷地を守っているように見えた。

これほどひろい敷地を、戦後の窮乏のさなかに、他の目的に転用するということなく、今日までのこしたということを、国旗に感謝したいと思った。

記憶術というのは、人それぞれ（いや動物それぞれそれぞれにあるものだろうけれども）民族

（左上）強制収容所の入口
（右上）破壊されたガス室のあと
（下）墓地となった大樹の幹

それぞれなりの特徴をもって工夫され、つたえられてゆくものだろうが、ポーランドにすごした間、いろいろのところで、都市のわずかな痕跡が、独特の記憶術の手がかりになっていることにおどろかされた。

地球そのものが一つの巨大な頭脳で、その土地にきざまれた足跡やしわが、過去を必要に応じて呼びさます手だてとなっていないと誰が言えよう。そういう文章を、ウイリアム・ジェイムズの晩年の著作で読んだことがあるが、一つ一つの都会には、それなりの、昔を呼びさます手がかりが、ある都市には多く、ある都市には少なく、残っている。東京は、今、そういう昔を思い出させる手がかりにとぼしい都市であって、昨日の記憶から自分を切りはなして現在にのみ生きようとする、現代の日本にふさわしい。

それにくらべて、ポーランドの都市は、ワルシャワにしても、クラクフにしても、過去を手ばなすまいとして多くの市民の毎日の努力がつづけられている。

一九四五年一月、首都ワルシャワがソヴィエト・ロシア軍によってドイツ軍からうばいかえされた時、戦前の人口一二〇万人の三分の一がそこにのこっているだけだった。生きのこった人びとは、目前の廃墟の写真をとり、戦争中の不幸な日々を忘れまいと心にきざみ、そして戦前の古い町並を三年間かけて昔どおりにつくりだす計画をたてた。

今、ワルシャワの一画に昔どおりにたてなおされた古い町には、ワルシャワ歴史博物館となった一軒があり、そこに十世紀以来のこの町の資料とともに戦時の犠牲の記録、

ごうもんの部屋、今は文部省の一部に

戦争終結当時の首都の町並の写真がならべられている。

文部省の建物の入口の左側に、墓標があり、そこに花がおかれている。そこを入って左側に地下室があり、そこにはかつてナチス秘密警察の司令室がおかれていた。司令官の部屋、囚人の監房、ごうもんをくわえた部屋がそのままのこっている。外から見れば何ということはない文部省の建物の一つだが、扉をあけると、暗い中に幾本もの鉄パイプから出るガスの火が鬼火のように昼日中ももえつづけている別の領域だ。

思想犯はひとりひとり小さい部屋にとじこめられ、日光からへだてられてここにおかれ、思わぬ時に向こうの都合でひきだされて、昼となく夜となく、ただ一人で占領軍とむきあわされてとりしらべをうけ、ごうもんをうけた。うめき声は、ろうかをこだまして、他の独房の囚人ひとりひとりの胸にとどいただろう。

鬼火を背にして、そこを出れば、もう普通の文部省であり、ただの官庁街だ。日本人の官僚の誰が、敗戦後の三〇年あまりに、このような仕方で、戦前の日本の思想警察を保存することを思いついただろう。

ナチス・ドイツが五〇万人をおしこんだユダヤ人居住区（ワルシャワ・ゲットー）のあとにも記念館があり、ここも広い区画が一つの空白として残されている。記念館の入口に近い大樹の幹に、人の名を書いた札がいくつもさげてあり、それらは四三年一月から四月にかけて、ここからおこり根だやしにされた抵抗戦に斃《たお》れた人びとの名前なのだろう。木の下には太いろうそくがおかれ、夜は供養のために灯がともされるらしかった。何百万人が一時にころされたこのポーランドの土地に来て、個人の名前の不思議を感じる。知人に知られることなく死んで行ったひとりひとりが、自分がこれこれの名前のものであるということを大切にし、それを人につたえたいと思った、その思いがつたわってくる。

オフィシエンツィムの第一収容所の中に、写真の列がある。女も男も髪をかられて、うつっている。はじめはおなじように見えるが、ひとりひとりの両眼から独自の矢がはなたれているのを感じる。ひとりひとりが名前をもち、無名の人としてここに死んだ。人間が生きるということの底にあるこの裸の真実に、いやおうなしに対面させられる。

クラクフ市から出てオフィシエンツィム（ドイツ語ではアウシュヴィッツ）まで自動車で案内してくれた人は、少年のころドイツ軍の施設で労働をさせられていたそうで、その時いくらかドイツ語をおぼえたと言っていた。私もぼつぼつドイツ語を思いだしながら、カタコトで話をすすめた。

話があとさきになるが、クラクフは首都ワルシャワにつぐポーランド第二の都で、人口は六〇万。ここは戦火をまぬかれ、八世紀以来の文化のつながりを保っている。このクラクフの西六三キロのところにオフィシエンツィムがあり、そこに三つの大きな強制収容所がたてられ、四〇〇万人の囚人が殺された。

第一収容所は、付属博物館をそなえており、収容所の各棟もよく整理され資料がならんでいる。その点では第二収容所（ビルケナウ）のほうは、ただそのままにしてあって、その故にナチスの支配のすさまじさをさらにあざやかに今日のものとしてよびもどす。

第一収容所は二八棟、病院とか作業室などが見せかけだけはあるのに対して、第二収容所は、第一が満員になってから急につくられたもので、女子用二〇棟、男子用二〇〇棟、それにガス室、死体焼却室もあって、はじめから大量殺人を考えてつくったものだ。第三収容所（モノヴィッツェ）は強制労働の作業場である。

案内人は、ガイドを職業とする人ではなく、ホテルの事務員が、「自分の友人でフィアットをもっているのがいるので、オフィシエンツィムにゆくのなら、たのんでみましょうか」というので、たのんでもらった人である。ふだんは会社につとめているらしい。頭はもはや白くて、若いとは言えない。ゆきには、午後四時までにはクラクフにもどってこなくてはいけないと言っていたけれども、第一収容所をまわるうちにだんだん熱がくわわってきて、むこうから、身ぶりをまじえて説明をしはじめた。

第一収容所の地下室を見ていると、その一つに、花のおいてある部屋があった。自らすすんで他の囚人のために犠牲になったコルベ神父の記念の部屋だった。この人は日本に布教に来て「聖母の騎士修道院」をつくった人だが、ポーランドにもどってとらえられ、この地下の監房にいれられ、餓死刑を言いわたされた仲間の一人が泣きさけぶのをきいて自分ですすんで身代りとなった。食物だけでなく、水もあたえられなかったそうだ。

第一収容所のほうは、ごうもんをするにしても、時間をかけて組織的にいじめる工夫をこらしたあとがあるが、第二収容所になると、ここに引きこみ線でつれてきたはじめから、人間の屠殺所として設計されたようで、大きな一棟にわらをしいた三段ベッドがかいこだなのようにならび、そこにただ体を小さくして横たえるだけだったのだろう。ところどころにストーヴをおいたところがあるが、それだけの熱で栄養失調の身をあたためてポーランドの冬をしのぐのはたいへんだったろう。

朝クラクフをたってから飯をたべていないので、一緒に食べようというと、案内人はそれはできないと言う。ともかく、お茶をのむことにして一緒にすわり、

「私は一九二二年うまれですが、あなたはおいくつですか」

ときくと、マッチ箱の上に、

「一九二三年七月十七日」

と書いた。

「では、私より一つ若いのですね」

と、その時は部屋が暗いせいもあって、□□年という数字だけを見てそう言ったのだが、その夕刻、クラクフでわかれて宿舎の部屋についてからもう一度そのマッチ箱を見ると、まさに今日がその日だった。

この人は、今日が誕生日で、午後に家に身よりの人びとがあつまってくるはずだった。だからはじめに時間をかぎっていたのだし、食事をしようと言っても、ことわって、むしろ案内をつづけようとした。しかし、なるべく多くを見せようとしているうちに、時間のことをなかばあきらめてしまって、説明に自分で時間をかけるようになったのだ。

ポーランド人の控え目な態度、オフィシエンツィムの体験を大切に思う心が、つたわってきた。

ポーランドにいた五日間、何度も、同じ一組の男女に出会った。姉と弟二人で、弟の一人はダウン氏症にかかった様子できわだった顔をしていた。姉はいくらかやつれた表情だがやさしく、もうひとりの弟はやせてするどい眼をしており有能な青年のようだった。三人はいつもつれだって、一つの密集方陣をつくって、その中に誰をもいれまいという気組みを見せていた。食事をしている時など、おたがいの間ではくつろいでおり、たのしそうだった。

両親から弟の世話をするようにとくれぐれも言われて育ってきたのだろう。その気組みが姉弟の生き方の自然の一部になっているようだった。ポーランド出身の人びとだったのだろうと思うが、今は別の国（多分イギリス）に住み、両親のゆかりの土地を一緒に見て歩いている様子だった。身よりの誰かをこの国でなくしたのかもしれない。行く先が同じになるので、一日に何度も道で出会い、しまいには目であいさつをするようになった。言葉をかわしたこともなく、名前もついに知らずに終わったが、心にのこる姉弟だった。

「ドルをもっていないか」

と、道でポーランド人に声をかけられることがあった。一日に、何度も、何度も、そういうことがあった。べつにつきまとわれるというふうではなく、ほとんどこちらの返事を期待している様子もなく、一言いってにやっと笑ってすぐ歩いていってしまうということが多かった。

他の衛星国、ブルガリア、チェコスロヴァキア、ハンガリーなどのどこでも、この「ドルをもっていないか？」という問いを、町ですれちがいざまにぶつけられたが、ひそひそ話で商談に入るというための準備段階ではなく、外国人と見るとすぐに出てくるあいさつのように思われた。私のおとずれた衛星国の中でポーランドがもっとも生活水準が低く、しかし道端でアイスクリームが売られ、パンが売られ、それらは、日本の同種のものより、うまいように私には感じられた。

「ドルをもっていないか」は、今の共産主義体制に満足していないものの、一種の不満の発散なのであろう。「アメリカはいいなあ」という気分をもつものが、大都市の市民の間にかなり多くいるのだろう。しかし、その不満がにつまって、社会的にでなくとも個人的にでも何かの行動をおこすというふうではなさそうだった。ヤン・チエチャノウスキ『一九四四年のワルシャワ蜂起』（ケムブリッジ大学出版部、一九七四年）にあるように、ソヴィエト・ロシア軍の首都解放以前に、自分たちの手でドイツ軍を追いはらって自由ポーランドの足がかりにしようとした国軍はわずかの武力でたちあがってつぶされた。ソヴィエト・ロシアの支配をうけいれる他ないというこのリアリズムは、ワルシャワ蜂起の潰滅のあとにポーランド人の間に定着して今日もかわってはいない。そのような現実直視を生活哲学としてもちながらも、同時に、ソヴィエト・ロシアの支配をよろこんでうけいれているわけではない。こういう社会心理から、「ドルをもっていないか」という異国人への街頭のあいさつがうまれたのだろう。ワルシャワで一番高く、一番立派な建物はスターリンの贈り物である文化と科学の殿堂であり、そこから市内を見わたす景色が一番よい。というのは、文化と科学の殿堂が見えないからだという冗談があるらしく、それが米国人著のポーランド旅行案内に書いてあった。

私もこの文化と科学の殿堂に行ってみたがちょうど夏休みで、中学生と小学生の団体が修学旅行中らしく、先生につれられてエレヴェーターで三七階までのぼってワルシャワ市をながめている他には、来ている人はきわめてすくなく、下のほうの階はおばけ屋敷のようにがらがらで、ロシア料理の店もあったが食べている人は少なかった。

料理と言えば、ポーランドで「ボルシチ」というと、ロシアの「ボルシチ」とちがって、赤いかぶらのスープで、少しすっぱく淡泊な味で、私は、好きだ。

他にもう一つ、クラクフの大通りを大八車みたいなものをひとりでがらがらひきながら、こぼれるような笑みをうかべて若い奥さんが歩いていた。車の上には段ボールの箱が一つおいてあるだけで、すれちがう時に見ると、その中にきのこがいっぱい入っていた。それで思い出して、夕食にきのこの料理をたのむと、私のとまっているホテルでは、きのこは今日は品切れですと言ってことわられた。きのこがどんなにこの国ではよろこばれているかがわかった。ポーランドの住民は米国にゆくとどうしてきのこを食べなくなるのだろうか。米国式の料理では、きのこが珍重されるということがないので、その趣味への同化をはかったのだろうか。

ワルシャワの「古い町」には、昔ながらの古い大きい教会があって、とおりかかった時にちょうど結婚式でいっぱいの人だった。しばらく古い町を歩いていると、さっきの結婚式が終わったと見えて、むこうから馬車にのった新郎新婦がやってきて道ゆく人びとの祝福をうけていた。

「古い町」だけでなく、ワルシャワ、クラクフの両都市を歩くとすぐに教会に出会うし、道端とか、公園の入口などに、小さな聖母像がたっていてそこに人知れず身をこごめてとおりすぎてゆく女の人、ふるえる手で聖水盤まで近づいてそれにふれようとするおじいさんなどを見かけた。

ポーランド人の九割までがカトリック教徒であるというし、大司教は、

「これからは今のような四角い教会ではなく、まるい教会をつくる必要がある。そうすれば、人に見えないように隅のほうにかくれて礼拝している人も見えるから」

と言ったとつたえられる。こんな冗談が公然と言われて、カトリック教会の情報路をつたわってローマに達するほど、この国のカトリック教会の大司教は、共産党に対して恐れをしらない。前の冗談は、カトリック信者の中に共産党の役員が多くいることをさしている。

もとブルジョワ階級に属する老人たちだけでなく、都会の労働者層、農村の青年たちが中心となって新しい教会をつくっている例もある。ほんのわずかばかり前の一九七七年四月に現法王パウロ六世は、一九六九年このかた神父になろうとするものは世界中でへるばかりだとなげいたのに、このポーランドでは、神学校に入学志望者があふれて、ことわる必要にせまられている。クラクフ市の近くでは教会を新しくつくるのを政府がみとめなかったので、労働者が自分たちの資金と余暇をつぎこんで見事な教会をつくった。こうした状況の下でカトリック教会と信者とを全体として敵にまわすと、ポーランドの共産党は不利な対決をせまられる。

私がいた間も、西欧系の新聞によると、政府を批判するポーランド知識人への弾圧はつづいていた。知識人は孤立し、西欧圏の宣伝による助力をまつ他ないが、大衆はカトリック信仰の中にいることをとおして政府の思想と完全に一枚のものになることをまぬかれ、わずかな思想の自由の空間を保っている。同時にそこには、一九四四年以前のポーランドの文化とのつながりを保つ連想の回路がのこされている。

文化の胞子／リラ修道院――ブルガリア

ブルノ修道会は人里はなれた崖、ベネディクト修道会は山の頂、この派からわかれたシトー修道会はのどかな谷間、エスイタ修道会は町中を好んで、それぞれみずからの好むところに僧院を建てた。

若くして僧侶になる人がそこで無言の間に風景から影響をうけることを、それぞれの宗派の創立者は考えたのだろう。

ギリシア正教リラ修道院は、ブルガリアの首都ソフィアから南に一二八キロはなれたリラ山脈中の標高一一四七メートルの高所にある。山々のふところに深くいだかれた、巨大な僧院で、ひろさ三三〇〇平方メートルの内庭を木造五階建ての建物がぐるりととりかこんでいる。僧院の総面積は八八〇〇平方メートル。

この僧院は十世紀にイワン・リルスキーという隠者によってはじめられたという。何度も火事にあい、建てなおされたから、山のふところにあるというこの風景の他には、創立当時のおもかげをつたえる手がかりはない。

今のこっている中でもっとも古いものは六階建ての塔で、この塔だけは木造でなく石づくりだったが、その天井には十四世紀にえがかれた宗教画がのこっている。絵の具がおおかたはげおちて、のこっている色も黒っぽくなっているから、のぞきこんだ時には何がかいてあるのかよくわからなかったが、復元図をおさめた本をたよりに、ようやく、イエスとマリア、集まってくる天使、学者、中東風の楽器をかなでる楽人たちの姿を見わけることができた。今ではそのすべてが黒人であるように見えるけれども、もとはどうだったか。

火事をおそれて、今では木造の部分に人は住んでいないが、かつては、数百人の僧侶がここで共同生活をしていた。大きな料理場がのこっており、かまどの数となべの大きさとが、僧院の全盛時代の規模をしのばせる。

数百人の僧侶がともにくらしていたとはいえ、日常のくらしの大半は一人対一人の間柄にあったらしい。だからこそ、この何百室という、ほとんど近代のホテルを思わせるような個人主義的な室の集合という建築様式になり、この点で、仏教の寺の集団生活様式とは大いにちがう。

一つの部屋に入ると、その入口のところは、ひとりの弟子がねとまりしている部屋であり、弟子はいつもそこにいて師につかえ、さまざまの雑用と食事の用意をし、そのかわりに師から教えてもらう。弟子の室につづいて奥に師の個室があり、そこは師がひとりで考えたりまなんだりする個人研究室であり、また弟子ひとりを教える個人教室でもある。

意地の悪い教師にあたったらつらい月日をすごさなければならないだろうが、どんな場合にも、今日の世界ではほとんど失われた教育がくりひろげられる。こまやかに、時間とともに熟してくる教育が何百年もここではなされていたことだろう。

長いろうかを、一階の高さで歩き、また二階の高さで歩き、三階、四階の高さで歩くと、それぞれの高さで、僧院の姿があらわれる。一階のアーチは、白ぬりでその上にれんが色の縞模様があり、上のほうにのぼってゆくと、赤い瓦屋根が見え、その上にいくつも、煙突が出ている。一〇〇〇メートル以上の山の上だから、雪のある季節には坊さんたちも寒かったろうし、炭をおこして部屋をあたためるのがおおごとだったろう。そして、僧院内にいくつもある会議室の上には、ギリシア正教の教会に共通のまるいおわんをふせた、夢みるような薄緑のドームがいくつも肩をならべている。中央の大教会は、窓にステンド・グラスがはめてあり、ブルガリア人の訪問者が聖母像と聖者像に祈りをささげている。

この僧院の外に一度出ると、外には大きいパンをもって歩いている人がたくさんいた。すごく大きいパンで、ここに来てそれを買ってかえるのが、一つの行事になっているらしかった。近くの食堂で、この大きいパンの一部分を食べ、食後に大皿にもりあげたヨーグルトを食べた。案内人によると、リラ修道院近辺のヨーグルトは、ブルガリア最高の質であるそうで、たしかに、今まで食べたヨーグルトの中で一番おいしかった。ヨーグルトで腹がいっぱいになるというのもへんなことだが、そういう感じがした。

また僧院の中にもどり、歩きまわる。何百年もの間に木がかわいているので、長いろうかを歩く時に、軽快な音がする。僧院というものの暗い感じがない。

僧院の一部は博物館になっており、そこに歴代の僧侶の仕事がおいてある。手仕事に長じた僧侶が彼らに許されている無限の時間をかけてほりつづけた、聖書の幾こまかの彫刻があり、それと対照的に素朴な手法でえがかれた聖像（イコン）がある。グーテンベルヒの印刷機に似た木製の原始的な印刷機もある。ブルガリアにおけるもっとも古い印刷機の一つであるそうで、この僧院は印刷の発祥地でもあるという。

印刷だけでなく、ブルガリアの言葉を教え、ブルガリアの文字を教えるのもまた、この僧院の力をこめてつづけてきた重大な仕事だった。というのは、一三九三年から一九〇八年までブルガリアはトルコの支配下におかれていたので、ブルガリア語とブルガリア文化を保つことは、都会ではできない仕事になっていたからだ。

トルコ軍は何度も、都市から進発して、この地域を制圧したが、この山の中に軍隊をのこしておくことはしなかった。のこしておくと、どんなに多くの兵士であったとしても、異国の民衆にかこまれた少数者にすぎず、軍事的優勢を保つわけにはゆかないからだった。しかし彼らはこの僧院全体を焼きはらって僧侶とその保護者を殺しつくすということはしなかった。その結果、トルコ軍がひきあげたあとで、僧侶はブルガリア語とブルガリア文字とブルガリア文化を次の世代に手渡すという作業をたゆみなく続けるこ

リラ修道院、屋根の上に山脈

（上）僧院の内庭
（右）僧院の廊下

とができた。

ペルーのインカ帝国、メキシコのマヤ族もスペイン人の侵略に対して、奥地に根拠地をつくって対抗したが、武力で根だやしにされてしまった。ブルガリアの場合には、トルコ人の支配政策がスペイン人の支配政策ほどに徹底していなかったという権力行使の性格が、リラ僧院が武力にたよらずあくまでも非暴力不服従にたよったという抵抗の方法を有効なものとした。地上には、非暴力不服従の方法の故に亡び去った民族もあるから、どんな場合にも、この方法が有効だとは言えないが、ともかくもリラ僧院に見られるように、ここではキリスト教の僧侶がブルガリアの文化を後代につたえた。その事実を、トルコ人の支配が消えた後のブルガリア王国は確認したし、ブルガリア王権がナチス・ドイツとの協力の果てに倒されて共産主義国家として生まれかわった後にも、この国の共産主義政権は、ブルガリアのキリスト教がブルガリア文化の同一性を保つ力となってきたことを否定することはない。ポーランドとちがって、ブルガリアでは人口の約三〇％がキリスト教の信仰をもつにすぎないが、博物館や歴史教育をとおして、キリスト教を民族の自主性を守る力として見る感受性をそだてている。

英国の大衆作家ジェイムズ・ヒルトンが一九三三年に書いた小説に『失われた地平線』があり、それは映画にもなって、とくに文学に関心をもたない実務的な人びとに対してても大きな影響をあたえた。ニュー・ディールの時代の米国人の間にも熱狂をもってむかえられ、ファシズムにふみにじられてゆく世界に対して、それを再組織するかくれた出発点をつくりたいというねがいが、この小説の舞台とされる秘境「シャングリラ」という地名に託された。

そのシャングリラはチベットの奥地にあるとされ、そこの僧院には特別の食事と訓練によって数百歳の寿命を保つ高僧が住み、失われてゆく世界の文明の精髄を保っている。その目的を実現するために、外の世界との接触を断ちきり、外部世界の情報を何十年かの周期ごとにあつめてゆく方式をとる。

このシャングリラの構想をヒルトンはどこから得たのか知らないし、その所在地とされるチベットは、ブルガリアと遠くへだたっている。しかし、ブルガリアには百歳、百二十歳の人もめずらしくないという。その長寿を保つ秘密の一つであるヨーグルト、世界の権力政治の中枢から遠くへだたり外部世界からの刻々の情報を遮断して、みずからの文化の原理を純化して保ちつたえる僧院という形態は、このリラの修道院がヒルトンのシャングリラとよく似た活動をになってきたことを示している。

この土地に達するには、首都ソフィアからほとんど半日がかりの自動車の旅である。ハンガリーからの旅行者と組になってブルガリア政府主宰の旅行社に頼んでこの旅を計画したのだが、役人だとはいえ、とてもほがらかな運転手と通訳で、一日の旅はたのしかった。運転手は太い白い毛糸であんだとっくり首のスウェターをきて、ゆきもかえりもラジオのジャズにあわせて、背中でおどるように調子をとっていた。アメリカにも、日本にもいる都会の若者の感じだった。ドイツ語通訳は沈着な男性、英語通訳はきびきびしていて冗談をよくとばす女性で、三者の間に、若者としての共通の自由な感情が流れていた。自動車、というよりも一〇人のりの小型バスは、バラの産地をとおり、煙草畠をとおり、やがて山道に入る。

「この辺では、午前三時におきてバラをつみます。午前三時から午前八時まで」

バラのもっとも香りたかい時をねらって花をあつめ、その量は年間四〇〇〇トン、それはパリにおくられて、高いねだんのつく香水として欧米、そして日本で売られる。煙草にしてもそうで、道路のわきにほしてあるのとおなじものが、イギリスにおくられて「バルカン・ソブラニー」とか「ブラック・ラシャン」などの最も高価な煙草となるが、それは、このバスの運転手のくれた「ステュアーデス」というブルガリア製のシガレットと同系統の味である。

バラも、煙草も、ここの産物はただちにパリ、ロンドンと結びついている。バラと煙草の売れ行きはこの国の生活に影響し、失業にさえ導くことがある。このことがブルガリア人を国際的な市場に敏感にさせる。もともと「ブルガリア」の「ブルガー」とは混血という意味だそうで、遠くアラブ系の血をひきながらもスラヴ人、インド人、トルコ人と混血して一つの民族となった。東ローマ帝国はこのブルガリア人の王国とたたかい、併合するにあたってかなりの妥協をおこない、自主性をのこした。国王以下はギリシア正教に改宗するが、このギリシア正教は、西ローマ帝国のローマ・カトリック教会のようにラテン語の使用を強制することなく、それぞれの土地の俗語によって宗教を説くにまかせた。ここから、ギリシア正教の教会そのものが、民族文化の守り手となる基盤がつくられる。そして、その民族文化をよりどころにして六世紀の間、ブルガリア人はトルコの支配に対して抵抗をつづけることになる。

リラへの道の両脇で、黒い質素な仕事着を着た老農夫に何度も会った。そのほとんどの家にも、見事なバラが植えてあった。ブルガリアのバラ油の生産量は世界第一位だそうだが、産業として重要なだけでなく、一軒ごとの家がこの花を好んでいるということがよくわかった。

山にさしかかると、ところどころに記念碑があり、それらは、ナチス・ドイツの占領下に、パルティザンのたたかいのあった地点で、抵抗者の碑だという。ブルガリアは、スターリン支配の時代に、国際的人民戦線を提唱したゲオルギ・ディミトロフ（一八八二—一九四九）を生んだ国であり、この人は戦後にブルガリア共和国初代首相（一九四六—四九）となった。ソフィアにはディミトロフの廟があり、ソ連のレーニン廟とおなじく規律正しい衛兵の交替があり、その前にはつねに新たに花輪がささげられている。

ブルガリア人の間にある国際的連帯の感覚は、戦後ソヴィエト・ロシアの支配下にみずからをおきながらも、共産圏の外の文化に対して寛容な態度をとらせてきた。どの程度に寛容かというと、もっとしっかりとこの国について勉強しないとはっきりは言えない。私は、ブルガリアの別の顔も見たからだ。

ただの旅行者として歩いていると、どの国に行ってもその国の役人の素顔を見ることができる。

あとになってブルガリア国営のバルカン航空の便でソフィアからイスタンブールに飛ぶことになった時、飛行場内のもはや出場禁止の待合室におかれたまま、深夜まで四時間ほど、まったくの説明なしにおかれた。午後九時五十分発の予定があくる日の午前二時発となり、その間、何の掲示も待合室に出ることはなかった。おくれる理由についてさまざまの憶測が乗客の間に乱れとんでいたが、肝心の役人が誰ひとり姿を見せないので、何故かわからなかった。南米出身らしい客が、場内いっぱいにひびく大声で、

「バルカンさん、どこにいるの？」

と、あきずにくりかえし叫んでいたが、きこえているのか、いないのか、事務室からは誰も出てこなかった。くたびれて、こどもづれの人たちなどぐっすりねむってしまった夜中すぎ、突然ひとりの肥った女性があらわれて一言、

「イスタンブール」

と言った。ただ、それだけで、待合室の諸国人はぞろぞろと出て行った。出て行く時にいろいろと理由を彼女にたずねたが、この若い役人はチューインガムをたえずくちゃくちゃとかんでいて、決して一言も答えなかった。

飛行機にのってみると、おくれた原因は一目瞭然で、別におそれていたような事故が

あったのではなく、予定表にのっていない臨時チャーター便でのりこんでくるアメリカ人観光客一行を待ちあわせていたので、まったく商業上の理由だった。それなら、四時間前からの予定の行動だったのだから、待たす時間のはばについてしらせてくれればよいのにと思った。米国人乗客との接触にあたった肥った若い女性は、外国人の客からの問いあわせをさけようとして不安のために、チューインガムをたえずかんでいたのだろう。この人にもう一度、会う機会があった。五日後にイスタンブールからアテネにむかう途中、ソフィアでソ連の航空便にのりつぐ予定だった。待合室で待っていると、この人が今度もチューインガムをかみながら出て来て、待合室の乗客をよせあつめ、今来た飛行機にのれと言う。私の切符はソ連のアエロフロートであり、まだ時間が来ないからと言っても、のれと命令するばかりだ。仕方なく飛行機にのると、それはブルガリアのバルカン航空でアテネ着の後に私の荷物に出会うことはできず、そのあと二時間たってからついたソ連機で来た荷物をようやくさがしあてることができた。問答のできない役人を空港にたてることは、交渉による妥協の可能性をゼロにするので、都合のよいこともあるのだろうが、あたえる指示がまちがっている場合には修正がきかない。若い肥った女性が、チューインガムをかみつづけながら、英語のカタコトをしゃべる姿を、ブルガリア社会主義の一つの顔（外国むきの）として私は忘れることができない。

似たような経験をポーランド出国時にももった。

　クラクフからワルシャワに飛ぶ時に、担当の役人が切符を二枚もぎとってしまった。このことに気がついたのは、ワルシャワからのりついで出国しようとした時で、受付の女性が、私の切符を見た時、うれしそうに笑って、駄目だと言う。

「この切符ではワルシャワからブダペストまではゆけません。前の切符がはぎとられています」

　その前の切符はここにくる前に同じポーランド国営会社の役人がクラクフではぎとったのだと説明したがうけつけてもらえない。

「ワルシャワ—ブダペスト間の飛行機のお金をはらいこんであるかどうかわからないから駄目です」

と言う。でも、昨日、こちらの会社に、飛行機の席の確認をした時に、私の席はあると返事をされたのだし、その時には、すでに東京払いで切符が支払われていることが確認されているわけではありませんか、と言ってもきかない。

　そのうちに、もうひとり、女性の事務官が出て来て、押し問答した結果、昨日私が電話した時に席はあるという確認を会社としてしたことを認め、それが東京ですでに私が支払いをすませたという事実を前提とすることをも認め、私のほうの論理をうけいれた上で、ここでは現物の切符がないのだから、切符の確認のみをするかかりとしての自分の立場と論理をも認めてほしいし、いったんワルシャワ—ブダペスト間の切符を改めて支払ってほしい、二度払いになったのかもしれないという文書を自分が今ここで書くから、二度払いになったのなら東京の支社に請求してとりもどしてほしいと言った。この押し問答を第二の女性事務官としているうちに、ポーランドは論理の国だということを、私は確認した。

同時に、その前の女性事務官が切符のミスを見つけた時に花のように内側からかがやいた表情の変化を、私は山上のイエスの変容のようだと思った。山上のイエスが弟子たちに自分は実は神の子だとあかす、その表情の変化のくだりが、聖書に記されているが、社会主義国家では、役人がイエスの座にすわって、権威を帯びて変容する。ポーランドの町で見た「変容のキリスト教会」という看板が、この小さな体験をとおして私によみがえった。

ブルガリアとポーランドでは役人の表情に個性的なちがいがあり、それはまたハンガリー、チェコスロヴァキア、ユーゴスラヴィアでそれぞれまたちがっており、受付の役人の態度の変容が、それぞれの社会主義国家の性格への手がかりをあたえる。同時に、これらの国々のキリスト教の教会と道端や家庭内の聖母像は、かつて共産主義政権成立前には政府権力とむすんで威力を示していたのとちがい、権力とのむすびつきをはぎとられて今ではそこにあり、ローマ帝国との結びつきをつくる前のキリスト教本来の面目をとりもどしているものと言える。

リラから首都ソフィアにもどって、中央のアレクサンドル・ネフスキー教会の地下堂《クリプト》にあるたくさんの聖像《イコン》を見た時、これらのイコンのそのまた小さなうつしを家庭の隅にもってトルコの支配を六世紀にわたって忍んだブルガリア人のくらしかたを思った。そこには、ソ連の衛星国の一員としてとどまり、しかも西欧文化を実質的にはうけいれてゆこうという姿勢をもつ今のブルガリア人のくらしかたに共通するものがある。長年月の異民族支配の下での抵抗の持続が、民族としての一つのまとまりを生んだ結果であろうし、その象徴としてイコンがかつてあったということを、この国の共産主義政権は事実として受けいれ公示している。

アレクサンドル・ネフスキー教会の壮大な伽藍からすこしはなれて、聖ゲオルギ教会という小さい聖堂があり、その前を、五、六歩歩いてすぎたが、めだたない薄茶色のこの教会のやさしい姿が眼にのこった。私がもしこの衛星国の民としてここに生きていたら、キリストを信じないながらも、この小さい教会の前をとおりすぎるごとに、ひそかなやすらぎをいつももつだろう。共産主義国家の中にあって権力をはぎとられたキリスト教会は建築の形と絵画とをもって、現世の権力とはちがう別の見方があることを示唆している。

市会堂の大時計——チェコスロヴァキア

チェコスロヴァキアの首都プラハで、路上に一時間たって、時計を見ていた。プラハはかつては神聖ローマ帝国の首都であり、ヨーロッパの中心としてさかえていた。この大時計は一四一〇年に、カダンのミクラスという時計職人がつくったものだそうで、市会堂のすぐわきにたてられた塔の正面にかかげられている。それは三つの部分からなり、時計じかけの人形芝居、一年十二カ月の暦、地球を中心として見た天体運行図をくみあわせたものだ。

大きい順にとりあげると、月と太陽が地球を中心として動いてゆく宇宙図が背景としてある。次に、一年十二カ月の暦に、そのそれぞれの季節の民衆のくらしがかきこまれている。最後に一日を計る時計の動きがあり、一時間ごとに、がいこつが片手でつなをひき、もう一本の手が砂時計をひっくりかえして、鐘をならす。がいこつは、死の使者であり、時間の動きは、私たちが死に近づくことをしらせ、死者の立場から生者の動きを計っている。時の流れが、一時間、一分、一秒というふうに一様であるのは、死んだ

死によって時間を計る、プラハの時計台

ものにしかあり得ない無機的な運動として、生を計っているからである。この時計の動きは、死者からの、自分たちのいるところにむかえようとするまねきである。

死者が時間をしらせるとともに、聖徒（これらもすでに死んでおり、天界の住人である）があいついで時計の上部の窓に姿をあらわし、聖徒の行列が終ると、窓は、ふたたびとじる。そして、また一時間がすぎる。そこでふたたび、がいこつがひもをひいて鐘をならし、聖者の行進がはじまる。

聖者とは別に、トルコ人の人型があって、首をふって、おれたちは文明への襲撃をあきらめていないという意志表示をする。反対の側には人間（文明人）の人型があって、襲撃をやがて受けるものとしてのあきらめの表情をもって、たえている。

この人形芝居は、一時間ごとに、五〇〇年、このプラハでくりかえされてきた。プラハの人口が死にたえたとしても、時計の仕掛けがこわれないかぎり、芝居はつづくだろう。滅亡にむかって歩む現代文明を、この大時計は、宇宙の規模において、このように計っている。

あくる日、ユダヤ人墓地に行った。ユダヤ人はこの町に一〇〇〇年前から住んでいたそうで、すでに一〇九一年にはユダヤ人町が二つここにあったという記録がある。だから、ユダヤ人墓地もそのころからあったにちがいない。だが、キリスト教人口からのたえざる襲撃とナチス・ドイツの破壊とをしのいで今ものこっているのは、都心に近いこの旧ユダヤ人墓地だけで、ここにあるもっとも古い墓は、一四三九年四月二十五日死亡

プラハのユダヤ人墓地

ときざまれている詩人学者アビグドル・カロのものである。この人は一三八九年のポグロム（ユダヤ人町への襲撃）を目撃して、犠牲者の挽歌を書いた人で、その作品は今日につたわっている。空のすけて見える林の中に古い墓石、それは日本の墓石のように角ばった立方体でなく、うすい石の板で、ひとところにかたづけられたようにたがいにたてかけてある。歴史の物置場に、役を終えた人形が、つみかさねられているようだった。

小学校の校庭くらいの狭い場所に、一万二〇〇〇個の墓石（というよりは板）があり、あるところでは、埋葬された死体は十二層になっているという。最後の埋葬は一七八七年のもので、埋葬は三五〇年にわたった。

墓場のすぐそばに、古くからの記録保存所があって、この建物も古いものらしく、唐草模様の鉄のかざりのついた階段をのぼって中に入ると、一階と二階とにどういうものがあったか、今はおぼえていないのだが、三階まであがると、白と赤の横じまのだんだら模様をかいた粗末な服がかけてあるのが眼に入った。どういう芝居かわからないが、ユダヤの古い神話劇ではないだろうか。テレジンというユダヤ人強制収容所で、余興の劇に使ったものだそうだ。

その収容所の中でかかれた絵がたくさんのこっていた。こどものかいた絵で、クレヨンや色鉛筆でかいてある。一家が、食卓をかこんで、たのしそうにみんなで食べている絵。収容所では食物が足りなくて、こどもが、自由だったころの夕食を空想してかいたのだろう。

やがて、色鉛筆もクレヨンもなくなったのか、黒一色でかいた絵になる。太陽が照っていて、その下で、棺をこどもたちがかついで行進している絵。ほんとうに収容所であったことだろう。

こういう絵をあつめた本がおいてあって、それをもってかえりたいと思ったが、余分はなくて、売れないということだった。

外に出ると、階段の下のほうに、ドイツ語ではなしている少年たちが二〇人くらいかたまっていた。東ドイツの高等学校の生徒らしかった。ドイツ人は、ナチス・ドイツのつくった収容所で殺されたこどもたちの絵を見て何と思うだろう。夏休みに、生徒をつれてここにくるドイツ人の先生に感心した。

手づくりの芝居の衣装とこどものかいた絵とが、心にのこった。プラハのユダヤ人墓地をおとずれたのは、一九七七年だったが、それから二年たった一九七九年に、カナダのモントリオールでフランチェスカ・ヌーモフ夫人に会い、彼女がハンガリー人であり、少女のころにユダヤ人収容所にいたことをきいた。家族はそこでなくなったときいた。テレジンは、考えるのもいやなところのようだった。こどもの絵のこととそれの出ている本のことを言うと、彼女は、もっていると言って、出してきて見せてくれた。その本をたのんでもらったところ、版元にもないということがわかった。しかし、私がモントリオールをはなれる直前に、彼女は、この本の全部をゼロックスで複写して、私にくれた。今、手もとにあるこの本である。ジェラルド・グリーン著『テレジンの芸術家たち』ホーソーン・ブックス、ニューヨーク、一九六九年（Gerald Green, The Artists of Terezin, Hawthorn Books, Inc., New York, 1969）。

テレジンという町は、プラハから北に五〇キロほどはなれたところにあり、一七八〇年にオーストリア・ハンガリー帝国皇帝ヨセフによって、その母マリア・テレサを記念してたてられた。その故に、ドイツ語の名を、テレジアの町という意味のテレジェンスタットと呼ばれた。そのチェコ語の呼び名が、テレジンである。

テレジンは、首都プラハを守るための要塞であり、遠くから見ると美しいが、なかに入って見ると、村人のくらし本位につくられていないので、みにくい村だそうである。

ナチス・ドイツがチェコスロヴァキアを支配下におさめた時、彼らは、一九四一年十月十日プラハ城でひらかれた会議で、ボヘミアとモラヴィア両地区のユダヤ人をテレジンにあつめることにきめた。毎日二―三回、貨車に一〇〇〇人のユダヤ人をつめこんでおくることにすれば、移動の仕事をすますのにそれほどの時間はかからないというもくろみだった。もともとテレジンは軍事基地だったので、ユダヤ人収容所を管理するのに適した設備がそなわっていた。

それまでチェコスロヴァキアのユダヤ人は、東方の収容所におくられていた。東方におくられるということは殺されることだということはまだわかっていなかったが、東は寒いし苦しいという予感があって、首都に近いテレジンに新しい収容所がつくられることは、むしろありがたいこととしてユダヤ人にむかえられた。事実、ナチスは、はじめは、テレジン収容所をたのしいところに見せかける工夫をこらし、ここを「収容所の天国」と呼び、ここに視察に来た国際赤十字の使節は、だまされてかえってしまって、東方のアウシュヴィッツやダハウやビルケナウの収容所まで見にゆかなかった。というよりも、ていよくまかれてしまった。

しかし、やがてこのテレジン収容所もまた食糧不足になやみ、多くの死者を出すことになる。一九四一年十一月二十四日からこの収容所におくられたユダヤ人一四万人のうち一万二〇〇〇人が死んだ。

はじめこの収容所についたころには、ユダヤ人は、自分たちが殺されるとは思っていなかった。ユダヤ人墓地の墓標の示すとおり、チェコスロヴァキアのユダヤ人は古い歴史をもっている。一〇〇〇年間この土地に住んできたのである。彼らのつくった教会は、チェコスロヴァキアのほこりとされ、チェコの伝統の一部となってきた。チェコスロヴァキアの偉大な科学者、芸術家、医者、教師たちの多くは、ユダヤ人出身だった。その彼らが、みなごろしにされるなどとは信じられなかった。戦争の間だけ、しばらくきゅうくつなくらしを我慢しなければならないくらいに思っていた。だから、はじめのうちは、こどもの絵は、明るいのである。

一年もたたないうちに、テレジン収容所はいっぱいになった。毎日一三〇人が殺されることになった。一九四二年十月までに一万八〇〇〇人がガス室におくられて処分された。

死者ははじめは棺桶にいれられてうめられたが、やがて集団墓地にうめられるようになった。ところが、そこは川に近く、洪水の時に、死体が土から出てきてしまうので、新しく焼場をつくるようになった。その焼場は一日一九〇人ずつ焼く能力をもっていた。テレジンのユダヤ人は、そこにあるものを使って、昔のユダヤ人街を再現しようとした。ユダヤ銀行、コーヒー店がつくられ、音楽会があり、歌劇がもよおされた。「カルメン」はとくにすばらしかった。それをしのぐ成功をおさめたのは、「売られた花嫁」だった。「売られた花嫁」は三五回公演されたという。私が、三年前にプラハで見たのは、ユダヤの史劇ではなく、オペラだったのだ。衣装があまり単純なので、「カルメン」や「売られた花嫁」とは気がつかなかった。このことは、芸術について考えさせる。強制収容所のありあわせの布をつかって演じる「カルメン」と「売られた花嫁」は、今日のニューヨークのメトロポリタン・オペラ劇場で演じられる豪華な衣装と練習をつんだ楽団と歌手による「カルメン」と「売られた花嫁」にくらべて、まずしいまねごとにすぎないだろう。しかし、歌手(その多くはシロウト)の意図と聴衆のうけとりかたをとおして見る時、メトロポリタン・オペラ劇場の歌劇以上の芸術としてこの世にあったと言えないだろうか。生をかがやかしいものにするのが芸術であるなら、これが芸術である。にせものがほんものをこえる時が、人間の歴史にはある。

この一方では、むごいあつかいがつづいた。一九四三年十一月十七日全員点呼と称して、山あいの野原にたたされ、水も食物もあたえられず、ただ立っていることを命じられた。機関銃の演習の音がきこえた。不安がつのって、泣きだすものが出た。失神するものもいた。朝七時から真夜中まで点呼はつづき、だいたい四〇〇〇人がいるということをたしかめただけで終った。かえることをゆるされた時、寒い泥沼に三〇〇人の死体がのこった。

ポーランドから一三〇〇人のこどもがテレジンについたことがあった。六歳から十五歳までの年齢のこどもだけだった。一九四三年のことだった。服はぼろぼろで、靴なしの子が多かった。彼らはポーランドのビアルストックから来た。親たちは彼らの眼の前で射殺されたが、こどもだけは生命を助けられて、このチェコの収容所におくられた。しかし、このこどもたちの大方は、到着から二、三カ月の後に、チブスで死んだ。

これらのことを、テレジン収容所内の画家はかきとめた。その何人かは生きのこり、作品のいくらかがのこって、この本の中にある。

フリッツタのかいたトミコヴィという連作がある。トミコヴィ、つまりトミー坊やは、一九四四年十月二十二日、三歳の誕生日をテレジン収容所でむかえた。彼が箱を台にして、収容所の窓から外をのぞいている。上衣だけきており、おしりはまるだしだ。彼が大きな本をひろげて読んでいる。それは宗教の本らしく、祈りの言葉を読みあげているところらしい。大きくなったら何になるか。建築技師になって鉄橋をつくったり、ビルディングをつくったりするところ。しかつめらしい顔をしてトミーは考えている。三歳の男の子らしく大きな腹をしたまま拳闘選手になっているところ。絵かきになっているところ。将軍になって勲章を胸につけているところ。それは困る、と父親の画家はつけくわえる。実業家になって葉巻をふかしていばっているところ。それも困ると父親は書きくわえる。鳥打帽をかぶった私立探偵。そこで終る。父親の画家はナチスに殺されたが、トミーは、この画集とともに生きのこったそうである。

こどもの書いた詩に、こういうのがある。

テレジンはすばらしく美しい。
美しさははっきりと眼に見える。
道を歩く人びとの足音の中にもある。
テレジンのユダヤ人街。
自由のある世界からきりはなされた
この一キロ四方の土地が
そんなふうに私には見える。

（ミロスラヴ・コセク）

一九四五年五月、コーネフ大将指揮下のソヴィエト・ロシア軍はプラハを解放し、テ

空港の売店でうっていたシュヴェイク人形

レジン収容所に生きのこった人びとは自由になった。

テレジン収容所の死者は、第二次世界大戦でナチスに殺されたユダヤ人六〇〇万人の一部である。その全体の六〇〇万人でさえ、「またあの六〇〇万人のことね、そのくりかえしにはうんざりするわ」（ドロシー・トムソン）と、今では言われるようになったが、プラハの記念館で収容所の手づくりの芝居衣装とこどもの画を見た時、私は、うたれた。プラハをはなれる時、空港の売店に、兵隊シュヴェイクの小さい人形があるのを見つけた。五センチほどのフェルト製の人形で、トミー坊やのようにまるいほっぺたをした肥ったこどもみたいな兵隊だ。小学生のころ、私は、この物語を読んだことがある。オーストリア・ハンガリー帝国の軍隊にとらわれて戦争にかりだされ、それがいやで逃げまわるチェコの農民兵である。彼は、自分の参加している戦争をまったく無意味だと思い、本気で参加して人殺しをする同僚をにくんだ。彼に命令をくだす上官をバカにし、私物である上等のコニャックをぬすんでのんでは、脱走をくりかえした。彼には学問はないが抑圧するものと抑圧されるものとの区別はわかっていた。この半世紀以上にわたって兵隊シュヴェイクは戦争をきらう人びとに愛されてきた。その人気は、日本にも及んだ。大正時代の日本人が、本気で世界大戦に身を投じていなかったからだろう。戦争は、国家と国家のたたかいだが、たがいにたたかう国家が実は肩をよせあって、それぞれの国の民衆を殺しているという別の側面をあわせもっている。兵隊シュヴェイクは、それを感じとって、国家の壁の下に穴をほって、国家間を通底する道をさがしもとめた。

彼には生きる本能の内にもともとかくされている智恵と行動力がある。
テレジンのこどもの絵とシュヴェイク人形とは、おなじ方向に手をさしのべている。

キラーニーの湖——アイルランド

「庭の千草」という歌が私は好きだ。

季節におくれて、ひともとだけ咲いている花をうたったもので、ふしまわしも、心にしみいる。

アイルランド民謡ということになっており、古いアイルランドのふしに、ダブリンうまれのアイルランド人トマス・ムーア（一七七九—一八五二）が言葉をつけたもので、日本語では白菊になっているが、もとの歌ではバラであり、明治十六年には、バラの花は、したしみがうすかったのだろう。私にとっては、明治うまれの母がよく歌っていたので、大正・昭和にのこる明治の精神を思わせる。

アイルランドの歌の伝統から見て、トマス・ムーアの「庭の千草」は、にせもののあつかいをうけている。トマス・ムーアは、アイルランド語を知らず、アイルランド語とわかちがたくむすびついたアイルランド古来のふしまわしを、英語にあわせてつくりかえることで、くずしてしまったというのである。S・O・ボイルが『アイルランドの歌の伝統』（ギルバート・ドールトン社、ダブリン、一九七六年）に書いたこの批判は、おそらく正しい。トマス・ムーアの最初の伝記となったテレンス・デ・ヴィア・ホワイトの『アイルランドの詩人、トム・ムーア』（ヘイミッシュ・ハミルトン社、ロンドン、一九七七年）を見ても、トマス・ムーアがアイルランド語を知らなかったことは事実であった。彼は、ダブリンでうまれ、ダブリンのトリニティー・カレッジで教育をうけ、みずから歌うのが好きで、たのまれれば宴席でよく歌うめずらしい詩人であり、アイルランドの風物をおりこんだ歌の当代ならびない作詞者だった。

　私たちが、アイルランドとむすびつけて考えていた実にたくさんのものが、アイルランドまがいのものであったということがわかる。たとえば、ジョナサン・スウィフトは、アイルランド語を知っていたかどうか。イギリスとカナダの大学教授が、このことについてひらいた公開の討論会をききにいったことがあったが、少しは知っていたのではなかろうかというくらいで終った。

　アイルランド人には、奇人が多いといわれる。オスカー・ワイルド、ジェイムズ・ジョイス、バーナード・ショー、ジェイムズ・シング、Ｗ・Ｂ・イエイツなど。しかし、奇人と呼ばれるのはゆたかな人たちのことで、貧しければ、変人と呼ばれるそうだ。マーガレット・パウェルのこの区分を、『アイルランドの奇人たち』（ヘイミッシュ・ハミルトン社、ロンドン、一九七五年）という本を書いたピーター・サマヴィル・ラージはひいている。奇人をそだてたこの風土は、奇人と呼ばれさえしない風がわりな人びとを数知れずそだててきた。

ダブリンの停車場で、タクシーをとろうとすると、なかなかとれない。その前の日に、イギリスのロンドンをたった時には、そういうことはなかった。どこでも、イギリス人は、行列をつくって、先頭から順ぐりにタクシーにのりこんでいたものだが、ひとたびアイルランドにつくと、もうそんな順序はおかまいなしに、誰でもがタクシーに近づいてのってしまう。そういう不規則性に、そこにいるほどの人はみななれているらしく、不満をのべるものはいなかった。

ダブリンの町に出ると、橋のたもとに、六、七歳の小娘がすわっており、可憐な顔だちのかぼそい娘で、あぐらをかいて、これみよがしに紙巻き煙草をすぱすぱふかしていた。誰でも、自分をしかるならしかって見ろという決意があらわれていて、彼女が世界に対してもとうとしている関係がわかった。ひとりではなく、仲間(みんなこども)が何人かいるみたいだった。

スウェターを売っている店に入り、そこにあるアラン島の手づくりのものを見ていると、米国人の先客がいて、何百枚もほしいので、単価をいくらにまけてくれるか、何日までに製品を納入できるかなどときいており、これは大型の商談だ。私は一枚ほしいだけなのだから、立ってまっていると、その商談をうちきった女主人が私のほうをむいて、

「あなたは日本人ですか。日本人はしんぼうづよいですわね」

とお世辞を言って、スウェターひとつ買うのに、とても愛想よくしてくれた。アラン

島にゆかりのある人だったのだろう。手あみのスウェターは、たくさんつくれない。アラン島にはそれほど多く人はいない。何百枚も注文して、アメリカにもっていって高く売るというような商売とはあいいれないので、いやだったのだろう。おかげで私には、いい役がまわってきて、白い毛糸であんだあらい手あみのスウェターを一枚、気もちよく売ってもらうことができた。

汽車にのって、アイルランド（エール共和国）の南の端までゆき、キラーニーの湖に行った。

「庭の千草」ほど古い記憶ではないけれども、やはりこどものころに、キラーニーの湖が出てくる音楽映画を見た。ジョン・マッコーマックというアイルランドうまれの歌手がうたい、その背に、山あいの湖に日がくれてゆく場面がうつる。キラーニーという名前がその時から、心に住みついた。

マッコーマック（一八八四―一九四五）は、一九三八年に引退した。この映画は、引退の少し前につくられた。この時代に吹きこまれたレコードは、いい音ではなく、今ではたのしくきくというわけにはいかないが、彼の時代にマッコーマックは、イタリアのカルーソーと天下を分けたテノール歌手だった。アイルランドを代表する歌い手として、アイルランドの歌をもって世界をまわった。日本にも、晩年につくった音楽映画をとおして、アイルランドの風景をもたらした。

古代アイルランドは森にめぐまれていた。今では、全島泥炭地と芝地におおわれて、岩のあらわれているところが多い。

キラーニーには午後ついた。ローマの遺跡と地つづきの宿にとまり、あくる朝、そこを出て、馬にのって、ダンロウ峡谷をこえ、キラーニー湖にむかう。

馬にのると、人の高さよりも高く、ひろびろと見え、景色にはずみがつく。五〇年近く馬にのらないできたが、七歳の時から八年間のっていたので（裸馬にのったり、川につれていって馬を洗ったりした）からだの中に今もこつが入っていて、それが馬につたわった。

馬はおとなしい馬で、私を馬鹿にせずにのせてくれた。安心して馬の背にいるのはたのしいもので、のぼり坂の時にかけてみて、眺望がひらけるとまたゆっくり歩いた。峠をのぼったり、くだったり、木のない芝地におおわれた低い山をこえてゆく。ここは、自動車を入れないので、馬がおどろかないからありがたい。

かやぶき屋根の家をまじえて村の建物が遠く、ばらばらに見える。村の学校もあり、とても小さい学校だ。

ダンロウ峡谷をすぎると、そこは昔の領主の館のあったところで、一行はバラバラに、もってきた御弁当をあけてたべる。食事をすまし、共同でたのんだボートにのって、キラーニーの湖をわたった。四人のこぎ手がいて、一行一〇人ほどがのった。年配のこぎ手が、ひとりひとりの体重を目測ではかって、坐る場所を指定した。それでも、浅いところにくると、舟底がつかえて動かなくなり、客だけおりるようにたのまれてしばらく岸を歩いたりした。

中世のおもかげをとどめるめがね橋をぬけて、ひろい湖面に出た。いくつも小さい島があり、岩肌をむきだしにしていた。その上に、黒面の羊がいて、じっとこちらを見つめていた。島は緑におおわれているが、木というほどの木はない。場所はずいぶんちがうのだが、トーマス・マンの語りなおした『選ばれし人』という中世伝説を思い出した。知らないで、実の母親と寝た青年が追放されて、あらい岩肌の小島に自分をおく。あつい太陽に毎日てりつけられて、はりねずみほどの姿にしなびてしまうが、それでも、大地の乳にやしなわれて、生きつづけているのを発見され、社会につれもどされ、やがて法王にえらばれて、姦通の相手だった母親と、たのしい再会をするという物語だった。

羊には持主があり、ボートにのせて羊をつれてきて、それぞれの島においてゆくそうだ。羊は岩山においしげる芝をたべて、ひとりぐらしをつづける。鷲がまいおりて、さらうということもあるそうだ。

湖は昔ロウ・リーンと呼ばれ、この湖を中心とする一帯は、オドノヒューという頭領がおさめていた。湖の島の一つは、今も、オドノヒューの牢獄と呼ばれており、そこは、この頭領が、何か秩序を乱したという理由で自分の息子をとじこめておいたところだという。

オドノヒューは、えこひいきをすることからほどとおく、その治世は、彼の武勇と公平によって、仕合せなものとなった。

オドノヒューは、珍らしい終りをむかえた。

彼の宮廷でひらかれた宴会で、オドノヒューは、これからおこるさまざまの出来事について語った。これから子孫をおそう不幸と屈辱とを、目に見えるもののようにえがいた。臣下は、悲しみと怒りをもって、自分たちの未来にききいった。語りおえると、オドノヒューは、しっかりした足どりで岸にむかって歩き、湖の中心にむかった。鏡のような水面は彼をささえていた。中心についた時、彼はふりかえって両腕をあげ、宮廷の人びとにわかれのあいずをして、湖深く沈んだ。

オドノヒューの思い出は、幾世代も語りつがれた。五月のある朝、最後の宴会の記念の日に、彼は昔の領土にもどってくる。それを見たものには幸運がおとずれるし、見た人にだけでなく、その年にはこの地方一帯が豊作となるという。

オドノヒューの伝説は、近代に入ってから、アイルランドがどれほど不幸であったかを物語る。

トマス・ムーアやオスカー・ワイルドやバーナード・ショーをふくめて、アイルランド名士の多くはイギリスと結びついて、うきあがった人びとと見なされる。

「アイルランドの巨人」と呼ばれる有名人がいた。パトリック・コッター（一七六〇—一八〇六）というアイルランド南部キンセールうまれの煉瓦職人がその人で、アイルランドだけでなく、イギリスにつれてゆかれて、英国全体の市で見世物小屋に出場し、オブライエンという芸名で知られた。『英国伝記事典』にもその経歴が出ている。ポーラ

ボートの中から、めがね橋の向こうにキラーニー湖

キラーニー湖内の島

ンドからつれてこられた小人の「ボルウラスキ伯爵」と一緒にこの巨人を見ることを、見物人はこのんだ。十八世紀の末には、大男を見るというだけで、たくさんの人びとがあつまってきて、オブライエンについてもたくさんの新聞記事と石版画がのこっている。こうして彼は、四十六歳でイギリスのブリストルでなくなった時には、母親と友人とに財産をのこすことができた。遺言によって母親にのこされた遺産は二〇〇〇ポンドで、一八〇六年としては大きな金額である。

同時代の記事では、コッターは九フィート（二メートル七〇センチ）とも言われているが、彼の遺骨の研究にもとづいて書かれたG・フランコム、J・H・マスグレイヴ共著『アイルランドの巨人』（ダックワース社、ロンドン、一九七六年）によると、もっとも背の高かった時に、八フィート一インチ（二メートル五〇センチ）というところらしい。この本によると、世界の歴史の中で、九フィートをこえる人はいまだ見つかっておらず、そういう遺骨として知られているものの多くは、人間以外の動物の遺骨だそうである。最近では一九四〇年になくなった米国イリノイ州の巨人ロバート・ワドロウが、八フィート一インチに達したという記録があり、この人は、パトリック・コッターよりも高かった。しかし、十八世紀末には、「アイルランドの巨人」の名は英国全土になりひびく存在で、アイルランドと言えば、巨人の産地として大英帝国の隅々まで知られるようになった。

イギリスから自治をうばわれ、言語をおしつけられ、収穫のうわまえをはねられてくらしてきた十七世紀以来、おなじ英国領土内にあってアイルランド人は、アイルランド人らしさを保った。（南部は現在エール共和国として独立。）世界のどこにいっても、アイルランド人と名のって、イギリス人と呼ばれることをこばんだ。土地がやせていて、くらしの見こみがよくないので、たくさんのアイルランド人が、カナダ、米国、オーストラリアに移って、それぞれの土地でアイルランド人らしい道をきりひらいた。アイルランド風のシチュー（羊肉、ジャガイモ、タマネギのにこみ）というのは、移民がアイルランドからもって出たものの一つで、冬むきの安い料理として、アメリカ、カナダのどこででも食べられる。移民の中からは、ケネディーのように酒屋として財産をきずきその息子が財力でイギリス大使の地位を得、そのまた息子が米国大統領になるという例もあったが、アイルランドにのこった人びとは、やせた土地でのくらしをつづけている。彼らは、突飛なことをしでかすたのしみをたやさない。奇人・変人を集団の中でそだてる力が自治の力だという説がある。アイルランドには民主主義が今も活力をこういう形で保っていると言えるのかもしれない。

かつてアイルランド人はハープの演奏にたくみで、十二世紀にここにやってきたノルマン人をおどろかせた。ハープにあわせて民謡が発達し、そのさかんな時代は十七世紀に及んだ。一六〇一年のキンセイルのたたかいでの敗北以後イギリス人に対してアイルランド人は屈辱をしいられ、ハープ演奏者、吟遊詩人たちは一六〇三年の法令によって追放された。こうしてアイルランド語（ゲール語）と日常生活の中でうたわれる歌とのつながりはながく断たれることとなった。今日のアイルランド人が、トマス・ムーアなどをとおして世界に流布したまがいもののアイルランドぶしに反感をもつのはあたりまえだ。それは、似ていて、少しちがうのだ。

キラーニーの湖のあるケリー地方は、日本で言えば川柳とかへナブリにあたるリメリック（ケリーに近い都市の名からとった）という五行ざれうたの詩型をそだてたところで、この詩型は、エドワード・リアの『ナンセンス・ヴァース』によってひろく世界に知られているが、そのもとはまったくこの地方内部の即興芸である。

リアの作ほど有名ではなくとも、その作品の何百倍ものリメリックがケリー地方でつくられてきた。その中の一つ。

神さまの計画ははじめはすばらしかった、
ところがケリーの連中が罪でけがしてしまった、
この物語が神様の栄光で終るように、わたしらは切に望んでいるのに、
今までのところケリーの連中が優勢だった。
（マイラー・マグラス著『ケリー地方リメリック集』マーシア杜、ダブリン、一九七七年）

短詩型とならんで、ひと口話も、ケリー地方には莫大な蓄積がある。ケリー地方冗談

集をのぞくと、こんなのがあった。

スライゴーの男が、医者の処方箋どおりに薬をのんでいたところ死んでしまった。処方箋には、この丸薬を一粒のみ、二日間おいてもう一粒のみ、また二日間おいて、丸薬がなくなるまでこの流儀でのみつづけなさいとあった。

未亡人の言うには、

「丸薬はきいたんですけれど、間をおいたのがいけなかったんですわ」

（ポラリス著『ケリー地方冗談なぞなぞ集』マーシア社、ダブリン、一九七六年）

幼いころアイルランドの父方祖母のもとでそだったラフカディオ・ハーンは、おばけの話や短詩型や冗談を仕込んだ。それらが米国経由で日本に来てから、日本のお化けや短詩型や冗談と心の底のほうで交流した。このようにしてアイルランドの文化は、日本に入ってきて、変則に開花した。トマス・ムーア原作、明治日本人翻案の「庭の千草」もそのひとつである。それらは、今は洗いだされたアイルランド文化の古型から見て、にせものだろう。

にせものをこえて、別のアイルランドへの道を見出せるのは、いつの日か。だが私は、にせものによってそだてられたものを忘れたくない。

小国群像──アンドラ、サン・マリノ、ヴァティカン

戦争中、海軍の酒保で、伊福部隆彦著『老子概説』という本を買った。伊福部氏の解釈では、日本の天皇が現代の世界で老子の思想をうけつぐものだとしてあって、そこのところをうけいれる気になれなかったが、この本には老子の原文がひかれており、その日本語よみがそばにならんでいるので、自分なりの読み方ができた。

カリエスにかかって、海軍病院でくらしている時、この本に、心を託した。

となりの村とあまりつきあいのない小さい村が、くにということになれば、どんなによいか、と思った。

老子の時代には、小さい国が、交通のむずかしいところには、たくさん、孤立してあったにちがいない。今も、まだあるにちがいない。百科全書でさがせるくらいのところでは、アンドラという国が、その一つである。

戦争中以来の、そういう心のむきがあって、メキシコからスペインまで出かけた時、スペインのバルセロナから足をのばして、フランスとの国ざかいのアンドラまで行った。

メキシコには一年くらして、何がメキシコ風なのかを、少しはなれてとらえたいと思った。メキシコ風のもののうち、どれほどがスペインから来たものか。メキシコ風のものからスペイン風のものをひいて、あとにのこるものは何か。そこで、メキシコの仕事が終ってからまっすぐに日本にかえらずに、スペインをまわってかえることにした。アンドラに来たのは、その道草の道草ということになる。

足をのばしてと書いたが、実はバスで行ったので、となりの席に、気がるな感じの男がおり、ぽつぽつはなしているうちに、彼がアンドラ人であることがわかった。

一九七三年七月八日。あつい日だった。バスが途中でしばらくとまっているあいだに降りて、ココナットのきれはしがならべてあるのを、一つ買ってみた。はじめてたべるものだが、果肉がひえていてあまい。そこでもとのバス席にもどって、アンドラ人とのはなしにもどる。彼は機械工だと言っていた。スペインに住み、今は、故郷にもどる。

バスが国境をこえる時、しらべに来た役人に、となりの男が旅券を出す。役人がそれをちらりと見るだけで、国境をこせる。税関も何もなし。通貨もおなじ。フランスとスペインと、二つの国境外の国々の通貨がここでとおる。ただし切手は独自のものをつくっている。

数年前に、京都の食物屋で、となりにすわったオーストラリアの新聞記者バーチェット（彼も今は故人となった）が、これが自分のつくった旅券だと言って、手に入るほどの小さい手帳を見せてくれたことがあった。自分の写真がはってあり、ヴェトナムや中国

山峡の町アンドラ

の国境をとおりすぎた時の日付けが役人の手で印刻されている。

何かの理由でオーストラリアの旅券をとりあげられてしまったので、それ以来、国境通過のさいには、この私製の旅券をもって歩いているということだった。

アンドラ人の旅券は、バーチェット氏の私製旅券のように薄かった。こうしてアンドラ人は、フランスへも、スペインにも、困難なく入れる。

おなじ風景が、時代により、人によってけわしいものにかわる。一九四〇年、フランスの側からこの同じピレネー山脈をスペインにこえようとした亡命者ベンヤミンは、国境ぞいの村でうたがわれ、密告するとおどされて、自殺した。

アンドラは、岩山にかこまれた盆地で、遠くに連嶺の雪が見える。エーデルワイスなどの高山植物の小さい美しい花がある。ここに住むのは、それなりにたのしいにちがいない。だからこそ、この人びとは住みつづけたのだろう。しかし、スペイン・フランスの両大国にしてみれば、無理して、ここをとる必要のないほどの寒村であり、しかも、おたがいに戦争をしている間にも、この小さい国をとおして、ひそかなとりひきができるという利益もあった。いろいろの種類の密輸の根拠地となってきたらしく、いわば山賊のとりでとしての意味をになってきた。

この国のそういう横顔は、町の宿屋にも店にも見えかくれしている。私の行ったころ、スペインはフランコ政権の下にあり、共産党は非合法化されており、マルクス主義も無政府主義も禁制の思想だった。ところが、別の国であるとは言え、アンドラ人がすたすたと歩いて国境をこえることのできるこの国の書店では、マルクスの著作も、トロツキーの著作もうずたかくつまれており、無政府主義の本も、社会主義キューバについての本もあった。ここでこれらの本を読み、フランコ政権以後のスペインについて思いをめぐらすことはつねに自由だった。この町の宿屋にとまっている人びとは、ヨーロッパ各地から来ており、大方は観光客のようであるが、どの人がどういう目的をもって誰と会っているかは、わからない。

軍隊はない。岩山にかこまれた無防備の国家だ。警官が二五人。年に一〇〇ペセタ（スペイン通貨）もらうという。警官の仕事は主として交通整理で、殺人などはほとんどおこらない。事件は主としてスペイン国内とフランス国内でおこり、ここではおこらないそうだ。軍隊と警官がいることが事件をつくるという側面があるだろう。

この国の人びとは、カタラン語（ラテン語から来る）をはなす。だが、この国に商業が入ってきて、スペイン・フランス両国との交流がさかんになると、カタラン語、スペイン語、フランス語をはなすのがあたりまえになった。今のアンドラ系市民八〇〇〇人は、この僻地に住みながら三カ国語を日常生活の中であやつっている。

この市には、小学校は一〇校あって、教科書はスペイン語だそうだ。高校は一つ。中学校というものはない。アンドラの歴史を、小学校の先生はスペイン語で教える。

アンドラは、四六四平方キロメートルに、人口二万五〇〇〇人（当時）の小国で、ピレネー山中のけわしい山間の盆地にある。ホテルや大きな店を経営しているひとにぎりの人びと（一〇〇人ほどの金持）を除くと大方は貧しいが、税がなく、ものが安くて、住みやすい。

軍備がなく、ほとんど政府がないと言ってよい。アンドラ人は、アンドラの外に出てゆかない。じっと大地を守り、土地のねあがりを、想像の中で、たのしんでいる。

税をかけないから、ここでは外国製品が安く買えるという風習があり、そのせいもあって、ヨーロッパ諸国から、旅行者がここに外国製品を買いにくる。その故に、ホテルや店の従業員として外国人にいつも接しており、ひらかれた面があるとともに、日常生活では、それぞれの親代々の家にもどり、カトリック教徒、農民としてのとざされた生活をつづけている。

ここにはわずか二日いたにすぎないが、歩いてみると、ほとんど中世風の石づくりの粗末な農家で、これまた石づくりの古めかしい教会を中心に村はできている。農村の気風はのこっているが、もはや、農業ではくらせず、もとからの住民の大方は、ホテルや店にはたらきに出ている。工業というべきものはなく、ホテルや店の建設にかかわる建築業、道路建設のための土木業、かなりの数の羊がいるので牧畜業、煙草の栽培というところである。

今では農業人口は全体の一〇％にさがってしまった。しかし、アンドラ国一〇〇〇年の歴史の中で、住民は農民としてくらしてきたので、その農民としての気風は、なかなかかわりはしない。この土地を愛しており、この土地の外に出てゆきたがらない。

その反対に、外から入ってくる人びとは多く、それは、このアンドラが、ファシズムと第二次世界大戦下のヨーロッパ諸国民にとって、どれほど望ましいところだったかを示している。

一八四五年から一九四四年までの一〇〇年の間、アンドラ人の人口は、約五〇〇〇人というところにとどまっていた。くらしが密輸にたすけられていたにせよ、この山間の農業によってでは、五〇〇〇人の人口をたもつのが、せいいっぱいだった。なにしろ、この国は、ヨーロッパでは、スイスにつぐ高いところにあり、スイスほどの精密工業があるわけではないのだから。それが、どうして、今の二万五〇〇〇人の総人口になったかといえば、スペイン人とフランス人が流れこんできたからで、今の総人口の三分の一以下の八〇〇〇人がアンドラ人（カタラン語）で、総人口の約半分を占める一万人がスペイン人（スペイン語）で、そのこりが、フランス（フランス語）その他のヨーロッパ人である。

アンドラ人の生活水準は、フランスより低く、スペインより高い。山間にあってこの水準を保っているのは、旅行者をヨーロッパ全土からひきよせているからだ。この小国は観光業に依存している。しかし、その観光業を、旧アンドラ人の自治によって統制しているところが、アンドラ人の智恵であり、それは、スペイン内戦の時にもかろうじて中立を保ち、第二次世界大戦中にも中立を保ったこの国の政治的伝統にもとづいている。

サンタ・コロマ教会

アンドラ国の政治組織を、一口に言うと、この国は、共同統治国である。共同統治者のひとりはスペイン在住のウルヘル僧正というカトリックの坊さんであり、もうひとりはフランス共和国の大統領(もとはフォア伯という領主)である。それぞれの共同統治者が、自分たちの代理人をアンドラ国内にもっており、この国の治安に対してアンドラ人ではなく、彼らが責任をもつ。しかし、行政については、二四人のアンドラ人のみから構成された議会が実権をもっており、これらの人びとは、アンドラの各地方から四人ずつえらばれる。

十二世紀以来、教会と封建領主とのあいだに対立があるままに、とにかく代理人をとおしての共同統治という形におちついたのは、この地域が、そこまで行って住みつくのが大へんであり、そこまで行って住みついても何の資源もなく地味がこえているでもないので、住みつづけるのが大へんだという理由からである。しかし、そこに住みついているアンドラ人が、この土地がいやになって、もっとはなやかなくらしを求めて出てゆくとしたら、この国はのこらなかっただろう。この土地にたいする親しみが、アンドラ国をつなぎとめていることはたしかだ。

国の全体が海抜(平均)一〇〇〇メートル。一平方キロメートルに六四人が住んでいるということになり、老子の言う小国寡民に近い。しかし、老子の説いた自給自足の農村からは程とおく、他国からの旅行者相手の商業でなりたっており、しかし、その商売を、自治によって抑制している。

とても空気がいいところで、一年のうち八カ月はスキーができ、ホテルの数は、この小国に二〇〇ある。その大方が、第二次世界大戦後にできたものである。住民は、ホテルと売店ではたらいてくらしをたてているわけだが、いざとなれば、昔からの農業と牧畜にもどることを心において、おちついてくらしている。そのおちつきが、この国の魅力である。

世界が、国と国とのあいだに寸分のスキマもなく、分割されているように、地図にはかいてあるが、それは、ほんとうだろうか。

もともとは、国と国とのあいだにスキマがたくさんあり、国の内部にも統制のおよばぬがらんどうの部分がたくさんあった。国は鉄道やテレビや鉄砲によってだんだんに内部の人びとをとりこみ、支配する場所をひろげた。しかしそれでも、国と国とのあいだに、今も、スキマはのこっており、アンドラは、そのようなスキマの一つだ。

このスキマを確保するために、スキマの意味を認める政治上の智恵がスペイン・フランス両大国にあったということもさいわいしたが、アンドラ国人の側でも、このスキマを保つための政治上の智恵をはたらかす人びとがあった。

大国の力がさらに大きくなるにつれて、スキマの意味も大きくなる。

バスでアンドラ国内をひとまわりした時、一緒になったのはフランス人で、モンペリエに近い田舎からきたという。ほとんどが、おじいさん、おばあさんだった。歌をうたって上機嫌である。

「人生万歳」

などと、行く人によびかけて、自分で、よろこんでいる。

アンドラ人の運転手は、車のわきを音高くたたいて唱和している。フランス人にとって現代フランス人以上に中世のフランスのおもかげをとどめているアンドラの風景は、古くなつかしいらしい。崖の上の教会。石橋。そして原爆も軍隊もないこの国は、彼らにとって理想の国に見えるのだろう。

ここで、アンドラ人に対してふんぞりかえって、金を使う外人旅行者はすくない。

それから何度か道草をして、アンドラの他に、サン・マリノとヴァティカンをまわった。

そのどこも、そこにあるもので自給自足をしているという国ではない。複数の大国の保護の下におかれている観光都市である。

サン・マリノは、イタリア北部の世界最古の共和国で面積は六一平方キロメートル、人口は一万八〇〇〇人。漫画の切手を次々に出して国の収入の三〇%を得ている。ここで漫画をかいているわけではなくて、他の国のおもしろい漫画を切手にして発行している。ディズニーのドナルド・ダックとかミッキー・マウスなど、この国が切手として発行するまでは、本国のアメリカでも漫画が切手にあたいすると思っていなかった。こういう卓抜な着想を地元がもつというのが観光国家を支える思想である。

市中、というよりは国家内に、ダグラス・フェアバンクスが剣士となっておどりでてきそうな小さい城があり、今でも映画のセットによく使われるそうだ。それは模造品の城で、こどもが歩きまわるには、本物の城よりも変化があっておもしろい。熱海のみやげもの店のような旅館のせまい階段をのぼったところで、泊まったが、その宿屋の亭主夫妻は、よくふとった初老の陽気な人で、話がはずんだ。名物の城のしるしからとった三つの羽根をあしらった壺（おそらくは花をいけるための）を、夫妻からもらったのを、一〇年後の今ももっている。

ここは、熱海が独立国になって、東京都と大阪の保護をうけ、両都市から保養に来る人びとをうけいれているというふうなところだ。漫画の主人公（それも一個でなく複数）が、この国の象徴になっているというところがいい。自由主義陣営、共産主義陣営にわかれて、こちこちのタテマエにかたまってあらそう世界諸国は、こういうばからしい考え方から何かをまなんでいい。この共和国も、カトリック教を支えとしており、守護聖人は、実質としてはミッキー・マウスなのだが、伝説としては四世紀にこの国の自治の基礎をつくった石工、聖マリヌス（サン・マリノ）である。ファシスト時代のイタリアに一度つぶされたが、戦後に独立をとりもどすだけの気力をもっている。

ローマ市に近いヴァティカンは、面積〇・四四平方キロメートル、人口一〇〇〇人。アンドラやサン・マリノほどにも食物の自給自足からほどとおく、情報産業によってなりたっている都市であり、そこには、一七〇〇年間の世界各地の情報が保存され、活用もされている。ここにかざられている金ピカの祭具は、メキシコでくらしてから見ると、武力でとってきたものをならべるという感じがして、宗教性をそのままうけいれにくい。私には、サン・マリノの教会のほうが近づきやすかった。しかし、この小国もまた、大国のあいだのスキマの一つで、カトリック教会はアンドラやサン・マリノ、メキシコの中のヤキ領土のようなスキマをみずから宗教圏の中にそだてるだけのユーモアをたもってきた。

スキマはなぜ大切か。スキマがあることによって、世界はよりよくおたがいに交通することができるようになるからだ。

Ⅲ　旅のなかの人

メデルの思い出

ジョウ・メデルが死んだ。今年（二〇〇一年）一月三一日。

彼は私のただひとりのボクサー友だちだった。

四〇年前、私はウツ病で、住居をさだめず放浪していた。ある日の昼さがり、小さいホテルのロビーにすわっていると、どやどやと人が入って来て、私の両側をかためてしまったので、動けなくなった。やがて、私のまむかいにボクサーとマネジャーがすわり、日本人のスポーツ記者の司会で、記者会見がはじまった。

マネジャーは、スペインなまりの英語ではなす。敗戦から一六年目の日本で、スポーツ記者は英語が苦手らしく、質問は通訳にたよらざるを得ない。

私は、はじめは動けないですわっていたのだが、やがて、この記者会見に興味をもった。マネジャーとボクサーの目は、まっすぐ私にむかっている。私を、居ならぶ日本のスポーツ記者の頭目と思ったらしい。

記者会見が終わり、みな散会して、あくる日のこと、ホテルの出入り口で、ボクサーその人と出会い、言葉をかわした。まなざしがするどく、握手をすると手が小さくやわらかいのにおどろいた。

テレビにボクシングのない夜は、月の出ていない夜とおなじだという医師松田道雄さんと後に出あって、メデルの手の小さくやわらかいのにおどろいたはなしをすると、松田さんは、小さい手でうたれると、深く入ってきくのだということだった。余談だが、医師松田道雄のボクシング好き、作家竹西寛子のプロレス好きは、私にはなぞである。その後、テレビで、メデルとファイティング原田の試合を見た。メデルは身のこなしがすばやく、しなやかだった。まわりの人びとは、日本人ボクサー原田を応援しており、メデルに肩入れしている私を見て、啞然としていた。こういうとき、私はこの国の住みにくさを感じる。この夜は、メデルが原田に勝った。

数年たって、私はメキシコに一年住むことになった。すでにメデルは引退して、ボクシング・ジムナジウムをひらいているという。一夜会食にまねくと応じてくれた。初対面の印象そのまま、すばやい反応で、知性のうらうちを感じた。

メデルは原田のように世界チャンピオンにはなれなかったが、ながく一位を保ち、メキシコを代表するボクサーだった。貧民街の出身で、ボクシングをつづけると、自分の体力をたもつために非行の誘惑をしりぞけることができると言われ、自分のうまれそだった地域にジムをつくり、成功していた。

律義に彼は私をよびかえし、彼の家の食事にまねいた。ちょうどメキシコにきていた紙芝居作家加太こうじと一緒に家に行くと、客間にはかぶとの模型がかざってあり、日本についての話がつきなかった。メデルのほかに私には、肩入れしたボクサーはいない。

いわきのNさん

福島県のいわき市に行った。用事をすませたあくる日、いわき市在住のNさんが、かつてこの町に住んだ山村暮鳥の旧家と詩碑、三野混沌と吉野せいの旧家、三野混沌の詩碑、猪狩満直の生家に案内された。

三野混沌の詩碑のところでNさんは、この詩碑をたてるのに力のあった草野心平にふれて、

「草野心平の仕事は、こういう詩人をむすびつけたことにあるんだな」

と、自分に対して言うように、小さい声で、つぶやいた。その言葉をただききとめただけで、京都にもどってくると、数日して、未見の草野比佐男から『詩人の故郷』（鏃出版）がおくられてきた。それは、草野心平の戦中の詩を、彼の仲間であった秋山清の詩とくらべて、論じる一冊の本で、草野心平がかつて汪精衛の南京政府に協力し、中日戦争における日本政府の立場をたたえる詩を書いたことに戦後まったくふれることなくすごし、詩壇もそれにふれることはなく、彼の死にあたって、新聞さえもその戦争中の

仕事を見すごしていることへの批判だった。よくしらべてあり、その評価は納得できる。おなじいわきの住人でありながら、郷土の偉人として草野心平を市民全員がほめたたえるというふうにならないところに、戦中・戦前とちがって、戦後はあると思った。『猪狩満直全集』は、Nさんが中心となってつくったA5判箱入り七七六ページの大冊で、ここに収められている絵がすばらしい。編集刊行委員会のひとりとして、草野比佐男が、まえがきを書いた。

印刷が校了になったあとで、まえがきに、草野心平から苦情の申し入れがあった。それを草野比佐男のところに、Nさんがつたえてきた。

次のところについてだという。

「しかし猪狩は、その生涯に三冊の詩集を出しているとはいえ、いずれも詩集とよぶには憚《はばか》られるほどの粗末な体裁の小冊子に過ぎないし、また、死後に全詩集が編まれるという、たとえば草野三兄弟の民平、天平のような幸運にも恵まれていない」

草野心平の兄、弟二人にくらべて、猪狩をもちあげているところが、けしからんというのだそうだ。草野比佐男はNさんの立場を考えて、二度、書きなおし、最後には無署名にして、このまえがきを出した。草野心平のこの戦後の思いあがった態度を、それまた戦後の彼の戦争責任についてのほおかむりと同じ根から出たものとして、この本は草野心平の詩人像をきざんでいる。

かくしにいっぱい
ドン栗拾って
よろこんでいる子供よ
冷たくないのか
靴をどっこへぬぎすてて来たんだ
はだしで。（無題、猪狩満直作）

戦争のころ中学生だったNさんは祖父の家で猪狩満直の遺稿を見つけて書きうつしたという。名声ある詩人草野心平の走り使いをさせられながら全集刊行にこぎつけたNさんよりも前の、発表するあてもなく、軍国の時代に背をむけて満直の遺稿を書きうつしていた中学生のNさん（根本正久）が、私にはとうとく感じられる。

難民を撮り続けたもう一人の難民——キャパの写真を見て

一九三三年、パリにのがれてきたころ、キャパには、写真機一つもたない時代があった。

そのころ毎日新聞の特派員だった城戸又一氏はキャパに自分の写真機をかしたことがあるそうだ。

キャパは、一九一三年一〇月二二日にハンガリーのブダペストに、ユダヤ人の洋服屋の息子としてうまれた。オーストリア－ハンガリー帝国の内部にうまれたわけだが、第一次世界大戦での敗北の後にこの帝国はくずれ、共産主義政権が一時できたが、それもくずれて、ホルティーの独裁制の下におかれた。キャパは、このホルティー政権に反対して、警察につかまり、やがてハンガリー国をのがれて、ドイツに行く。十八歳の亡命者である。

ドイツではベルリン大学で政治学をまなぶかたわら、写真をはじめ、演説するトロツキーの写真をとって発表するなどして、プロの写真家となった。しかし、プロの写真家になる前に、十八歳の亡命少年であったことが、キャパの写真の特質をつくる。

キャパは、難民として難民をとりつづけた。写真の芸術としての仕上がりよりも前に、何をどうとるかが大切になる。「ちょっとピンぼけ」(Slightly Out of Focus) という、キャパが自分の本につけた題は、彼の方法にふさわしい。

「自分の撮った写真がよくなければ、それは目標にじゅうぶんせまらなかったからだ」というのがキャパのモットーだった。

戦争の中で、うつそうとするものに迫るとは、きれいな写真からとおい作品を彼がつねにめざしていたことを示す。

よい写真機は必要だっただろう。難民である彼は、写真を高く売ることを望んだ。「ロバート・キャパ」という名前は、難民アンドレ・フリードマンが、もうひとりの難民ゲルダ・ポホライルとくんで、写真を高く売るためにつくった架空の作家名である。志をおなじくする写真家の集団マグナムをつくるのも、おなじ理由からである。

当時はじまったばかりの写真ジャーナリズムとキャパはむすびついた。はじめはフランスの「ヴュ」、やがて、米国の「ライフ」にのるようになるが、その後もキャパの写真は、難民として難民をとるコースからはなれることはない。

戦争は、司令部と司令部とのたたかいでもある。司令部から見た戦争図というものもあり得るが、キャパの写真はそのような図柄にそうてとられたものではなく、編まれたものでもない。ひとりひとりの個人にそうてうつされ、群像をとる時にばらばらのもののあつまりとしてうつされている。

一九三六年、スペインのマドリード市に近いどこかで、ざんごうの入口にきゅうくつそうにこしかけて、何か書いている共和軍の兵士。わかれてきた母親、妻、そうではなくて女友だちへの手紙かもしれない。戦闘をよそに、わずかに許されている時間のプライヴァシーに、彼は没頭している。

リオ・セグレの最前線で、石をつみあげてつくった小さい遮蔽に身をかくして、ひとりで、敵とむきあう兵士。横ずわりに地面にすわって、らくな姿勢で、ながい時間もちこたえる用意をしている。砲煙がたちこめていて、むこう側は見えない。

一九三七年、テルエルの高原に三つの死体がばらばらにのこされている。むこう側に、おなじくらいの高さの山々のなだらかなつながりが見わたせる。大きな自然のなかにおかれた三つの死。

スペイン市民戦争の中で、ゲルダ・タロー(ポホライルはそう名のって戦争に参加していた)を失い、キャパは、特派記者となって中国に行き、抗日戦争をうつす。

少年兵の訓練をとった写真がある。

一九三八年、漢口。中国民衆の抗日デモ。「不死!」と大書した三角の旗をたかくかかげた少年が中心にいる。ゆたかなほおをした、まる顔の男の子で、八歳か、九歳くらいか。「不死」の漢字の意味を、キャパは説明されて、知っていただろう。

だまってひとりで穴をほって、肩くらいまで身をかくすところまできた、老いた中国人の農民。

日本軍の攻撃をおくらせるために中国軍が堤防を爆破したあとで、氾濫する黄河をわたってくる中国難民の列。老夫婦は助けあい、若い夫は幼い子をだき、妻は背すじをのばしてゆっくりと前をゆく。洪水の中すっくと大樹がたち、そのうしろにはるか遠くまで難民の列がつづく。

当然のことのように、困難にあたっている中国人の大きな時間の感覚に、キャパはうたれた。それは、そのころ彼の住んでいたパリの時間とはちがうものだった。人と人とのつながりも、ここでは大きな時間を共有するもの同士の感覚にむすばれている。

スペイン戦争、中日戦争は、第二次世界大戦の序幕だった。やがて、キャパは、一九四〇年に米国に移り、一九四二年に米国の雑誌「コリアーズ」の特派員としてヨーロッパにわたって戦争をうつす。一九四四年六月六日、最初の上陸部隊とともにノルマンディーに上陸し、砲火の中で一〇六枚の写真をとった。それらは上陸作戦についてのもっともすぐれた写真だったそうだが、暗室の助手が興奮して、ネガをかわかす時に過熱したためにフィルムの乳剤をとかしてしまい、ロンドン事務所の人びとの見ている前で台なしにしてしまった。救われたのは八枚だった。

この時の写真もまた、戦士の孤独をうつしている。

フランス解放をとった写真の中で、シャルトルの群衆が行進する中に、頭を丸坊主にされた対独協力者の女性が赤ん坊をだき、警官につきそわれて、どこかへ歩いてゆく。彼女にむけられた女たちの表情と、彼女がひたむきに腕の赤ん坊に見いる視線とが、この大群衆図の軸となっている。名画と言えよう。

第二次世界大戦が終り、キャパの従軍カメラマンとしての仕事は終った。

「すべてが終り、わたしは大喜びで、失業した従軍カメラマンとなり、生涯、失業したままでいたいと願っている。」

難民としてくらしてきたキャパは、普通の市民の日常生活への切実な愛惜をもっていた。

第二次世界大戦下のロンドンで、一九四一年にとった道端の風景、こどもが手すりにさかさにぶらさがっているのを、帽子をかぶった中年のおじさんが、くわえたばこのまま、てのひらをたてて、あぶないからやめよと言っているみたいな写真。おじさんがたのしんでいるようなところからすると、本気で心配しているのではなくて、冗談をたのしんでいるのかもしれない。こういう日常の冗談を、キャパもたのしんだのだろう。だが、従軍カメラマンの職をとかれたキャパは、市民の日常生活をながくたのしむことはできなかった。

同時代に、戦争という困った出来事があると、そちらに足がむかってしまう。キャパもそういう人のひとりだった。

こうして、一九五四年に、「ライフ」の特約でインドシナ戦争をうつしにゆき、五月二五日、ハイフォン南方タイビン地区で地雷にふれて爆死した。

キャパは、スペイン戦争の写真を雑誌にのせた時から有名な写真家になった。無名の民衆をとりつづける有名写真家という役柄は、すわりの悪いものだった。その役柄のふくむ矛盾がたえずキャパを、新しい危険な任務にむかわせた。それは彼の仕事の衝動が、困難の中にいる人間への共感から発していたことの証明である。彼の内部にあって彼を動かしつづけたものは、難民をとりつづけるもうひとりの難民だった。

蒐集とは何か――柳宗悦

物をあつめることは、たとえば鳥が巣をつくるための材料をあつめるように、人間に特別のことではないし、人間が生きてゆく上で何かの形でいつもしていることだろう。食物をあつめる、その食物をたべるための食器をあつめる、住み家の部分となる物をあつめる、身につけるものをあつめる。そこにはおのずから、自分の目的にそうての統一がうまれるはずで、それが、各人の蒐集にそれぞれの持味をあたえる。

柳宗悦が考えたのは、そのような蒐集の本来の形であり、くらしに必要なものとしてのそういう蒐集に参考になるような、もう一つの蒐集をつくろうとして、日本民芸館をたてた。

柳の蒐集には家族的背景があった。宗悦の父楢悦には蒐集癖があり、いろいろの植物をあつめて自宅の庭に植え、百樹園と名づけた。また、海産物をあつめて博覧会を組織したりした。それらは、博物学者としての蒐集であり、自分の研究から派生した趣味だった。

研究のための蒐集として、柳の最初に手がけたのは、書物だった。高校生のころにかなりの洋書を身近にあつめており、このころから大学生のころにかけて柳の書いた論文には、しっかりした文献目録がついていた。後年、寿岳文章とともに『ブレイクとホヰットマン』を編集した時には、学生時代の書誌学的な関心がよみがえっているが、それは例外的で、学生時代以後には、柳の著作は、わずらわしい文献引用はなされず、文献上の典拠を示す努力も必要最小限にとどめられている。そこにはブレイクなどの影響もあって、知的分析よりも、直観を重んじるという流儀にかわっていったからである。それは、ブレイクの影響であるとともに、白樺派に共通の方法でもあって、白樺派には書物蒐集家はいない。

普通には柳とむすびつけて考えられていない里見弴に「自然解《じねんげ》」という文章があって、法政大学教授片岡良一(国文学)のきわめて好意的な、しかし研究的な里見論に対して、その分析はおおむねあたっているとしながらも、むしろ、作品に対しては自然解というべき無方法の方法をもって対すべきではないかとのべている。批評の方法として、柳のとった方法とおなじところをめざしたものと言える。

柳が物をあつめはじめたのは、朝鮮の陶磁器からである。やがて関心は日本の職人のつくった日常生活用品に移るのだが、その際に重要な役を果たしたのは、柳一家の京都滞在である。

一九二三年の関東大震災で長兄悦多が横死したのが転機となって、柳は一家をあげて京都に移り住むことにした。すまいは上京区吉田下大路、後には吉田神楽丘にさだめた。京都には、東京にないものがいろいろあった。なかでも、柳の興味をひいたのは市《いち》である。弘法の市、天神の市、壇王《だんのう》の市、淡島の市、北浜の市というように、日ところを異にしてさまざまの市があり、それらすべての市に出むくとすると、月のうち二十日余りをついやすことになるという。この中でも最も大きいのが、毎月二十一日に東寺でたつ弘法の市で、次に大きいのが毎月二十五日に北野神社でたつ天神の市である。この二つに、柳はよく出かけて、見てまわった。

朝の五時から六時くらいの間に、手車で品物がはこばれてきて、車を待ちうけている小道具屋がめぼしいものをぬいてしまう。柳たちは、はじまりには間にあわないが、それでも、朝七時か八時には出かけていったという。

売手のおおかたは、おばあさんだった。このおばあさんたちと、柳は顔見知りになったので、彼の好きなものをとっておいてもらえるようになった。その好みのものは、「げてもの」と呼ばれた。

　こゝで一寸述べておきたいが、「下手《げて》」とか「下手物《げてもの》」とかいふ俗語は、実に是等の婆さん達の口から始めて聞いた言葉なのである。つまり私達の買ふ品物の大部分は、婆さん達に云はせると、「下手物《げてもの》」であつた。始めて耳にしたその言葉が面白く、又「上手物《じやうてもの》」に対して用ゐると、何かはつきりした性質の区別も示されるので、之が縁となり、私達もこの言葉を用ゐることに便利を感じた。「下手《げて》」とは、ごく当り前の安ものの性質を示し、従つて民器とか雑器とかいふ言葉に当る。恐らく文字でこの俗語を書き、その性質を述べたのは私達が最初ではなかつたらうか。大正十五年九月発行の「越後タイムス」に私は「下手《げて》ものの美」と題して始めて筆をとつた。（「京都の朝市」一九五五年十月記、『蒐集物語』私版本柳宗悦集第四巻所収、春秋社、一九七四年）

だが、こうして京都の物売りのおばあさんたちの話から、中央の論壇用語に移しうえられると、そこから言葉の意味の転化がはじまる。「下手」という言葉には、さまざまの猟奇的な連想を呼ぶ力がこめられていたらしく、その意味増殖は、この言葉をいったんジャーナリズムに呼び出した柳宗悦の手ではとどめることができなくなった。あっというまに広く使われるようになったこの言葉は、新村出編の『辞苑』（博文館、一九三五年発行）に最初にのせられ、その後ほとんどの辞典にのるようになった。日本人一般の使う言葉となったのである。

併し段々この言葉が社会に広まるにつれ、いつもの例に洩れず、間違つた使ひ方をしたり、とんでもない意味に流用したり、又興味本位でこの俗語を色々に転用したりして、私共が元来意味したものとは、凡そかけ離れたものになつて了つた。そのため私共の立場が、色々誤解されたり曲解されたりして、とんだ迷惑を受けるに至つた。それで今度は逆に、なるべくこの俗語を避けるやうにして、その代りの言葉を造り出す必要を感じ、遂に「民芸」といふ二字に落ちついたのである。併し「下手《げて》」といふやうな表現は、大いに面白味もあり、自由な素朴なところもあつて、正当にさへ用ゐれば、中々よい俗語のやうに感じる。（同前）

この朝市で、柳は、おばあさんたちが「丹波《たんば》」とみじかく呼んでいた布を見つけた。それは、丹波の佐治地方でできる木綿もので、横糸に、染めない白の玉糸をところどころにいれるのを特色とする。糸は手紡ぎ、色は草木染である。その色の渋さ、織のあたたかさ、縞の美しさにひかれて、柳は、これを見つけるごとに買いあつめた。京都大阪の人びとは、これを好んでふとん表に用いた。それが、大正末にはすでに流行おくれとなって、使いふるした古着となって、市に出るのだった。

今日、民芸館に収められ陳列されている丹波布は、このころの朝市で柳の買いあつめたものだという。半世紀以上もすたれていたこの布は、柳たちをとおして評判があがり、やがて丹波の氷上郡佐治に近い大燈寺を中心にふたたびつくられるようになった。

柳は、陳列のためだけに古布を買ったのではなく、蒐集の本来の目的である自分の着る着物も、朝市でよく買った。京都をはなれて三十年たった後でも着られるほど、丈夫で品のよい着物が、古着の市で見つかったという。

朝市にかようちに、柳は美術雑誌や展覧会で作品を見るのとはちがう経験を重ねた。ここには有名な作品など出てくるはずがないので、美術史についての知識などあっても役にたたない。それに、人の混みあうなかで、他の買手に先んじてえらばなくてはならないのだから、すぐさまに判断をきめる必要がある。すぐさまその場で直観をはたらかせてえらぶという能力が、柳の中にあらわれて来た。

直観による即座の判断がどれほどたよりになるかを、柳は、朝市で見つけた全緑釉、指掻紋の大捏鉢《おおこねばち》について語る。

この日、彼は、いつもよりおくれて九時ごろに東寺の弘法の市についた。ひろい境内にところせまいまでにさまざまな品物がおいてあったが、もう目星いものは買われたらしく、帰ってゆく客も多かった。ふと見ると大地にひろげられたむしろの上に大捏鉢がおいてあり、それが柳の心をとらえた。ねだんをきくと二円だった。一九二九年（昭和四年）のことで、柳の著書一冊のねだんである。彼はすぐに代金をはらい、荒縄でしばってもらって、京都駅のわきの東寺から京大裏の吉田山の自宅まで持って帰った。なにしろ直径が二尺もある鉢なので、随分くたびれたそうである。

あとでしらべた結果、この捏鉢は肥前の庭木というところのもので、つくられたのは徳川中期と考えられ、同種のものは、その後の二十数年に四、五枚ほどより見たことがないと、柳は、前記の「京の朝市」に書いている。

大揑鉢の話は、知識が直観の後からついていった一つの例である。蒐集の方法についての柳の説は、直観を重んじることにつきる。直観が後で知識によって訂正されたりする例は引かれていない。

良い蒐集は良く選ばれた蒐集を意味する。選ぶとは物を直かに見届ける意味である。裏から云へば概念によらず直下《ぢきげ》に物の価値を見極めることである。若し直観が鈍るなら、美的価値への認識は忽ち混乱に陥るであらう。結果は玉石が同座するにきまつてゐる。だが良い蒐集にはかゝる過ちがない。直観の働きはものを速かに統制する。常に焦点が明らかにされてゐるからである。良い蒐集は直観の反映である。

（「蒐集に就いて」『工芸』第二十三―二十四号、一九三二年、『蒐集物語』所収）

蒐集の方法は、直観にある。ということは、柳にとって蒐集は、好奇心を満たすための知の行為ではなく、こういうふうに生きた人がかつていた、このようなもので自分はありたいという理想への信の行為である。柳の考える蒐集のこのような性格は、おのずから蒐集の規準をつくりだす。

珍しいものを特に求めることをしない。ある作品が一個しかないかどうかは、知の世界に属することである。多い物は平凡と考えられるが、たくさんつくられたものが悪いとは言えない。

完全なものに執着しないほうがいい。多くの蒐集家はヒビやキズやヨゴレを嫌って「完全品」を求めるが、完全でなくとも、美しいもののほうがよいのだ。完全品から成りたつ蒐集は、案外に見ばえがせず、きゅうくつな感じをあたえる。それは、完全な物はしばしば冷たくゆとりがないからだ。「傷が気になるのは、美しさに対するより、完全さに対する愛の方が強いからであらう。傷も度を過ごせば美を痛めるが、完全さ即ち美しさでは決してない。」

作者の銘にこだわる必要はない。もともと銘をとうとぶようになったのは、近代の個人主義の影響にすぎず、個性の表現が美であるという思想を前提としている。しかし柳によれば、多くのすぐれた無銘の名作の存在を、この思想によって解きあかすことはできない。物が良いから銘があってもさしつかえないというほうが理にかなっている。

蒐集には何かまとまりが必要である。「集まつた物の間に有機的な関係があれば、どんなに集めても立派なものに育つてゆく。だが之が無いと只雑然とした蒐集に終つて了ふ。」蒐集を見わたした時に、見る人の心に残る印象は、蒐集の動機の深さ、浅さであり、蒐集する人の物の見方である。

筋の通つた蒐集は見堪へがある。全体として一個の品物の如き観を示すからである。

此のことは案外むづかしいと見える。蒐集家の中で、一つの見方からものを統一し得る人は驚く程少ない。多くの場合自ら何を集めつ、あるかを識らないのである。私の考へでは、標準は多少低くとも品物がよく統一されてゐる方が、無標準で玉石混淆してゐるより価値が大きい。何故なら前者には創作があるが、後者にはそれが無いからである。（同前）

蒐集が、今まで名作と言われてきたものを集めて保存する「守る蒐集」の域を出て、「創る蒐集」に入るならば、それは新しい価値をもたらすことであり、一つの開拓であるといえる。創作としての蒐集という考え方がここに出ている。それが、柳がなぜ蒐集に、生涯をかけて打ちこんだかをよくあらわす。

一九二四年、京城に「朝鮮民族美術館」を開いた後、一九二六年に柳は、「日本民芸美術館設立趣意書」を発表した。一九三五年（昭和十年）には大原孫三郎から金十万円の寄付をうけて、東京の目黒区駒場町に日本民芸館をたて、今まで柳自身が買いあつめてきた作品の全部を、後にこの民芸館におくった。こうして私たちは今日、柳の創作としての蒐集を日本民芸館という一個の作品として見ることができる。

柳の蒐集は、創作であるとともに、信仰のあかしでもあった。柳は、蒐集家はいつも彼が尊敬を抱き得るような物をあつめるべきだという。

尊敬とは自己を謙る意味である。何か自己以上の深さ浄さを物に感じることである。集める物にかゝる驚きがある時、蒐集は決して死なない。集める行為は、その深さや浄さへの守護であり顕揚である。蒐集は須らく、永遠なるものの讃美でなければならぬ。良き蒐集家はものに敬虔である。此の敬虔こそ、その蒐集に光りを与へるのである。物だけでは此の光りは現れてこない。蒐集は物よりも心に多く関係する。（同前）

柳の宗教的関心が民芸品蒐集に直接にあらわれる場面として、彼が色紙和讃にめぐりあった時の記録がある。

敗戦直後の一九四六年五月二十七日、柳は、富山県の東礪波《となみ》にある城端《じようはな》別院をおとずれた。ここで同行の一人から、この別院に和讃の文明五年版があるはずだと聞いた。文明五年と言えば西暦一四七三年で、ヨーロッパにインキュナブラ（一五〇〇年以前の初期印刷本）が現われたのとほぼ同じころにあたる。

あくる日の五月二十八日、柳たちは、はじめて版本を手にした。それは、期待したような白い紙に大きな字をすったものではなかった。美しい朱の紙に黒い文字が刷ってある。一枚くると、次には黄檗《おうばく》に染めた紙があらわれ、一つおきに色が交替する。まわりには金銀の箔があり、砂子や大山椒《おおさんしよう》や芒《のぎ》が散らしてあり、五百年の歳月をへて、渋い味わいのものとなっている。

ただ色をかえてかざったというだけでなく、色も文字も摺方《すりかた》も確実で健全であり、誦ずるために便利なように句読まで、朱の色には黄で、黄の地には朱でさしてある。言葉の切れ目に一字間隔がもうけてあり、民衆に読みやすいようにという配慮が見える。紙は厚手の雁皮紙で、ヨーロッパの羊皮紙のように張りがあって、長い年月の使用にたえる。

和本の歴史においては嵯峨本、角倉本、光悦本などが、これまでもてはやされてきたが、優美をきわめた光悦本も、この色紙和讃が日々用いられる書物であるのにくらべると、遊びに落ちているように思われたし、書体に光悦の個性が出すぎていて、公けの本としてはふさわしくない。この色紙和讃こそ、日本のうんだ独自の書物であり、これにくらべると、五山版、春日版、高野版は、中国の書物を模したものに見える。禅宗は、あまりにも中国の伝統と密接に結びついていたため、そしてあまりにも知識人特有の信仰としてみずからをとざしていたために、このような和風の書物をうみだし得なかった。日蓮宗は、闘争的な流儀のゆえに、このように美しい本をつくるゆとりをもたなかった。浄土宗も、まだ漢文をもちいており、このようにカナを主にした文体の版本をつくり得なかった。

独り真宗のみが独自のものを生み得たことに特別の意義があらう。それは民衆に供へんとする願ひの現れである。無学な者にも信の得られることを契ふためである。

平信徒に於いてこそ、弥陀への帰依が無垢であることを語るためである。(「色紙和讃に就いて」『蒐集物語』所収)

おなじ一九四六年のこと、城端別院で色紙和讃をはじめて見てからわずか一月たったばかりの六月に、柳は京都の其中堂《きちゆうどう》という本屋でふたたび色紙和讃に出会った。別院本のようなまわりの装飾はないが、おなじく朱と黄檗とがくりかえしあらわれる二色の和讃であり、別院本が四書ひとそろいのうち一つを欠くのにくらべて、これは「正信偈」「浄土和讃」「高僧和讃」「正像末和讃」の四帖全部をふくんでいた。

この本を民芸館のために求めて帰ってから、あとで四帖のうち「浄土和讃」の第六丁と第七丁とに十六行の脱落のあることに気づいた。この部分のみが後世の補筆であり、用紙も文字もいちじるしくおとる。柳は、原本につりあうような補修を計画し、民芸運動の仲間に計り、紙と色については柳悦孝に、文字の木版については鈴木繁男にたのんだ。補修に力をこめるところに柳たちの民芸運動の流儀がよく出ていると思う。

私は後年誰かがこの四帖の色紙和讃を見返す時、この二丁の補筆に興味を持ってほしく、このことを敢て書き添へておきたいのである。或はこの補筆のために、この本は一層名を得、値打ちを高めるかと思はれるのである。考へると補正ではあるが、驚くべき創作だとも云へる。修理といふと、何か二義的な仕事とも受取られが

ちであるが、正しい修理には優に創作的価値が宿らう。(同前)

一九七六年三月二十八日、柳宗悦の三男柳宗民氏に会った時、私はこんなことをきいた。

自分の家で佃煮などを入れているいれものがないなと思うと、時々、民芸館の陳列棚に入っていたりした。しばらくすると戻ってきた。父は、ものは使えば使うほど美しくなるという説だった。

柳は、自分のかせぎで、自分の好む雑器をあつめて毎日の生活の中で使っては、それを時々、民芸館の展示にまぜて出すというふうだった。自分の生活それ自体が一つの蒐集で、そういうものとして蒐集を考えてゆきたいという主張が、そこにあった。ヨーロッパの美術館とはちがう考え方である。

『ハックルベリー・フィンの冒険』マーク・トウェーン

佐々木邦の小説が好きだった。『苦心の学友』、『全権先生』から『地に爪跡を残すもの』まで、幼年むきから主婦むきの雑誌にのったものまで、追いかけて読んだ。戦後に入って、著作の終りまで、私は佐々木邦を卒業することはなかった。読むものがなくなって、大正期の初期の作品で、『珍太郎日記』というものまでさがしだして読んだ。そこには、佐々木邦の著作の特長となったやわらかいユーモアとちがう苦《にが》い味わいがあって、とまどったのをおぼえている。

この作家のものなら何でも読むというのは、読む時間をゆたかにもっていることどものころの特権で、佐々木邦という名前が出ていれば何でも読んだ。その中で、佐々木邦訳のマーク・トウェーンに出会った。『はね蛙』、『間抜けウィルソン』、『トム・ソーヤーの冒険』、『ハックルベリー・フィンの冒険』。他に、有島武郎の『ども又の死』の種本となった、青年画家のにせの葬式の話もあったように思う。

佐々木邦のユーモア小説の特長となった、誰をも傷つけずに大団円に達する中流階級調和の世界の延長として、私は、マーク・トウェーンの小説を読んだ。トウェーンの文体は、私にとって、佐々木邦の文体だった。

私は自分が意地の悪いこどもであり、傷つけられまた傷つけるこどものくらしをくらしていたので、自分だけのやすらぎの場として、佐々木邦の小説を切実にもとめた。マーク・トウェーンの小説も、そういうやすらぎの場所だった。

娯楽読み物をもとめる気持ちからすると、『トム・ソーヤーの冒険』のほうが、『ハックルベリー・フィンの冒険』よりも、はるかに私にはおもしろかった。

ところが、そのように自分の中にたくわえられていた記憶が、記憶の貯蔵庫の中でおたがいにはたらきかけて、両方の作品を読みかえすということをしないままに、十五歳くらいからはもう『ハックルベリー・フィン』のほうがおもしろいように思えてきた。

自分の心の中でくりかえす語りなおしの中で、『ハックルベリー・フィン』のほうが、自分にとって大切な冒険に思えてきた。佐々木邦は佐々木邦で、今でも私にはたのしい読み物だが、やがて佐々木邦からマーク・トウェーンが独立した。私の文学史にとって一つの事件である。

はじめて『ハックルベリー・フィンの冒険』を佐々木邦訳で読んだのが、十歳の時だとすると、それから五十一年目に、おなじ本をとりあげて読みかえすと、今では、ハックルベリー・フィンが、十歳の時には自分の経験になかったさまざまの出来事を身につけて、相当の悪者として育っていた。昔読んだ小説の主人公は、読者にとっては分身のようなもので、こちらが育つだけむこうも育っている。

トム・ソーヤーと一緒に洞穴で見つけた一万二千ドルをトムと折半したので、浮浪児のハックルベリー・フィンは、利子だけで一日一ドルもらえることになり、村の牧師さんとおなじくらいの収入のある身分になった。

町の人たちは、ハックルベリーをほっておけなくなり、彼はダグラス未亡人の監督のもとにおかれ、服装にも行儀にもきびしい注意をうけることになった。ダグラス未亡人には、ミス・ワトソンという姉がいて、この人がトム・ソーヤーの教育をうけもった。

ミス・ワトソンは、地獄《じごく》というものを、ながながと、ぼくに、話して聞かせた。ぼくが、そこへいってみたい、というと、

「まあ、なんておそろしいことをいうの！」

と、かんかんに腹《はら》をたてた。

ぼくはまた、どこでもいい、かわったところなら、どこへでも、いってみたかっただけの話だ。

「あたしなら、全世界をもらっても、地獄《じごく》へいきたいとはおもわないね。天国《てんごく》へいってくらしたいよ」

と、ミス・ワトソンはいう。ミス・ワトソンがいきたいなんていうくらいじゃあ、

天国《てんごく》ってやつも、たいしたところじゃないと思ったな。（白木茂訳、岩崎書店『ハックルベリーの冒険』一九七六年。以下の引用は同書による）

ハックルベリーには父親がいる。のんだくれの父親で、いつもどこかをほっつきあいて、ただ酒をのんでいる、きらわれものだ。

父は、息子が大金を手にいれたことを知って、それをよこせと、後見人のところにどなりこむ。

息子が、自分よりえらくなりそうなのが、腹だたしくて仕方がない。

学校にゆくなんて何事だ。おれは字も書けないのに、あいつは紳士の仲間入りをするというのか。

学校は、ハックルベリーにとって、いやなところなんだが、ハックの父親にとっては、学校にハックがゆくということが、もっての他のぜいたくだ。そこで父親はハックをつかまえて、町はずれの無人の小屋にいれてしばっておき学校なんかにいかせないようにする。やがてはハックをいじめぬいて、自分に大金をくれるようにするつもりだ。

父親が、いっぱいのみに出かけたついでに、ハックルベリーは、逃走をくわだてる。

ようやく、小屋《こや》のすみに、穴《あな》をあけおわって、ぼくは、外へはいだした。見ると、父親の舟といかだは、はるかむこうの水の上に、ぽつんと、点のように見えた。

ぼくは、ひきわりトウモロコシのふくろを、カヌーに運びこんだ。つぎに、ベーコン、ウイスキー、コーヒー、サトウ、バケツ、毛布《もうふ》、コップ……ありとあらゆるものを、あらいざらい、カヌーにもちこんだ。

ハックルベリーは、父に見つからない場所をさがし、おなじミシシッピー川の中の無人島に住むことにした。カヌーで四キロばかり一気に流れくだり、川のまんなかに出て、流木とともに流れてゆく。

ぼくは、はじめて、ほっとして横になった。夜空を見あげると、雲一つない。

さらに三キロくだって、ジャクソン島につき、深い入江にカヌーをつけたころには、東の空が白みかけていた。彼は森の中にはいって、ぐっすりとねた。

ところがここで、ハックルベリーは、知りあいに出会う。それは、ミス・ワトソンの黒人ドレイのジムで、川下に八百ドルでうられるという計画をぬすみきいて、家をのがれて、ひそんでいた。

ジャクソン島は、長さ五キロ、はば四百メートルの細長い島で、この中にはいくつか洞窟がある。その一つは、部屋を二つ、三つ一緒にしたくらいの広さで、そこに二人で住むことにした。ガラガラ蛇の攻撃をしのいだり、四十キロの大きなマスをつってたべたりのくらしだった。

この時から黒人・白人の二人組は、二重の意味で逃げることになる。この時まで、ハックルベリーは、文明から逃げていた。文明の中にいて、そのきゅうくつなところにあきているトム・ソーヤーと気があって、文明の内部で気晴しのできる不良クラブなどつくって遊んでいた。しかし、今や、ハックルベリーははっきりした自覚なしに、その線をふみこえて、法律を敵にすることになり、法に追われるものとなった。

はっきりした自覚がないままに、ハックルベリーには、そのことがわかっていた。だから、追手の前に自分をあらわすまいとし、見つからないように工夫をこらし、ミシシッピー川をくだって、黒人自由州が一カ所あるそこに上陸することをくわだてる。

これは、ハックルベリー自身の計画であって、もはや前編にあたる『トム・ソーヤーの冒険』にあったようにトム・ソーヤーの計画にのって動いているハックルベリーではない。このようにして、ハックルベリー・フィンの世界とトム・ソーヤーの世界とは、たがいに交錯し、また分離しては、やがてまた会い、またはなれてゆく。この小説は、二つの世界がたがいに会うところで終るのだが、作者は、憂鬱病にとりつかれた晩年、ひとりで放浪の旅に出てもどってきたハックルベリーが、故郷の町で今や紳士となっているトム・ソーヤーと会い、話があわずにはなれてゆく、というもうひとつの長篇を計画していたという。（このことにシクロフスキーは着目して『思い出のペテルブルグ』に書いている。）ここまでゆくと、もはや、マーク・トウェーンの作風は、佐々木邦の作風から遠くはなれている。佐々木邦の小説の主人公はトム・ソーヤーとは親しいが、ハックルベリーとはゆかりがない。

ハックルベリー・フィンは、町のうわさをたしかめに、女の子の身なりをして、出かけてみる。

町では、ハックルベリー・フィンが父親に殺されたというううわさがつたわっていた。しかし、今では、そのうわさの風むきがかわってきて、ハックルベリーを殺したのは、逃げた黒人のジムだという説がひろまっている。

ハック殺しの犯人は、どちらか。ハックルベリーのおやじか、黒人のジムか。町の意見は二つにわかれている。黒人を見つけたものには三百ドルの賞金がかかり、ハックルベリーのおやじを見つけたものには二百ドルの賞金がかかっているという。どうもジャクソン島があやしいという。あすこから白い煙がのぼっているのが見えた。町の人がこれから、しらべにゆくことになっているそうだ。

ハックルベリーはあわててかくれがにもどり、当座の食べものをいかだにつんで、時速六キロ以上もある流れにのって、ぐんぐん川をくだった。いくつもの町のかたわらをとおる。とくにセント・ルイスの町の灯は大した明るさだった。

文明を横に見て、そのそばをすりぬけてゆく。このようなゆとりが、今の米国の少年にあるだろうか。それはともかく、文明を横に見るという見方が、この作品の内部にはあり、そういう見方をこのむものにとって、百年このかた一つのよりどころになってきた。

目的地は、カイロだ。そこはイリノイ州の南のはずれで、オハイオ川が、ミシシッピー川に流れこむ入口である。その入口をうまく見つけて、いかだの進路を転じてそこからオハイオ川をさかのぼってゆくと、ドレイを使わない自由州に出ることができるはずだ。

ところが、ハックルベリーとジムとは、この入口を見失った。二キロ半の川はばをもつミシシッピー川を、夜をかけていかだで流れくだるのだから、カイロなどという小さな町の灯を見わけてそこにこぎつけるのは、むずかしい。

ハックルベリーには展望がない。彼はまだまよっている。きびしくはあったが自分に親切にしてくれたミス・ワトソンのもちもの（黒人）を彼女からうばうのはよくないことではないのか。

そう思ううちに、いかだは、南へ、南へと自由州にむかう入口を見失って、ドレイ領の奥深くにさらに流れてゆく。

この小説は、観念から行動へとむかう知識人小説と、かけはなれている。ここのところが、おなじ十九世紀のヨーロッパ人の書いた小説とちがうところだ。

この時代の米国には、ハックルベリー・フィンのくわわったような冒険が実際にいくつもすすめられていた。自分の決断から冒険にくわわった人もいただろうが、ハックルベリーベリー・フィンのようにめぐりあわせから入っていってしまった人も多くいただろう。

三十年近く前に、私は、オデッタという黒人歌手を紹介する役で、日本の何カ所かをまわった。舞台でオデッタと、即興のやりとりをかわすことがあり、前もって打ちあわせをしておいたわけではないので、舞台の上で窮したこともあった。

オデッタのうたう歌には、黒人の苦しみ、自由を求める心をうたう作が多く、その背景を説明するのに、

「アンダグラウンド・レールウェイ」

という言葉を、彼女は使った。

字引きで言えば、「地下鉄」ということになるが、そうではないらしい。

舞台で、何度かききかえすうちに、それは南部の黒人をかくれてはこぶ人間のつながりで、世間にたいしてかくしているから「アンダグラウンド」なのだという。逃亡ドレイをかくしてはこんで、カナダまでゆくのを助ける、そういう「地下鉄道」のことだった。

百年以上も前からあったこの地下鉄道に、日本人の私と友人たちがまきこまれたのは、オデッタからこの聞きなれない言葉をきいてから一年ほどたってからで、ベトナム戦争から逃れた米人兵士、韓国人兵士、日本人（日本国籍をもったまま米国留学中、うっかりしてベトナムおくりにされていた）兵士の逃亡を助ける仕事が、八年ほどつづいた。この仕事にくわわった何人ともわからぬ人たち（これがオデッタの言う「地下鉄道」だった）の中

には、まよっていた人もいただろう。私にしても、私の家族と友人にしても、まよった
し苦しかった。

ハックルベリーの心境は、南北戦争に、南軍の立場でくわわり、逃亡兵となって戦場からはなれた作者マーク・トウェーンのまよいとうしろめたさがこもっている。このことが、マーク・トウェーンの作品に、はっきりした信念をもってドレイ解放をとなえるエマソンやソローのような北部出身の文学者とちがう、あたたかさを感じさせる。

信念をもっていないまま、ハックルベリーは逃亡ドレイをかかえて、非合法と合法の間をつなわたりしながらミシシッピー川をくだってその間に人と出会うと、嘘をついて身をまもる。それは、日本の戦前の修身教科書に出ていた「桜の木をきった少年ワシントン」のような正直者の模範からほどとおい、もうひとつのアメリカ人の生きかたである。

あらゆる非合法、あらゆる嘘つきがいいと思っているわけではない。途中でいかだに無理矢理のりこんできた自称公爵と自称フランス王ルイ十七世とが流域の町に出、人をぺてんにかけて金をだましとるやりかたには、ハックルベリーは我慢がならない。自分もだまされたふりをしているが、やがて二人をおきざりにしていかだを出してしまう。しかし、やがておいつかれ、ジムを逃亡ドレイとして売りとばされてしまう。ジムのつながれている家をさがしあてると、そこで大かんげいをうける。その家では、夏休みに

たずねてくるはずのオイのトム・ソーヤーを待っていたので、トムとまちがえられたというわけで、やがて、ハックルベリーはトム・ソーヤーとおちあい、急場の機転をはたらかしてトムに弟のシッドになってもらい、二人でこの家にとまって、ジムのことを相談する。

トム・ソーヤーが、この犯罪に手をかしてくれるとは思わなかったが、

「ぼくはジムをぬすみだすのをてつだう！」

とトムは言う。しかし、トム・ソーヤー流に、フランス歴史劇仕立てでしなくてはいけないと注文をつける。小屋につながれているジムのところにしのびこむと、彼は二人を見てよろこんだが、すぐに逃がしてもらえない。彼は国事犯なのだから、自分の名前も紋章も書きのこさなかった国事犯はひとりもいないというわけで、二人の助けをかりて、紋章入りのなげきの文書を書くことになった。

やがて脱出の時が来た。三人は町の人びとに追われ、トムは銃でうたれて足にけがをして高熱にうなされ、昏睡状態でおばさんの家につれもどされる。

気がついた時、トム・ソーヤーは、ジムの脱出は失敗に終り、ふたたびうらの小屋につながれていることを、おばさんからしらされる。

トムは怒って、ベッドにおきあがった。

「ジムをとじこめる権利《けんり》はだれにもない。」「ミス・ワトソンは二カ月まえに死んで、死ぬまえに、ジムを川下に売ろうとしたことをはじて、遺言《ゆいごん》でジムを自由にしてやったの

です」

そしてこの小説は、ハックルベリー・フィンの次の言葉で終る。

さて、最後にぼくは、トムとジムをのこしてでも、インディアナ州《しゅう》へ逃《に》げださなくてはならないはめに追いこまれたのだ。サリーおばさん（トム・ソーヤーのおばさん）が、ぼくを養子《ようし》にしようとしているのをしったからだ。

こうして、ハックルベリーがトム・ソーヤーからはなれてゆくのも、わかるような気がする。

そのころ（一八七六―八四）の米国の内部にはまだ開拓線があり、文明の手のとどかない部分が、開拓線の内部にものこっていた。十九世紀の終りに開拓線が消えたあとも、米国人は、この本の中に、彼らを育てる非文明の領域を見出して、読みふけった。

文学史家アルフレッド・ケイジンによれば、二十世紀に入るまで、米国の文学者で戦闘にくわわったものはいなかった。しいていえばウォルト・ホイットマンとマーク・トウェーンであり、ホイットマンは南北戦争で北軍の側の看護人として戦争をまぢかに見た。マーク・トウェーンは南軍に入り、早く逃亡して戦線からはなれた。マーク・トウェーンが、北軍を正義として見ることがなく、南北双方をいかがわしいものを含む文明として見たのは、この逃亡兵としての立場からだろう。

逃亡兵の立場は、第二次世界大戦の中で、私のもっていた夢だったが、それにいくらかかかわりをもったのは、戦後のベトナム戦争に入ってからである。実際に、学童疎開の中で、またアジア各地の戦場で、ハックルベリーの夢は多くの日本人の少年少女の中に生きていたと思う。何人かその痕跡のある人を私はあげることができる。

この小説にうつされている非文明の立場は、これからも人間の助けになることがあるだろうか。人間の完全な滅亡までにまだ時間があり、その衰亡の中で、くりかえし、非文明をとりこむことをとおして文明が自分をかえてゆくということはあるだろう。そういう軌道修正への示唆を、『ハックルベリー・フィンの冒険』はもっており、その示唆は、文明の中にとりこまれている日本の私たちにとっても、意味をもつ。

日本人の世界の見方をかえるいとぐち

日本人は千年以上ものあいだ、このおなじ島々に主として住み、おたがいの交際をもとにしてくらしてきた。そのすぐむこうには別の国があり、別の民族が住むという国境をもたなかった。このような生活環境は、私たちに、外国というと遠いところのような感じをもたせてきた。

こういう私たち日本人の世界観を、日本人の間にあって日本をえがくことをとおして、うちやぶる力を、金達寿の小説『玄海灘』はもっている。この小説は、日本語によって書かれた国際小説として、おそらく、もっとも重大な作品の一つだろう。

この小説はリアリズムによって描かれているので、とっぴな言葉づかいとか、鬼神魔神のたぐいはあらわれない。にもかかわらず、この小説を読んでいると、日本人が普通に日本語に託している連想をくりかえしうちやぶられる。

どこの人びとにとっても、その話す言葉は彼ら自身に対して普通によびさます意味がある。それとともに、そのおなじ言葉が、その民族外において呼びさます意味がある。

とくにある民族が他の民族を植民地化する場合、植民地化する民族の言葉が、植民地化される民族にとってもつ意味は、植民地化する民族に属する人びとにとっては、自覚にのぼせにくい。まさにその部分から、日本語をてらしだし、日本文化、日本社会、日本人をてらしだすものが、金達寿の作品である。彼の作品が、日本文学の系列に属するものであるかどうかはつきつめてゆくとわからないところがあるが、日本語文学に属することはうたがい得ない。われわれの時代の日本語の意味について自覚し、普通に使われている言葉の意味の拡充と転轍を考えさせる力をもっている。

ある日、大井公子《きみこ》は西敬泰に対して言った。

「朝鮮の人だって、いまはもう日本人でしょう」

この言葉のために、しかもまったく好意のためにのみ言われたこの不用意な言葉のために、西敬泰は、三日も四日も苦しむ。

だいたい朝鮮人を朝鮮人といわずに、「朝鮮の人」といわれなければならないのも気に入らなかった。が、それをどうして彼女に説明することができよう。説明しなければならないことからしてすでにそうであるが、説明することそれ自体耐えがたい屈辱ではないか。

敬泰の公子と会う日は、遠のいていった。公子もまたどうしていいか、わからないというふうであった。そのかわりに敬泰は、急に、猛烈に故郷・故国がなつかしくなった。

日本人大井公子をとりこんでいる社会心理について、西敬泰は、日本をいったんはなれて朝鮮にわたってから、もっと適確につかむことができるようになった。京城日報社につとめるようになった西敬泰に、日本に残った大井公子が手紙を送って、自分は朝鮮人と結婚したいと父に知らせたことを書く。その時、公子の父は、

「新聞社に勤めているというのなら、ちゃんとした職業ももっているのだし、その人にどうということはないが、――しかし苦労するよ」

と言い、そのやさしい言葉に、娘は、

「お父さん、ゆるして下さい」

と言って、その膝のうえに泣き伏したという。

敬泰は、彼女のその手紙をほとんど分析的によんでいた。彼は、彼女が父の一見そのやさしく理解のあるようなことばにたちまちころりとまいってしまって、どうして泣きだしてしまったか、よくわかるような気がするのだった。なぜなら、彼らのすべての焦点はそこにあって、それこそが問題の核心であったからである。

〈何を！　さも運命的とか、何とかいわれそうな犠牲者づらをして！〉

〈そんな犠牲などという、優越を許してやってたまるか。許すか許さぬか。それはこっちだ！　こっちに向ってこそいうことだ！〉いってみれば、それは西敬泰の歪んだひがみであったかも知れないが、彼はその手紙を、そこまでよんだ限りでは、ほとんど彼女を憎んだ。

私たちの日常使う言葉は、たとえば家庭内のその時かぎりの用を足すものとして意味をもっている。しかしおなじ言葉は、歴史の大きなわくにおかれる時に、その日常の意味を越えた別の意味をになう。歴史のわくにおかれる時だけでなく、家庭よりもひろい、もっと大きな社会空間のわくにおかれる時にも、おなじ日常の言葉は、別様の意味を明らかにする。日本人が日常使う一つ一つの言葉は、同時代の朝鮮人にとって、日本人がそれに託するとちがう意味をもつものとして理解される。それを誤解だと決して言えないところに、日本人の生きている場所がある。

公子の使う「の」という一字をめぐって、日本人と朝鮮人のあいだに、越えがたいみぞができる。

後に日本警察のいれたスパイだと判明する李承元が、白省五を抵抗にめざめさせてゆくためにたくみに語りつたえる、戦争の終り間近の日常会話にも、おなじく一字の微妙な使い方が出ている。

「あなたはですな、あなたはわれわれがこれから自分のものとしていこうとしている共産主義についてどう思いますか。いや、あなたはこういうことを知っていますかね。この京城近郊では男の子が生れると、こういうのです。『ほうれ、ソ連とたたかう奴がまた一人ふえた』と、ね。ははあ、わが朝鮮人はなかなか才能があるではありませんか。こういうことにおいてはほとんど天才に近いのです。わかりますか」

「というのはですな、そう、このとが問題なのです。いいですかね、ソ連とたたかう奴、つまりソ連と戦争をする奴というのは、ソ連とともになってたたかうということなのです。どうです、おわかりになりましたか」

「国語常用」をしいられた朝鮮において、朝鮮人が、「と」一字に、日本人が考えるとは別の可能性を思いうかべていたことを、私たちはあらためて考える。

前の例は、挑発者李承元の話に出てくるのだが、こうした意味の転轍は、本気で抵抗を組織する人によっても企てられたであろう。

のんだくれの名物男趙光瑞は、〝皇国臣民〟とあだ名されている。彼は、よっぱらった姿で、道ゆく人に「皇国臣民ノ誓詞」をそらんじてみせ、これの字句を説明する。この「皇国臣民ノ誓詞」は戦時下の朝鮮で、あらゆる朝鮮人がそらで言えるようにと命令されていたものであり、警官にこれを言うように命じられて言えないと、なぐられたり、ののしられたりすることを覚悟しなければならなかった。

「――『忍苦鍛錬力ヲ養イ以テ皇道ヲ宣揚セン』、よいかな『皇道』、『皇道』ですぞ」と〝皇国臣民〟はつづけていた。「諸君のようなインテリたちはよく炭坑の『坑道』だの『鉱道』などを思いうかべながらいうものもあるそうだが、それでなかには『強盗』なぞといったものもあって、――これは絶対にいけない。では、わしはもう三回だけくりかえすから、今度は手帳を出して、手帳はもっておるな？ ここにもっておるではないか！ これだ。これに今度は、ちゃんとかきとりなさい。かきとってくれなければ、わしはいつまでもこうしてつづけているばかりだ。そのままには、決して帰しはせんぞ」

この〝皇国臣民〟趙光瑞のような人物が、ほんとにいたかどうかは知らない。しかし、日本側のおしつけてゆく一つ一つの言葉にたいして、それをうけとめる側の中には、別の思いがあり、その思いは、支配者とは別の方向にこの言葉の意味をはじきかえそうという意図をともなっていたであろう。うけとる側の心中に、意味の転轍が、たえまなくひそかにおこなわれていたであろう。

支配する側も、かれらの使う日本語に沿うてひらけているこの別世界の存在について、推定することはあったであろう。だからこそ李承元によく似た特高警察官を数知れずはなって、かれらに、左翼の言語の模倣をおこなわせてその別世界に入ってゆくことを試みさせたのであろう。これに対する〝皇国臣民〟趙光瑞の活躍は、戦時下の朝鮮に現実にあったパロディー合戦をかいま見させる。それはおなじ一つの言葉を手がかりとしての血を流しての攻防であった。

金達寿は、『玄海灘』の続編として、『太白山脈』を書いた。そこには、日本の敗戦直後の朝鮮がえがかれており、おなじ「八月十五日」という日付けをとおして、日本人と朝鮮人にとって別々の世界がひらけるところがとらえられている。

そして、戦後の三十年の間に、日本人は、「民主主義」、「実存主義」、「社会主義」、「共産主義」、「スターリン主義」、「反スターリン主義」という言葉をとおりぬけ、それらをいずれも古いと感じている。「挫折」とか、「ニヒリズム」という言葉も今は古びてしまった。

その同じ時に、となりの国では、「民主主義」はなおも生命をもつ言葉であり、民主主義を求めての闘争がつづいている。私たちが日本の社会で使う「民主主義」と、今日の韓国で金芝河と民青学連の学生たちの使う「民主主義」とは、ちがうようである。

そのちがいは、三十年前に「皇国」、「皇道」、「錬成」、「国語」などの一連のおなじ言葉に託してちがう意味が育った事情と、どのようにむすびついているのか。

金達寿の作品は、私たちにとっておそろしい本である。それは、日本人が日本語をまなぶために、日本人が日本について知るために、一つの確実な手がかりをあたえる。

フェザーストーンとクリーヴァー

スニックの誕生

おなじ一九三九年に入学した仲間に、ジェイムズ・マーカスという黒人がいた。私は同級生とほとんどつきあいがなかったが、ジェイムズ・マーカスという名前と顔だけは、今もすぐ浮かんでくるところを見ると、校庭を歩く時には、よく一緒に歩いていたようだ。というのは、教室から教室へと移る時に校庭を歩くという他には、私は、大学ではとんど何もしなかったからだ。しかし、そういう時間に、彼は、よく、人種差別はけしからんということを話題にしていたから、彼は有色人種としての私にしたしみをもっていてくれたのだと思う。ジャマイカから来た黒人で、イギリス領に属し、自分の育ったところでは、北米のように、黒人が差別されていないと言っていた。

そのころ、ハーヴァードのフットボールのティームに黒人の選手がいた。どこの大学だったかとの試合に、むこうの大学のティームが、黒人を相手にしたくないといってきた。そこで、ハーヴァードのティーム全員が、試合に出ないと申しあわせたということがあった。結末ははっきりおぼえていない。試合がおこなわれたのか、おこなわれなかったのか。しかし、ともかく、そんなことが、ジェイムズ・マーカスとの話題であり、この大学のフットボール・ティームが黒人差別の側にたたなかったことを喜んだ。そのくらいにしか、黒人の問題は私の中に入りこんで来なかった。

エイブラハム・リンカンの奴隷解放以後、北米の黒人は選挙権をあたえられたと、私は信じていた。法律上の権利として選挙権はあっても、選挙する資格を得る前に、読み書き能力検査という関門があり、そこでうける屈辱を思うと、黒人はためらいがちになる。投票所に入ってゆくと、黒人は銃をもった白人にうたれたりすることがある。そういうことを、北米からかえってきてから長い年月がたってはじめて私は知った。そのきっかけとなったのは、ハワード・ジンの『SNCC《スニック》』（一九六四年、武藤一羊訳『反権力の世代』合同出版、一九六七年）を読んだことである。

一九六六年の春、反戦運動の用事で北米に行っていた小田実が、ハワード・ジンという学者とスニックの活動家一人を日本に呼ぶことにするから、日本全国を講演してまわるように手配をしてくれとしらせて来た。ジンと言っても、そのころの私たちの誰も名前を知らないし、スニックと言っても何だかわからなかった。そのうちに、小田が日本にかえってきて、これを読めといってわたしたのが、ジン著『SNCC』だった。

SNCCとは、「学生非暴力調整委員会」の略で、スニックと呼ばれる。この組織は、一九六〇年五月、アトランタ大学でひらかれた十五人ほどの会合からはじまる。かれらは、自分たちの運動に名前をつけ、初代委員長にマリオン・ベアリを選んだ。ベアリは、そのころフィスク大学で卒業論文を書いていた。この時にきまったプログラムで、運動の目的は、こんなふうに書かれている。

「われわれは、非暴力という哲学的あるいは宗教的理想をわれわれの目的、われわれの信念の前提条件、そしてわれわれの行動の方式として確認する。ユダヤ教的・キリスト教的伝統のなかから育ってきた非暴力は、愛に貫かれる正義の秩序を希求する。人間的努力の統合は、そのような社会への第一歩である……」（ジン著、武藤一羊訳『SNCC』、三七ページ）

このプログラムは、スニックが初期にもっていた宗教的性格をつたえている。この運動のはじまりのころ、委員長のベアリは、ハリー・トルーマン（日本に米国が原爆をおとした時の大統領）が、スニックその他の学生運動が何らかの形で共産主義にむすびついていると非難したのにこたえて、こんなふうに言った。

「われわれの目標、手段、前提条件等を『共産主義的』だといって非難することは、専制を根絶し真の人間的合体の雰囲気を創造する企てを、共産主義がやっていると自認するようなものである。共産主義は権力を求め、人民を無視し、社会的紛争に寄生する。われわれは人間が自分自身の完全な意義を実現することができる社会を求めている。その社会では、ひとりひとりは他の人びとと公然たる関係を結ぶこと

が要求されるのである。」（ジン著、武藤一羊訳『SNCC』、四〇ページ）

ベアリのこたえは、スニックという運動が、マルクス主義の理論の学習とはちがうところから出て来たことを示している。このこたえの結びのところにある、ひとりひとりが他人と公然とした関係をむすぶことが必要だということは、これまでの社会主義・共産主義の理論の学習が、白人と黒人がバスでちがうところにのるとか、白人の専用のレストランには黒人は入れないという習慣をこわすはたらきをして来なかったということの反省から、スニックがうまれたことを示している。スニックは理論の学習の道の外からうまれた運動である。

一九六〇年二月一日、ノース・カロライナ州グリーンズボロのウールワース食堂に四人の黒人学生が入っていって食事をしようとした。この計画は、一週間ほど前から、大学の校庭にすわって相談してきたものだった。四人とも一年生だった。かれらは一時間ほどすわっていたが、誰も、注文をききにこなかった。そのうちに店のしまる時間になり、かれらは、店を出た。

しかし、このやりかたは、テレビニュースをとおしてノース・カロライナ州の他の都市にひろがり、やがて州の境をこえた。つぎの二週間に、五万人以上がこの種の行動に参加し、三千六百人がとらえられた。

はなればなれの都市であっても、おなじ目的のために一緒にすわったという体験の中から、この運動の活動家があらわれた。そして、その活動をおたがいにむすびつける仕事が必要になったので、学生非暴力調整委員会がうまれたというわけなのだ。委員長のベアリが、一九六〇年七月に書いた文章は、この運動をうごかす心理をあざやかに表現している。

「……ひとりひとりの人間が自分の潜在的能力に触れるときに感ずる痛みこそが、アメリカ独立宣言と憲法の真実のなかに脈うっている心臓の鼓動なのだ。アメリカが創立されたのは、人びとが自分にふさわしい空間を求めていたからにほかならない……われわれはふたたびその空間を求めている。……われわれは太陽のもとに、それも玄関から、歩み出ることを望んでいる。三五〇年のあいだ、アメリカの黒人は裏口にはりつけられていた。……われわれはそれにあきあきした……」（ジン著、武藤一羊訳『ＳＮＣＣ』、四〇ページ）

ミシシッピ州自由学校

最初のすわりこみの波は、大きな収穫をもたらした。南部では数百のレストランが、黒人をいれないという習慣をやめた。しかし、この運動が、バスでの座席の区分撤廃、学校での区分撤廃へとそだってゆくにつれて、右翼の白人グループからの攻撃がはげしくなり、何人もが殺され、重傷をおうようになった。これにたいして、州の警察は、それをとめるような行動をおこたることをとおして、差別を保つための協力者となってきた。

「合衆国の一般市民は、ディープ・サウス諸州に起こっていることを自分たちは知らないと主張するかもしれない——ちょうど一般ドイツ人が死の収容所を知らないと主張したのと同じである。しかし、中央政府は知らないということはできない。」

とジンは言う。連邦捜査局にたいしても、保護を求める電話を活動家たちはかけたと言うが、無視されたままだった。こうして、非難は、中央政府にむけられることになり、スニックの運動は、国家権力の全体とむきあうところにいやおうなしにたたされた。

一九六四年の夏、スニックは、ミシシッピ州のいたるところで自由学校をひらく計画をたてた。これにたいして、今までとおなじく攻撃がくわえられると思われるので、これまでの事情について説明し、この夏の計画についての保護を求めるという目的で、二十五人の黒人がバスにのりこんで、ミシシッピ州を出てワシントンに向った。ジョンソン大統領は不在で、司法長官も留守だったので、大統領官邸の近くの国立劇場の舞台をかりて、会をひらいてうったえた。この会合の記録は、大統領と司法長官におくられたが、何のこたえもなかった。

それから十三日たった一九六四年六月二一日、ミシシッピ州のネショバ郡の警察が三人の活動家を交通違反でつかまえ、三人はそのまま行方不明になるという事件がおきた。三人とは、ジェイムズ・チェニー（黒人、一八歳）、マイクル・シュワーナー（白人、二五歳）、アンドルー・グッドマン（白人、二〇歳）である。八月のなかばに、ミシシッピ州フィラデルフィアで、かれらの死体がみつかった。ジェイムズ・チェニー（黒人）のからだは、ぶたれて形がかわっており、検死にあたった病理学者は、飛行機からおちたというような場合にだけこんな死体を見たことがあるといった。こうして、自分たちにどんな危険が見まうか、警察はどのように自分たちの敵であるかを自覚して、青年たちは、ミシシッピ州の自由学校にとりくんだ。

連絡センターとなったミシシッピ州ジャクソンには、毎月、次々に、各地からの電話がかかって来た。七月八日という一日の記録を、ジンの本で見ると、こんなふうだ。

「マッコーム――SNCCの自由の家に投弾二名負傷。

ハティスバーグ――全国教会評議会のロバート・ビーチ牧師は、銀行から七〇ドル超過引きだしをしたという偽りの罪名で逮捕された。保釈金二〇〇〇ドル。

ルールヴィル――活動家は土地の婦人を有権者登録に同行したため、郡の巡回事務所からほうりだされた。

コロンバス――三名の活動家が清涼飲料をのむためガソリンスタンドにたちよったところ、不法侵入罪で逮捕。

クラークスデール――投弾の脅迫。

ハティスバーグ――通りがかりの車から歩行中の活動家にビンがなげつけられる。

ホリースプリングズ――公民権活動家一名逮捕。いいがかりは自動車無謀運転。

クラークスデール――ラファイエットの警察署長は黒人のカフェーに命令を出し、夏期運動の活動家にたいするサービスを禁ずる。

ヴィックスバーグ――投弾の脅迫。」（ジン著、武藤一羊訳『SNCC』、二五四ページ）

これは、典型的な一日だそうだ。こういう記録を、全体として引用したのは、黒人差別に反対すればこんなことが米国では日常的におこるということが、一九三〇年代の留学生だったころの私には、まったくわかっていなかったからである。また、敗戦後の日本に、はじめは占領軍をとおして、占領軍ひきあげ後は日本のマスコミをとおして入ってくる米国のイメージには、こんなことが入っていないと思うからだ。

こういうふうに警察と右翼とが協力して攻撃してくる中で、スニックは、医者と看護婦からなる医療班、他に宗教家、法律家の協力を得て自分たちの活動をまもった。とくに法律家は、全国法律家協会のウィリアム・カンストラー弁護士を中心として、能率的なティームをつくることに成功した。この夏のミシシッピ州では州の法律はかわらなかったが、夏の計画に参加した法律家はかわったと言われる。その時に法律家におこった変化は今日までのこっている。

自由学校で教えられたのは、黒人の眼から見た米国史であり、黒人をとおしての北米とアフリカとのむすびつきであり、差別を許す北米の社会構造であり、それとたたかう方法だった。ジャクソンでは、集会に使われていたダンス・ホールが自動車から蜂の巣のように銃撃され、一人の黒人の少年がけがをした。グラックスタットでは、教室として使われていた教会が焼きはらわれた。このような教室で教育をうけるということは、生徒となった人びとに、自由な教育がどういうものかと教えた。いったん差別をうけいれるなら、教育は、無料となり、教室を確保するための努力もいらないのだから、なぜ二つのタイプの教育がこれほどちがう条件におかれるのかと、考える機会にはなったはずである。

ミシシッピの自由学校のことを、とくにながく書いたのは、この計画の中心に、ジンと一緒に日本に来たラルフ・フェザーストーンがいたからだ。

ジンとフェザーストーン

北海道から沖縄までにおよぶ日本縦断講演旅行は、強行軍だった。一日に、二度、講演会と座談会をもって、その日のうちに、次の土地に汽車でむかうということのくりかえしだった。主に活躍したのは、ハワード・ジン（一九二二―二〇一〇）で、彼は、講演会にあつまってきた若い人びとを前にして、通訳をとおして、うてばひびくように見事に答えた。このことは、彼が、その人生の前半に普通の大学教授にはなかったような広い経験をもっていたからできたことだろう。

ジンは、ユダヤ系の米国人としてニューヨークにうまれた。父は、給仕だった。彼自身は造船労働者としてはたらき、戦艦ミズーリ号をつくる仕事にもやとわれたという。このミズーリ号は、第二次世界大戦の終りに、日本政府代表の外相重光葵が降服文書を調印したところだ。戦争の間は、爆撃機にのり、ドイツ爆撃にしたがっていた。ドイツが降伏してから、北米にかえって日本爆撃の用意をしていた時に、戦争は終った。戦後になって、帰還兵としての権利を得て、ニューヨーク大学に入った。この時、彼は二六歳で、ひとりの子の父となっていた。コロムビア大学で博士号を得た後に、南部のスペルマン大学で歴史を教えた。スニックの顧問として活動し、やがてスペルマン大学を追われ、マサチューセッツ州のボストン大学の政治学教授となった。

通訳をとおした討論は、おざなりで公式的なものになりがちだが、ジンは、相手の言葉のきれはしからそのうしろにある生活史をとらえる学者らしくない能力をもっていたので、各地でなされた討論は、一つの本として読めるほどのものになった（小田実・開高健・鶴見俊輔編『反戦の論理』、一九六七年）。通訳についていった私たち日本人側から見ると、札幌、仙台、東京、名古屋、大阪、京都、広島、福岡と、いずれも、その土地らしい質問と答があったと感じられたものだ。沖縄へは、本土のべ平連の日本人は誰も渡航を許されず、ジンとフェザーストーンだけを送って地元の人たちに講演会をひらいてもらったので、そこの事情は、よくわからない。ジンは、それぞれの場所にあつまった人びとについて、その場でくわしいメモをとり、聴衆の性格を知ってこたえていたようだった。フェザーストーンは、どこでも、同じような話をしており、答えも、それぞれの場所の聴衆の性格にあわせてかえるというふうではなかった。旅行を終って帰る前に、一緒に話した時、彼は、日本のいろいろなところの土地柄のちがいというものは、それほどない、と言った。

「日本は、沖縄と沖縄以外の部分と、その二つにわかれている。それだけだ」

と言うのだ。フェザーストーンは、黒人として彼のもっている直観で、沖縄の聴衆には、北米における黒人と同じく圧迫されたものの要求を感じとった。沖縄以外のところでは、聴衆の要求が、いくらかぼけていることを感じたのだろう。聴衆が、どんなに過激な理論をぶつけてきても、それが生活上の要求をうしろにもっている言葉かどうかを判定できる力が彼にはそなわっていた。

フェザーストーンは、京都では、私の家にとまった。二、三時間のゆとりができたので、高島屋にでかけて、女友達に何かみやげを買おうとしていた。それだけでなく、黒い豹の日本画はないか、ときいていた。清水寺のそばの人形屋でも、そのことをきいていた。京都の工芸品としては、黒い豹は、無理だったので、手に入れることはできなかった。

フェザーストーンの心の中では、自分たち黒人の力を結集する新しい象徴がすでに生きていた。それは学生非暴力調整委員会ではもはや十分に生かし得ない何ものかだったようである。

フェザーストーンの死

北米にかえってから、私たちは、フェザーストーンから何のたよりも、もらわなかった。ジンから、フェザーストーンは元気だという消息をきくことができるばかりだった。

そのうちに、フェザーストーンが死んだというしらせが来た。日本の新聞は小さい記事を出しただけだったが、今、ニューヨーク・タイムズで見ると、彼の死は、一九七〇年三月九日深夜メリランド州ベルエアの近くでおこった（ニューヨーク・タイムズ、一九七〇年三月一一日、ホウマー・バイガート署名の記事）。

ラルフ・E・フェザーストーンは、もうひとりの名前のわからない男とともに、自動車の爆発事故で死んだ。事故は、フェザーストーンの親友H・ラップ・ブラウン（放火と煽動で起訴されている）の予審があるはずの裁判所から二マイルはなれた地点でおこった。事故がおこった時、フェザーストーンが運転していた。

州警察のいうところでは、爆発物は自動車の中にあったもので、氏名不詳の乗客の両足の間の床上におかれていたもののようだ。

この乗客は、両腕と両足を爆発でもぎとられている。このことは、ボルティモアの副検視官ワーナー・スピッツ博士によれば、この乗客が爆発するものの上によりかかっていたことを示すという。

この警察発表にたいして、この地方の黒人住民は、うたがわしい眼で対している。かれらは、ふたりの指導者がキュー・クラックス・クランか、その他の右翼白人グループにここで待ち伏せされたと考えることを好んでいる。

一〇日朝、数時間にわたって、死んだもうひとりが起訴中のラップ・ブラウンだというわさがひろまった。

ブラウンは、戦闘的な学生非暴力調整委員会の元委員長である。彼は、予定されていた予審の会場にあらわれなかった。彼の弁護人であるウィリアム・M・カンストラーは、ブラウンがどこにいるか知らないと言った。

その後数時間たってから、カンストラー弁護人は、名前のわからない人は、ブラウンだとは信じられないと言った。しかし、警察は、スニックの元委員長が殺されたというわさがひろまると、しかえしをしようとするものもあらわれるかもしれないし、事故の現場に近いボルティモアやワシントンのような大都市に黒人の暴動がおこってそれが米国全土にひろがるかもしれないとして、心配した。メリランド州知事マーヴィン・マンデルは、州のナショナル・ガードに警戒体制に入るように指示した。

カンストラー弁護人は、ブラウンたち被告へのにくしみのつのっているこの地方で審理をつづけることは、公正なさばきを不可能にするからという理由で、予審の無期延期を申したてた。これにたいして巡回裁判官ハリー・E・ダイヤー判事は、三月一六日(月)まで審理を延期することを認めた。これは被告ブラウンとカンストラー弁護人とが、ワシントンでおこなわれるフェザーストーンの葬儀に参列できるようにというはからいである。同時に、カンストラー弁護人のいうような偏見にみちた環境がここにあるという証拠はないとして、この地方で審理をつづけ予定をかえなかった。カンストラー弁護人は、審理の場所を、ブラウンが火つけ役になったと言われる一九六七年の暴動の現場であるメリランド州ケムブリッジにかえることを求めたのである。

ダイヤー判事は、フェザーストーンらの自動車を見にゆき、記者会見で、爆発物は自動車で運搬される途中にあり、偶然の事故で爆発したものと思うと述べた。

弁護人のカンストラーは、警察で自動車を見た後で、フェザーストーンが、自分で知っていて爆発物を運搬中であったとは信じられないと述べた。彼は、フェザーストーンとは何年にもわたるつきあいがあり、

「ああいうことは、フェザーストーンのすることではない。」

と言った。

それにフェザーストーンたちの自動車は、裁判所のあるベルエアからはなれようとしており、町はずれを南にむかっている時にハイウェイで爆破されたのだ。

「もしかれらがこの町の何かを爆破しようと思うなら、どうして町をはなれてゆこうとしていたのか？」

とカンストラー弁護士は、新しい問題を出した。

爆発の現場は、州警察の建物から一マイル北にあたるところだったそうだ。（何かそこに関係がありそうに思えるのだが、このことの意味は、記事の中でふれられていない。）

フェザーストーンののっていた自動車は、ジーン・エリザベス・ワイリー嬢からかりたもので、フェザーストーンともう一人の男とは、ワシントンからベルエアにむかって運転してきた。もうひとりの男は、ウィリアム・ペインで、アラバマ州とミシシッピ州でスニックの仕事をしていた人だと、ワイリー嬢は言った。

近くの黒人活動家がかけつけて、ダイヤー判事たちがあまり早くこの自動車事故についての結論を出したと非難した。ボルティモアのウォルター・ライヴリーとアバディーンのクラレンス・デイヴィスは、爆発事故の現場のうしろにあるタイヤの乱れた跡は、もう一つの自動車がうしろから追いついてフェザーストーンたちの車に爆弾を投げつけたことを示すと言った。

州警察によれば、この爆発には目撃者が二組あり、その一組は、フェザーストーンの車のそばをとおりすぎてもう一つの道に曲ったところで爆発にあったと証言した。爆発はすさまじいもので、この第二の自動車を地上にほうりあげるほどだった。名のわからぬ男の体の一部は、百ヤードも先にとんだ。検視官によれば、その体で、こわれていない骨はないほどだった。

同じ一九七〇年三月一一日のニューヨーク・タイムズに、チャーレイン・ハンターが、「爆発の犠牲者は公民権運動の最高の組織者とみなされていた」というヘッドラインで、フェザーストーンの略歴を書いた。この記事によると、フェザーストーンは、なくなった時、三一歳だった。

ジョン・ルイスがスニックの委員長をつとめていた時の現場書記となり、一九六〇年代初期の南部の選挙権登録運動ではたらいた。スニックの企画部長だったこともある。フェザーストーンがひろくみとめられるようになったのは、一九六四年のミシシッピ州夏期計画である。この計画は、スニックだけでなく、SCLC（南部キリスト教指導者会議）、NAACP（有色人種向上全国協会）、CORE（人種平等会議）が協力してすすめたもので、南部の最深部でそれまでにおこなわれたもっともおおがかりな選挙登録運動だった。

フェザーストーンは、一九六四年の六月にミシシッピ州フィラデルフィアについた。当時この町は、グッドマン、チェニー、シュワーナーの三人の活動家が行方不明になった混乱のまっただなかであり、どれほどの緊張の中で、フェザーストーンたちが仕事を計画しなくてはならなかったかがわかる。六週間たっておなじフィラデルフィアの郊外で三人の死体が発見された。

フェザーストーンは、ミシシッピ計画の教育部門をうけもつ自由部隊《フリーダム・フォース》を指揮した。彼は州内をくまなく走りまわって、黒人史、アフリカ史、ミシシッピ州黒人の経済・政治・社会問題についての講座を準備し、自由学校間の関係を調節した。

彼の属していたスニックは、はじめの学生非暴力調整委員会から、学生全国調整委員会と名をかえた。SNCCのNは、ノンヴァイオレンス（非暴力）ではなくて、ナショナル（全国）を意味するものとかわった。その集団としての規模も影響力もおとろえていったが、フェザーストーンは、このグループとのかかわりをたちきることはなかった。

フェザーストーンの活動の中で、評価のわかれるのは、一九六七年スニックの通信がアラブ人にたいするユダヤ人の残虐行為を批判した時のことである。もともと、学生非暴力調整委員会創立の時には、この団体は、ユダヤ教系の協力者の支持を得ていた。これらの団体からも、また他の公民権運動の推進団体からも、このスニックのユダヤ人批判にはつよい反論があった。これにたいしてフェザーストーンは、スニックが反ユダヤ主義の団体ではないと言明するとともに、アラブ人にたいするユダヤ人の残虐行為を批判するスニックの方針は正しいと述べた。このために、それまでのスニックへのユダヤ人の協力者の大部分は、財政的援助、精神的援助をうちきった。

もう一つ、論争の種をまいたのは、フェザーストーンが一九六八年にキューバのハヴァナでひらかれた国際文化会議に出席した時のことだ。ハヴァナの新聞の記者会見で彼は、言った。

「私たちはここで他の国々の代表とともに米国国内の抑圧された黒人の反抗を準備するために米国の黒人へのメッセージをいかにしてつたえるかを話しあうつもりだ。ここ(キューバ)は、南北両アメリカにおける唯一の自由の領土であると、私たちは感じる。」

フェザーストーンは、その後、ミシシッピ州ウェスト・ポイントでなまずの養殖場を経営し、一九六九年夏から死にいたるまでワシントンで、他の公民権運動の仲間の出資した「太鼓と槍《ドラム・アンド・スピア》」という書店を経営していた。彼は最近結婚したばかりで、妻はシャーロットと言う。両親と七人の兄弟姉妹が健在である。

彼の友人の間では、彼は、口のきき方はおだやかだが、分析力と決断力をもつ男として評価されている。元スニック委員長ジョン・ルイスは、「彼は民衆が自分たちの運命をきめる力をもつことを信じていた」と述べた。

フェザーストーンの葬儀は、三月一四日午後一時、ワシントンでおこなわれた。フェザーストーンとともに死んだ人は、元スニック活動家ウィリアム・ハーマン・ペインであることを、連邦捜査局が、指紋から確認した。

黒豹党の誕生

スニックが、ノンヴァイオレンス（非暴力）から、ナショナル（全国）へと、Nの意味をかえるさいに、ブラック・パワー（黒人の力）というもう一つの理念があらわれる。スニックの非暴力の理念がノース・カロライナ州グリーンズボロのすわりこみという自発的な行動からうまれたように、黒人の力というこの理念もまた、ミシシッピ州グリーンウッドにむかう選挙権登録のための自由行進の中からあらわれた。

この言葉を使いはじめたストークリー・カーマイクル（一九四二—一九八）は、ジョン・ルイスの次のスニックの委員長である。彼はトリニダードのポートスペインにうまれ、北米に移ってニューヨークで育った。トリニダードでは黒人が警官や判事などの位置についていたので、黒人が権力をもつことを自然と考えていたが、一九五二年にニューヨークのハーレムに移ってから、住民の多数派が白人の支配下におかれているのを見た。このうけいれにくさが、一九六四年のミシシッピ州夏期計画の中で、行進がグリーンウッドにさしかかった時に、「ブラック・パワー」というスローガンに、はけ口を見出したのだった。

この理念は、その後、一九六五年二月にアラバマ州ロウンデスで黒豹党がつくられる時にカーマイクルの参加をとおして新しい生命をあたえられる。

アラバマ州ロウンデス郡では、全人口の八一％が黒人である。ところが一九六五年三月まで誰ひとり選挙名簿に登録されていなかった。八六世帯の白人家庭が土地の九〇％をもっており、その八六家族からこの地方の行政官が出ていた。この地域で黒人が選挙権をもち、その権利を使うことによって、この地方の政治を黒人の手におさめようという動きを、ジョン・ヒュレットがおこした。この運動が、「ロウンデス郡自由組織」であり、別名を、「黒豹党」と呼ばれた。一九六六年一一月に選挙がおこなわれ、この時には黒豹党は四一％の票をとって、第二党の位置を得た。かかげた目標から見れば敗北であったが、この地域で得た経験は、やがて他の大都市の黒人密集地域に応用される。この時にあらわれた言葉が、「ブラック・パワー」であり、黒人自身が権力をもって、白人にたのんだりすることなく自分で必要なことを決定してゆくことを意味する（ストークリー・カーマイクル著、長田衛編訳『ブラック・パワー』、合同出版、一九六六年）。

やがてサンフランシスコ黒豹党が、ボビー・シール、ヒューイ・ニュートンらによってつくられてから、二人組、三人組という武装自衛組織が工夫された。北米の白人は、黒人を肉体的に恐れており、警官も例外ではない。そこで黒人街に入ってくる警官は、小さなことで銃を使って、黒人をおどしつけるようになっており、黒人は、警官の暴力から自分を守る必要を感じていた。この要求にこたえたものが黒豹党の自衛組織である。この自衛組織にたいして、白人の警官は、攻撃をかけてきた。一九六七年一〇月二八日、黒豹党の防衛相ヒューイ・ニュートンが道でオークランドの警官に射たれて逮捕され、警官二人の殺害という理由をつけて告訴された。一九六八年二月二二日、バークリーの警察は黒豹党党首ボビー・シールの家をおそって、殺人をくわだてているという理由をつけて、彼とその妻を逮捕した。一九六八年四月三日に、オークランドの警察は、セント・オーガスティン教会で開かれていた黒豹党の定例会議を襲撃し、教会内で会議をしている非武装の人々の間に銃をかまえて入って来た。さらに三日あとの四月六日、黒豹党の数人が会議をしている建物にオークランド警察はガス弾と銃弾をうちこみ、その時にはうちあいとなるが、黒豹党側は服をぬぎすてて降服することをきめる。一八歳のボビー・ハットンは服をぬぐのをためらって、両腕をあげて出てゆくと、警官は「走れ」とこの少年に叫ぶ。ハットンが走ると、それに銃弾をあびせかけて殺した。情報相のクリーヴァーは、足をうたれて逮捕された。この時のうちあいで警官がひとり死んだので、その警官殺害という理由をつけてクリーヴァーは投獄された。

非暴力を唱える穏健派の指導者だったマーティン・ルーサー・キング牧師(一九二九—六八)が、おなじ年の四月四日にテネシー州メンフィスで暗殺された。一九五五年一二月一日アラバマ州モントゴメリーの市内バスでローザ・パークス夫人という裁縫女工が運転手から白人のために席をゆずるように言われてこれを拒絶して逮捕されたことから、バス・ボイコットの声がおこった時、若い無名の牧師だったキングは、モントゴメリーの人口十三万のうち黒人が五万であることとバス使用者の六〇%が黒人であることから考えて、その六〇%の黒人使用者がバス使用をやめれば、会社はゆずるだろうという冷静な計算をして、この運動を組織した。こうして、ひとりの黒人女性のなかば反射的な行動はこの小さな都市のローカルな運動となり、やがてそのローカリティーをふみこえて、全国的な規模で運動への参加者をあつめるナショナルな運動となった。やがて一年後の一九五六年一二月には、交通機関における差別待遇は違法であるという最高裁の判決がくだった。これは、後にグリーンズボロの食堂すわりこみが、スニックという団体をつくりだすのとほぼ同じ形である。バス・ボイコット運動の推進力となったキングは、黒人の解放運動に一つの新しい時代をつくった人であるが、きわめて慎重に現実の状況についての計算をする人だったので、急進派との間に溝があった。一九六五年三月三一日アラバマ州セルマ—モントゴメリー間の選挙登録差別撤廃要求のデモ「自由行進」にさいしても、もしもこの時キングが全国からあつまってきた人びとの先頭にたって約束どおり武装警官隊の中に入って目的地のモントゴメリーまで導いてゆこうとしたなら、相手の暴力性をはっきり暴露して大量逮捕されるか、あるいは相手に道をあけさせて白人降伏の序曲とすることができたであろうという批判をあびている。実際には、キングは武装警官の前でまわれ右をして、彼についてくる黒人と白人たちがけがをしないように守ったのだった。ヴェトナム戦争にたいしても、彼ははじめははっきりした態度をとらず、ノーベル賞をもらった黒人名士として支配層にかいならされたようにも見えた。しかし、スニックが反戦運動にふみきってから一年あまりたってからキングはヴェトナム戦争反対の立場をあきらかにし、一九六七年四月四日には牧師として良心的兵役拒否を呼びかけた。黒人名士として米国社会で保ち得ていた安全な位置は失われ、この時から彼は受難への道を歩む。穏健な指導者ということでひろく信頼されて来た彼が、右翼の手で殺されたというしらせは、黒人大衆の抗議の新しい波をつくり、各地で暴動がおこった。四月一一日には人種による住宅差別を禁止した公民権法が成立したが、こんなふうに中央行政のレヴェルで差別反対の法がとおっても、南部・西部の諸地域で警官が右翼とむすびついて黒人に乱暴をはたらいている習慣がのこっているかぎり、状況はかわるわけではない。スニックも黒豹党も、指導部は、その後も動きにくい状況におかれている。

だが、動けなくなった状況においてさえ、黒人の権力批判は、今日の米国においてはかけがえのない位置をもっている。米国の労働組合運動は、この十年以上にもわたるヴェトナム戦争の下で、反戦運動としては小さな役割を果して来たにすぎない。ヴェトナム戦争によって利益を得るものの集団の中に労働者がくみこまれてしまったからであり、労働運動の幹部が米国の支配層とかたくむすびついているからだ。医者や法律家などの職業人の集団、主婦と女性の集団、学生の集団から、抗議の運動がおこった。とくに黒人の学生運動としてのスニックは、この戦争に反対するというだけでなく、徴兵制度に反対するという立場をとった。

「ベトナム戦争についてわれわれSNCCと基本的に同一の政治的立場に立っている反戦組織は一つもないのである。というのはわれわれは単にベトナム戦争に反対を表明するだけではなく、徴兵制度そのものにたいして拒否の態度を明らかにしているからである。われわれは徴兵制度それ自体を拒否し、これに反対するのだ！　誰であろうと二年間にわたって人を束縛し、殺し屋に仕立てあげるために訓練する権利など所有してはいないのである。みずからの人生を自分がのぞむように生きること、これを決定するのは彼自身である！」（カーマイクル「ブラック・パワーとその挑戦」長田衛訳『ブラック・パワー』、四八ページ）

クリーヴァーの出発

黒人の学生運動は、はじめはキングの影響をうけ、ある程度はキングの信望への遠慮から非暴力という目標をかかげていたが、ヴェトナム戦争の続く中で弾圧がはげしくなるにつれて、そういうきびしい条件でもおたがいがむすびついてたたかえるような新しい生活感情を求めるようになった。その政治的理念は、ブラック・パワーとしてあらわれたが、政治上の理念では、自分たちの全生活が危険にさらされつづける時の支えにはならない。政治的理念、道徳的理念のもうひとつ底にある行動とむすびついた情念がよびさまされることが必要である。クリーヴァーの『氷の上の魂』というエッセイ集は、この間の消息をよくつたえる。

エルドリッジ・クリーヴァー（一九三五―九八）は、アーカンソー州のリトル・ロックにうまれた。一九五七年に、九人の黒人新入生をめぐって問題をおこしたリトル・ロック高校のある場所である。この事件の時、高校に配置された州兵は、黒人の女子新入生が白人の群衆に学校から追いかえされて泣きながらかえるのを、笑って見ていたという。中央政府は差別反対の意志をつよく州政府につたえた。授業が再開されて、もう一度、登校した九人の新入生（男三人、女六人）は、門前にまちかまえていた八百人の白人群衆に袋だたきにあった。大統領は空挺師団一千人を送って黒人生徒を守らせたが、それでも、この共学問題は、地方の習慣にさまたげられて、なかなか解決しなかった。この土地の空気が、クリーヴァーの中に米国社会への根づよい不信をうえつけた。彼はやがてカリフォルニア州ロサンジェルスに移り、そこの黒人街で育った。自転車泥棒をふりだしに、マリファナふかし、白人女性強姦などで、一六歳から十五年間にわたって刑務所を出たり入ったりしてくらし、最後には九年間ぶっつづけに入っていた。

一九五四年、クリーヴァーが一八歳の時、彼は監獄の壁に、美人の写真をはっておいた。ところが、ある日、学習室からそこにかえってくると、看守がその美人の写真をひっぱがして便器の中にぶちこんだことを発見した。

彼が怒って看守にくってかかると、

「壁に写真をはるのは反則だってことを知らないのか？」

と看守はこたえた。

「あんな規則はかざりものだということをお前だって知っているじゃないか。」

とクリーヴァーが言いかえす。看守はにこにこわらって、

「じゃあ言ってやろう。お前さんと妥協することにしよう。壁には黒い女を張っておけよ、白人でなくてな。それなら眼をつぶってやろう。それでどうだね？」

この看守の問に、クリーヴァーは、どぎまぎした。

「わたしはショックを受けたというよりむしろどぎまぎした。看守はわたしの顔をみて笑っていた。わたしは二、三回彼をののしってから彼の前を離れた。今でも彼の大きなまんまるい顔が黄色い歯をむきだしにして笑っているのを思い出すことができる。この出来事はわたしを不安にしたが、それは黒い女の写真がいくらでも手に入るのにわざわざわたしが白人の女を選んだということに気がついたとき、猛烈な罪悪感に襲われたからである。なんとかしてそれを合理化しようとしたが、その底にある真実には心が奪われないわけにはいかなかった。なぜわたしはそれまでこの角度からこれを考えたことがないのだろう。そこでわたしはこの問題をとり上げ、自分の考え方に探りをいれはじめた。ほんとにそうだろうか。わたしはほんとうに黒より白の方を選んだのだろうか。結論は明瞭で逃げるわけにはいかなかった。わたしは事実そうやったのだ。わたしはこの点についてわたしの友達を点検してみることにしたが、彼らがふだん話すことを聞いてみると、われわれが女のことを口に

するときにはいつも白人の女が彼らの心のなかで特別に高い地位を占めているのだという結論をだすことは簡単だった。それ以後わたしが学び知ったことからすれば、これはすべて恐ろしく初歩的なことにみえる。だが当時はこの発見は空恐ろしい胸のドキドキするような冒険だった。」(クリーヴァー「なることについて」武藤一羊訳『氷の上の魂』、合同出版、一九六九年、二二ページ)

看守とクリーヴァーのやりとりは、普通には哲学的対話と考えられないだろう。しかし、どんなやりとりでも、それに心をかたむける角度によって、哲学的対話になり得る。クリーヴァーにとって、この浅薄な看守の問が、彼の哲学の起動力をよびさました。

彼は仲間と話しながら、北米でそだったかれら黒人が、白人の美の規準を心の底にまでたたきこまれていることに気づいた。これでは、黒人は、幸福になりようもないではないか。白人の女を強姦する、それが黒人にとっての正直な生きがいになる。しかし、そのように自分の生きがいを追求して見ても、やはりそれは長く身を託することのできるほどの生き方ではなかった。強姦をとおして自分の憎しみを白人の女にぶつけるという行為は、自分自身を自分にとっていやなものにした。

「人間を憎むことの代価は、それだけ自分自身を愛せなくなるということなのだ。」

彼は、強姦を重ねた自分の動機にさぐりをいれる。

「白い女にたいする黒い男の病的な態度は、革命的な病であることをわたしは知っている。それは、たえず彼を抑圧する制度と調和しない状態に置くからである。多くの白人たちは、白い夢の女にたいする黒人男性の情念と欲望が純粋に美的な魅力から説明されると考えて、のぼせあがる。だが、これほど真実から遠いものはない。彼の動機はしばしばきわめて血なまぐさい、憎悪に満ちた、苦い、悪性のものであって、どうみてもそれは、白人たちがいい気になっていられるようなしろものではないのだ。わたしはこれらの点について強姦で有罪判決を受けた囚人たちと話しあってみた。彼らの動機はきわめて明白だった。しかし彼らは、白人の男たち――刑務所の役人は大部分白人だ――とこれらのことを議論することにはまったく気が進まない。これらの囚人たちの経験のなかには知識と知恵がひそんでいて、それは同じ方向につき進んでいく他の若者たちを助けるために利用されなければならないと私は信ずる。われわれすべて、そして全国民が、もしこれらの問題をすべて明るみに出せば、われわれはもっとうまくやっていけるとわたしは考えている。多くの人びとの感情が傷つけられるだろう。だがそれは支払わなければならない代価である。」（クリーヴァー「なることについて」武藤一羊訳『氷の上の魂』、三三―三四ページ）

「黒い去勢男の寓話」の中で、クリーヴァーは、彼の強姦への欲望の底にあった問題をふたたびとりあげて、男女にかかわらず黒人が黒人を抱きたくないのは黒人が黒人において奴隷制を抱くというイメージをもつからだという。黒人は白人をだくことで、奴隷制をかけのぼってその頂上にたつ錯覚をもつ。こうして肉体の力にもかかわらず黒人は白人にたいして政治的に去勢された男となり、また黒人相互にたいして性的に去勢された男になる。黒人が黒人の中に自分の見る奴隷制のイメージを破壊しないかぎり、黒人が黒人の中に奴隷制以前の（あるいは以後の）人間の姿を見ることができるようにならないかぎり、黒人には黒人を抱くことはむずかしい。去勢男の一人は、こういう。

「わしは、黒い女を抱くたびに、奴隷制を抱いているわけだ。そしてわしが白い女を抱くとき、わしは自由を抱きしめているわけだ。白い男は、わしが白い女をものにすることを、禁止した。死刑でおどかしてな。もし白い女に手をだしたら、わしは生命をなげださなけりゃならないだろう。人間は自由のために死ぬが、黒い男は白い女のために死ぬわけだ。白い女は自由のシンボルだからな。」（クリーヴァー「黒い去勢男の寓話」武藤一羊訳『氷の上の魂』、二〇八ページ）

哲学教師ラヴジェフ

強姦の動機にたいしてさえも、モラリストとして対し、その意味を明らかにしてゆく力は、クリーヴァーのうまれつきにもよるものだろうが、彼が、刑務所の学習室で、すぐれた哲学教師に会ったせいでもあった。

一九五九年から六〇年にかけて、クリーヴァーがサン・クェンティン刑務所にいたころ、クリス・ラヴジェフという教誨師がいた。

彼は自分はアラン・ワッツの弟子だと言い、ワッツをこの刑務所につれてきて講義させたが、クリーヴァーにとっては、ラヴジェフはワッツ以上の人に見えた。ワッツは、北米の戦後世代に禅をもたらした人であり、ラヴジェフもワッツの影響をうけて、もはやヨーロッパの伝統にこだわらず、東洋の知恵から深くまなぼうとしていた。この態度は、心の底にへばりついた北米の白人の文化規準をふりおとしたいとおもっていたクリーヴァーを助けた。ラヴジェフは、刑務所で世界史、東洋哲学、西洋哲学、比較宗教学、経済学をまなんだ。教室の壁には、ボール紙のプラカードがいっぱいはりつけてあり、それには、世界の大思想からの引用句が書かれていた。日本人、エスキモー、アフリカ人、アメリカ・インディアン、ペルー人などの諸民族の言葉があり、孔子、老子、釈迦、毛沢東、ゾロアスター、モーゼ、イエス、モハメッド、プラトン、アリストテレス、ヴォルテール、マルクス、レーニン、トマス・マートンの言葉もあった。

「クリス・ラヴジェフは深い精神を持ち、一般的宗教教育を受けていた。わたしが受けた印象では、第二次世界大戦中の殺戮、とくにナチ体制による科学的系統的な大量虐殺は、彼に深い傷を残した経験で、彼はそこから回復不可能であるようにみえた。彼を永久に変え、彼の魂を病ませ、彼を人類にたいする同情と愛で圧倒した何かを、彼が見たか経験したかしたのではないかと思われた。彼は人間の精神にたいするすべての拘束、あらゆる盲信、すべての独断的主張を憎んだ。彼はあらゆるものを疑問にさらした。

彼を何がつき動かしていたのかを、わたしは一度として確実につかんだことはない。彼が何かにかり立てられてそこに来たということは疑いなかった。彼には何か非現実的なものがつきまとっていた。彼は霧の中を動きまわっているかのようだった。彼がつくり出す雰囲気は、カリル・ジブランの詩の神秘な呪文のようだった。彼はいつもはるかかなたの音楽か、無言の声かに聴き入っているか、あるいは自分自身に向かって何かをささやいているかのようだった。彼は沈黙を愛し、沈黙を破るのは大事な意志疎通のためだけでなければならないと言い、教室の後の席でとりとめなくお喋りして他に注意をそらす生徒は部屋から追い出すのだった。」（クリーヴァー「『キリスト』および彼の教え」武藤一羊訳『氷の上の魂』、五八―五九ページ）

ラヴジェフは、午前八時に授業をはじめ、昼飯の後、午後三時まで教えた。夜学は午後六時にはじまり、一〇時までつづいた。日曜日にもラヴジェフは来たかったが、役人にとめられたので、日曜日のために二時間のラジオ・プログラムをテープにいれて囚人たちのために流した。

「ある日ラヴジェフは、自分は僧侶になりたいと努力したが、ついになれなかったのだと、われわれに打ちあけた。そうだ、彼は自分でも気付かぬうちに僧侶になっていたのだ。サン・クェンティンが彼の僧院だった。彼は囚人を救うことが彼の特別の召命であるかのように、刑務所につくした。昼も夜も彼は刑務所にいて、日曜だって休んだことはなかった。時には刑務所側は、看守を一人彼の授業に派遣して夜にかかった授業をやめさせ、囚人を収監しなければならなかった。こんな要求が彼にたいしてつきつけられるということが、彼を恐怖で打ちのめした。気が進まない様子で彼は椅子にがっくりと沈み、悲壮感に押しつぶされながら、『もう房にもどれ』とわれわれに言うのだった。われわれが彼に与えた権能の一つは、彼がもう終りだと言うまではわれわれの方から彼のクラスを去らないというものだった。看守が来て、われわれに房へもどれと言っても、看守は冷たい視線に会うだけだった。ラヴジェフが『終りだ』と言うまでは、われわれは動こうとしなかったのだ。」（クリーヴァー「『キリスト』および彼の教え」武藤一羊訳『氷の上の魂』、五五―五六ページ）

こんな教師にいられてはたまらないので、刑務所はやがて彼が来るのを禁止した。だが、彼の教育は、クリーヴァーにとって、自分が刑務所に入ったわけを自分の手で分析し、犯罪にたいする自分の動機を分解して再構成することを可能にした。

大学とはまったくかけはなれたラヴジェフの教育の方法は、たとえば次の逸話にはっきりあらわれている。

「彼は教えるのがほとんど不可能だと思われる生徒――一生涯文盲で行く道もきまってしまった老人――に引きつけられた。ラヴジェフは宇宙のなかの誰かがあるいは何かが、『行く道がきまって』しまったということを認めなかった。知的でのみ込みの早い生徒には彼はあまりかかずらいたくないらしく、むしろ頭のいい生徒にたいしては、文盲の生徒を指さしながら、『もういい。わたしから離れろ。君はわたしを必要としない。彼らはわたしを必要とするんだ』とでも言いたげだった。」

（クリーヴァー「『キリスト』および彼の教え」武藤一羊訳『氷の上の魂』、六〇—六一ページ）

刑務所内のこの学校の生徒として、クリーヴァーが、黒豹党の党員となってからでさえも、たんなる白人憎悪の道を進む人になり得なかったことがわかる。

一九六五年二月二一日、マルコムXが射殺されたことを、クリーヴァーは刑務所できいた。衝撃は大きかった。もっと若いころからクリーヴァーは、エライジャ・ムハマッドのブラック・マスリムの信者だった。善意の白人などをあてにせず、白人の文化から自分たちを切りはなして、黒人自身で黒人を助ける運動という形を、ブラック・マスリム（黒人回教団）ははじめて大衆的規模でつくったと言える。しかし、この運動には、さけがたく白人への人種的憎悪がまざる。ブラック・マスリムの指導者でやがてムハマッドから破門されたマルコムXは、「アフロ・アメリカン統一機構」を提案することで、白人人種主義に反対する黒人の運動に国際的展望をあたえ、黒人人種主義からも自由になる道をきりひらいた。この意味で、マルコムXは、クリーヴァーの先人である。

その後のクリーヴァーの経歴については、「宣誓供述書第一号」（一九六八年発表）にくわしい。一九六五年にクリーヴァーは、刑務所の中でビヴァリー・アクセルロッド弁護士に会い、やがて彼女と結婚する。ビヴァリーは、かつてジョージア州アトランタのスニックではたらいたことがあり、結婚してからはサンフランシスコ黒豹党に参加した。

十年あまり前の刑務所の看守との哲学対話からはじまった美的規準の転換は、実生活の上にこのようにあらわれた。社会運動にたいする彼のよびかけは、政治的理念とか道徳的理念をつみあげたものではなく、その底に生きた生活感情が流れていることを感じさせる。藤枝澪子のクリーヴァー会見記を読むと、煽動家から遠くへだたったかざりのない人がらが感じられる（藤枝澪子「革命文学者E・クリーヴァーとの対面」『思想の科学』一九六九年一〇月号）。

こころとからだ

クリーヴァーは、白人のマックス・シュメリングを黒人のジョー・ルイスがヘヴィウエイトのボクシング・マッチでやぶった時の米国白人の熱狂を分析して、これは、ナチズム（シュメリングはドイツ人）にたいするデモクラシーの勝利の象徴としてかんげいされたのではないという。米国の黒人が肉体の動きにおいて偉大な達成を示す時には、米国の白人は拍手をおしまない。拳闘選手ジョー・ルイスだけでなく、歌手ポール・ロブソンも、トラムペット吹きルイ・アームストロングも、熱狂の対象となった。しかしそれは、かれらの動きがからだの動きにとどまるかぎりにおいてだ。からだの恐怖を黒人にまかせきりにすることによって、肉の腐敗からまぬがれようとするピューリタンの夢なのだという。その証拠に、これらの黒人がひとたび、からだだけでなくこころの領域においても活動し始めると、白人はすぐさまかれらを破滅させようとする。拳闘選手ジョー・ルイスの人気にひきくらべて、おなじ拳闘選手カシァス・クレイが憎まれるのは、かれが、マルコムXの信徒として自分の政治思想をはっきりと言うからだ。おなじようにポール・ロブソンが黒人大衆の立場にたって自分の意見をはっきり言うようになると、彼は年収二十万ドルの歌手としての位置からひきずりおろされてしまった。からだとこころとのこんな分業は、やめてしまうことが必要だ。白人は、心だけでなく、からだをとりもどすべきだ。黒人は、からだとともに、こころをとりもどすべきだ。北米文化全体にとっての新生を、黒人の音楽が前ぶれする。

「〈からだ〉の人格化である黒人、それによって他のアメリカ人にくらべて自分の生物的根との一体関係を強く維持している黒人が、救いの綱、人間の生理と人間の機械とのあいだの橋となるという事情は、このような関係のなかで理解される。純粋形態におけるジャズこそは、われわれの時代の科学技術的環境への適応形態、人間の魂の浄化剤そして子守歌なのだ。それは現代の脈動とテンポを的そのまま捕える音楽、環境とアメリカ・ニグロのあいだの摩擦と調和からほとばしる音楽だ。そして、ニューヨークでもパリでもロンドンでもアックラでもカイロでもベルリンでもモスクワでも東京でも北京でもサンパウロでも現代科学と技術は同じものであるように、ジャズこそは今日の世界に生きるコミュニケーションの唯一の真の国際的媒体だ。それはこれらすべての場所に住む人びとに、ひとしく創造的に、しかも同じ強さと必然性をもって、語りかけることができるのだ。」(クリーヴァー「回復期」武藤一羊訳『氷の上の魂』、二六〇ページ)

彼は言う。

留学の位相

「リズム・アンド・ブルース」と呼ばれる「この音楽の中に、黒人は、強力な官能を、彼の苦しみを、そして彼の肉欲と彼の愛と彼の憎しみを、彼の野心と彼の絶望を、投影した、いや、傷口から膿をしぼり出すようにしぼり出し、したたらせたのだ」と、彼は言う。

このクリーヴァーの言葉は、私にとって、私の北米留学の位相をてらしだす。

日本人の北米留学史は、ジョゼフ・彦やジョン・万次郎の漂流者の留学、新島襄のような脱藩浪士の留学の時代とはちがって、明治なかばからは、小村寿太郎・金子堅太郎・秋山真之《さねゆき》のような官僚養成の場となった。その後、日本の政府の模範がドイツにかわってからは、官僚養成のためにはドイツ留学が主流となり、北米は裕福な階級の子どもを送る場所となった。北米留学は実業家がその二代目を養成する方法となった。北米に行ってはたらきながら勉強することが、日本に社会主義をもたらす道すじとなったということも、片山潜・猪俣津南雄・岩佐作太郎・山本宣治（カナダ）などのような場合に言えるのだが、昭和に入ると、官僚としての出世コースをはずれたブルジョワ層のこどもが北米に留学する場合のほうが多かった。

留学中の日米開戦後、連邦捜査局にふみこまれた時、私の部屋からとられた荷物の中には、ボストンの日本人学生会の記録もあった。それは、そのころこの地方には日本人留学生がほとんど残っていなくて、本城（のちの東郷）文彦が会長、私が書記ということになっていたためだが、ひきわたされたその記録には、歴代のこの地方の日本人留学生の名前が出ていた。小村寿太郎とか金子堅太郎・池田成彬の時代のものはなかったが、はじめのほうに山本五十六の署名があったのをおぼえている。こうした人はいくらか例外で、むしろ、大正以後で言えば、水上滝太郎のように実業家の息子でそのあとつぎとなった人が北米留学生の典型だったと言える。昭和史のなかでは、ドイツ留学生にくらべて北米留学生は国家主義の推進力となる場合がすくなかったが、白人の見る北米に自分たちの価値規準を同化してそこから同時代の日本を批判するところにとどまっていたように思える。北米留学生の中からは、斎藤隆夫・清沢洌・高木八尺《やさか》のように、第二次大戦までの十五年戦争の時代を通じて、軍国主義を批判しつづけた人びとがいるが、この人びとの場合にも、北米にいる時に、黒人、インディアン、南米諸国民から北米を見るという視点は育たなかった。留学というもののもつ階級性が、ここにあらわれている。昭和に入ってからの私の留学の例は、この制約の中にあり、黒人が北米についての私の視野の構造を照しだす視点になるということを、そのころは考えることもできなかった。私はそのころ、プラグマティズムの文献を読んでおり、その時に書いた卒業論文を戦後、『アメリカ哲学』(一九五〇年)という本に書きあらためたが、黒人にとってアメリカ哲学とは何か、黒人にとってプラグマティズムとは何かを考えたこともなかった。おなじ一九三九年に入学した一千人もいる同級生の中でほとんどただ一人だけ親しくしていた黒人学生ジェイムズ・マーカスは、私の哲学研究には何の刻印も残していない。

近ごろになって私は、「実際の行動に何の形にもあらわれないような思想は、思想としてみとめることができないという黒豹党の思想を自分は信じる」という言葉を、米国の若い反戦活動家の演説の中できいて、おどろいた。私が留学していたころならばかならずウィリアム・ジェイムズの言葉として引用されたにちがいないこの言葉が、今の若い米国人によって黒豹党の哲学として引用される。これは、プラグマティズムの中心となるプラグマティック・マキシム（行動の形にあらわれ得るものが思想の意味だ）が、今日の米国の反戦運動の中では、黒人の行動の中にあらわれた思想として、重さをもっていることのあらわれだ。

また、ハワード大学哲学科本科のカーマイクルが「ブラック・パワーとその挑戦」と題して大学でおこなった演説で、「黒人でありプラグマティックな実存主義の哲学者として知られるフランツ・ファノンはこの問題にこう答えている」という主張に出会って、考えさせられた。

私は、プラグマティズムの哲学が帝国主義に奉仕する側面をもってきたことを認める。同時に、パース、ジェイムズ、ミードのプラグマティズムを、全体として帝国主義の哲学として捨てきれると思わない。だが、そうした仕方でプラグマティズムを腑わけしてみることよりも、スニックの活動家と黒豹党の活動家が、かれらの抑圧された経験の中から自分の権利を見出してゆく方法に、今日の私にとってもっと重大なプラグマティズムがあらわれているように思える。

スニックも、黒豹党も、何かの書物にある主張を固定した法則としてたてて、状況を判定する尺度とすることをしない。自分の経験をたよりとして、その経験から見て重大だと思える行動を誰かが起した時には、そこに集まって助けひろげるという形で運動を進めた。ノース・カロライナ州グリーンズボロの四人のすわりこみにたいする反応、アラバマ州ロウンデス郡の選挙運動にたいする反応が、それぞれのローカルな行動からよりひろい意味をひきだす行動によって支えられてよりひろい行動の形に変形されてゆく、この方法が大切である。ミシシッピ州で選挙登録をするようにすすめるという一つのはっきりした争点とむすびつけてなされたアフリカ史、黒人史、南部史の講義は、デューイの進歩的教育の学校をこえるプラグマティックな教育計画だった。かれらは、ソヴィエト・ロシアあるいは中国ではすでに政治は科学として進められているというような主張をすることなく、自分の経験にてらして当面の運動に必要な考え方を、どこからでもとりいれてゆく姿勢を示した。クリーヴァーが、自分の経験を分析して一歩一歩より深い部分においてゆく方法は、国家あるいは政党の政治的権威によって思想を固定させるやり方からかけはなれた哲学を示している。それをことさらに新しい別のプラグマティズムと呼ぶ必要はない。しかし、ここには、自分の生活体験の中からつくりあげられた思想が自然にそなえるプラグマティックな性格がある。クリーヴァーの哲学教師だったラヴジェフの講義の中に、プラトンとアリストテレスとならんで、日本人、エスキモー哲学、アフリカ人、ペルー人、インディアンが出てくることを前に書いた。これは哲学の講義としては破格なものと考えられるかもしれないが、エスキモー人の哲学、日本人の哲学は、そのプラグマティックな思想の側面において、プラトンをしのぐところがあると考えられて当然である。生活思想として哲学をとらえるならば、世界の哲学は、このように考えなおされたほうがよい。その時、北米の哲学史は、黒人の哲学、インディアンの哲学に大きく紙面をさかざるを得なくなるだろう。

クリーヴァーは、「白人種とその英雄たち」の中でフレデリック・ダグラス（一八一七?—九五）が一八五二年七月四日にロチェスターでおこなった演説をひいている。

「アメリカの奴隷にとって君たちの七月四日（米国建国記念日）とは何であるのか？わたしは答える——それは、一年の他のどの日にもまして、奴隷にたいして、彼がたえずその犠牲者となっているこの大不正と残虐さを明らかにする日付である。奴隷にとっては君たちの祝日は恥辱である。」

奴隷としてうまれ、北部に逃げて奴隷解放運動をすすめたフレデリック・ダグラスは、一世紀以上も前に、米国史を自分の心の中ではこのように書きかえていたのだ。

本田創造の『アメリカ黒人の歴史』（一九六四年）によると、最初の黒人奴隷がアフリカから北米につれてこられたのは、一六一九年八月、ヴァジニア州ジェイムズタウンでのことである。一七九〇年には北米の黒人人口は七十万人に達し、奴隷制廃止のころ一八六〇年には南部諸州の黒人奴隷は約四百万人、自由な黒人は約五十万人となっていた。

現在の北米の黒人の人口は二千万人以上と言われている。アフリカから、北米だけでなく南北両アメリカに到着した黒人の総人口は一千五百万人に及ぶという。ひとりの黒人を新大陸にもたらすまでには五人の黒人が途中で死んだという推定を考慮にいれるならば、七千万人のアフリカ黒人がかれらの国からもぎさられたものと言える。この七千万人の立場から南北アメリカ史が書かれるまでは、アメリカ史は書かれたと言えない。その七千万人の黒人の立場に私をおくことができるとは思えない。同時に、その七千万人の黒人を考えることなしに、北米の思想を論じることはできないということを、忘れたくない。

Ⅳ　自分からさかのぼる

わたしが外人だったころ

五十年以上も前、一九三八年秋。

十六歳のわたしは、アメリカ合衆国のマサチューセッツ州コンコードという町にいました。コンコードは、人口三千。アメリカ独立戦争のはじまった小さな町です。わたしがいたのは、この町の全員寄宿制のミドルセックスという学校で、大学入学前の十二歳から二十一歳までのアメリカの少年（男の子）が生徒でした。

ある夜、洗面所で二人の同級生が熱心に何か話しこんでいました。

「何がおこったのか？」（そのくらいの英語はできました）

と、わたしがきくと、それからは二人のけんかがはじまりました。

「こいつに話してもわからないよ」

と、かたっぽうは言い、

「ゆっくり話せばわかる」

と、もういっぽうは言いました。

わたしは英語が話せないし、「それは何だ?」くらいは言えるけれど、だいたいは、教室でも、食堂でも、黙っていました。すると、英語をしゃべれないものは、それだけで、考える力がないものと見なされました。それが当時のアメリカでの常識でした。

そのころはテレビがなくて、ラジオだけでした。そのラジオを途中からつけた人が、「火星人の侵入です」

というアナウンサーの声にびっくりして、家からとびだして、近所の人に知らせ、銃をもちだしたり、赤信号を無視して自動車で逃げたり、百万人規模の大さわぎになりました(同級生が話していたのはこのことだったのです)。ラジオがはじまって以来、はじめての大さわぎだったそうです。

『火星人の侵入』は、イギリスの小説家H・G・ウェルズの原作にもとづいて、アメリカの俳優・劇作家オーソン・ウェルズがつくったラジオ・ドラマでした。

これだけのことを、今のわたしが言えるのは、あとになって自分でしらべておぼえたからです。

ミドルセックス校では、わたしは、はじめ何もわからないので、教室で試験のときには白い紙を前において、白いまま出していたのですが、三カ月たつと、突然に日本語が消えました。

一年後、ある日ボストンに行って、ぱったり日本人とあった時には、口をあけても、日本語が口から出てこないのにおどろきました。相手は女性でしたが、

「いいですよ、英語で話しましょう」

と言われたので、助かりました。

書くほうも、漢字は書くのがむずかしいので、だんだんに日本語が不自由になりました。

大学の共通試験（カレッジ・ボード・エグザミネーション）を受けて、ハーヴァード大学に入学しました。もとのミドルセックス校の同級生のお母さんがわたしをおいてくれることになり、はじめの二年、この家のお世話になりました。

「これからは、あなたは家族のひとり」

と、そのお母さんが言ったとおり、家の問題を家族全員で話し合い、わたしは、仲間はずれにされることがありません。

アメリカという国は、ちがうところから来た人たちがおたがいに約束をして、その約束をまもって国をうごかしてゆくことを理想としているので、そのやりかたが家庭をつくるときにも、自然に受けいれられています。目を見はる思いでした。

ただし、約束によって国をつくるというやりかたは、もとからアメリカに住んでいた人びと（まちがってインディアンと呼ばれた）にたいしてはまもられていません。ドレイとしてアフリカからつれてこられた黒人にたいしてもまもられませんでした。そのことがアメリカにとっての大問題として今ものこっています。

大学に入って三年目に、日本とアメリカの戦争がはじまりました。

わたしは、ハーヴァード大学学部学生のあいだでたったひとりの日本人でした。ある夕方、わたしが下宿していた屋根うら部屋に、三人の刑事が入ってきて、わたしを警察本部につれてゆきました。

わたしの部屋でのとりしらべがながびいたので、警察本部（くわしくは連邦警察ＦＢＩ本部）についた時には、夜中に近く、ひろい部屋のむこうのすみに女性がひとりすわってタイプをうっているほか、だれものこっていませんでした。

そこで型どおり、三人の刑事は、わたしに両手を上げるように言って、わたしが言われたとおりにすると、ポケットの中をあらため、両方のわきの下にさわって、ピストルをもっているかどうかたしかめました。

わたしはおそろしかったのですが、十九歳というのは、わきの下にさわられると、笑いだすようにできているのですね。わたしの笑い声は、大きな部屋のすみまできこえたようで、はるかむこうのほうで、さっきのタイピストが、つられて笑っていました。

おそろしいのになれてくると、腹がへっていることに気がつきました。

「おなかがすいた」

と言うと、三人の刑事は相談して、自分たちの行きつけの、酒場につれていってくれて、自分たちは酒をのみ、わたしにはサンドイッチをとってくれました。

「うまい」

と言うと、

「おれたちはいつもうまいものを食べているのさ」

と自慢しました。わたしが食べているあいだ、手錠をとってくれました。

目的地となった東ボストンの留置場についたのは午前一時ころで、わたしは、すぐに、二段ベッドの上のほうにおしこまれました。そのまま、ぐっすりねむれたのをおぼえています。

朝になると、ベッドルームに五十人くらいがねむっていました。その多くは、ドイツ人で、少しはイタリア人。日本人はわたしひとりでした。

なぜアメリカ人がいなかったかというと、ここは移民局付属の留置場で、いまアメリカとたたかっている国々の人だけを入れることにしてあったからです。

朝がくると、夜の大部屋の錠前があいて、昼の大部屋に移ることになりました。それは、駅の待合室のようなところで、これもたいへんにひろくて、長椅子がいくつも、壁にそっておいてありました。

老年、中年、青年、いろいろでした。この中で、十九歳のわたしは最年少で、親切にしてもらいました。

若い人は、たいくつして、いらいらしていました。なぐりあいになったこともありました。

留置場仲間には、ずぬけてつよい人が二人いました。ひとりはヘヴィー級のボクサーで、海岸警備隊の隊員とけんかして殺したという事件で、入っていました。

「おれのさかりの時に、シュメリング（ドイツのヘヴィー級チャムピオン）と試合をしたかった」というのが、彼の口ぐせでした。

もうひとりはレスリングの選手で、ひげをはやした大男でした。

この二人は、けんかをじっと見ていました。

自分たちがわって入ると、けがをさせることになると思ったのでしょう。ブレイキのきいている、やさしい人たちでした。

屋根うら部屋でつかまった時、行李二つぶんの手紙や日記を、刑事がもってゆきました。書きかけの卒業論文も、その中に入っていたので、勉強もおわりだと思っていました。

ところが、わたしの受け持ちの教授が警察にたのんで、この卒業論文を獄中のわたしに返すように、はからってくれました。

いざ書きつづけることになると、駅の待合室のような大部屋では、人の声が耳に入って考えをまとめることができません。昼のあいだは、休んでいることにして、夜、ベッドからおきだして便所に入り、便器を机にして、それにむかって日本ふうにすわって書きつづけることにしました。

書きあげた原稿は、ニューヨークのコロンビア大学にいた姉のところにおくり、姉がタイピストにたのんでうってもらい、そこから、大学に送りました。

一九四二年六月十一日、ニューヨークのエリス島から、交換船が出発しました。（戦

争がおこったときに、その国に住んでいた相手の国の人々をおたがい同じ数、もとの国に戻すのが、交換船です）

その日は、ハーヴァード大学の卒業式の日でした。獄中にあるまま、わたしはこの大学を出ることができました。

小舟にのって、交換船にむかう時、自由の女神の肖像のわきをとおりました。

わたしは、アメリカの政府に命令されて、交換船にのったのではありません。

「日本とのあいだに交換船が出るが、それにのりますか？　のりませんか？」

と、ひとり、ひとり、役人の前によびだされて、たずねられたのです。

日本が戦争に負ける時、負ける国にいたいという思いが、つよくわたしの心の中にうごきました。

「交換船にのって、日本にもどりたい」

と、わたしはこたえました。

アメリカを出る時にのったのは、グリップスホルム号と言い、スウェーデンの船でした。スウェーデン人の船員のほかに、ひとつの船に千五百人がのりこむことになっていました。六階だてになっていて、水面下に二つの階があり、そこは二段ベッドでした。

わたしは学生なので、水面下の第二階にねました。あつくるしいところで、部屋にひとつのくだがあって、そこから、海の上の空気が入ってきました。

戦争前には、ヨーロッパからアメリカにわたる移民をのせるために使われていたそうで、大西洋をわたるのは五日ほどの航海ですから、千五百人をつめこんでも、苦情は出なかったのでしょう。でもこんどはそうはいきません。

この航海では、北アメリカを出て、南アメリカにまわってブラジルのリオ・デ・ジャネイロ沖に一晩とまり、そこで南米ひきあげの日本人をうけとって、さらにアフリカにむかいました。

リオ・デ・ジャネイロにむかって赤道にさしかかるあたりで、わたしは満二十歳をむかえ、学生仲間で誕生日を祝ってもらいました。

何か記念にしようということになり、それぞれが自分の言い分を書いてびんに入れ、そのびんを海になげこみました。

万が一、どこかでだれかにこのびんがひろわれることがあるとして、いったい何語で書いたらいいのか。

数学者のKさんは、自分が発見した定理を図に書きました。これならば、火星人がひろったとしても、わかります、ということでした。

グリップスホルム号がアフリカ・モザンビークのロレンス・マルケス港につきました。上陸後、小雨のふるなか、千五百人の日本人が船の前で一列にならびました。これから入れかわりにグリップスホルム号にのるおなじ数のアメリカ人もたっていました。昔からの友人を見つけて、おたがいに声をかけることもありました。

わたしたちのこんどのる船は、グリップスホルム号にくらべるといくらか小ぶりな、浅間丸とコンテ・ヴェルデ号（もとイタリア船）でした。わたしは浅間丸にのりました。

日本の船に日本人だけがのると、それだけで、その船は日本になります。

船には、軍人がのってきていて、ひさしぶりで国にもどる人びとに、日本人としての心得を教えました。

こどもたちは、アメリカとイギリスへの宣戦の詔勅（一九四一年十二月八日米英に対して天皇による開戦の声明が発表された）をそらで言えるように教えられ、漢字のむずかしいのにこまっていました。

二カ月半の航海をおえて、交換船は横浜につきました。

この船にはわたしの姉とわたしがのっていたので、その二人をのぞく家の人たちみながむかえにきました。

わたしは、区役所に自分の帰国をとどけました。すると、

「今年最後の徴兵検査にまにあいます」

と言われました。

ひさしぶりにまるぼうずで、ふんどしひとつになって、徴兵検査（当時日本の男は満二十歳で体格検査をうけ、甲乙丙丁にわけられた。甲種合格はすぐさま兵士となる）をうけました。

「合格。第二乙」

徴兵官は言いました。兵隊になるために日本に帰ってきたのか。

陸軍からの召集を待っているあいだに、わたしは海軍に志願して、ドイツの封鎖突破船ブルゲンラント号にのって、ジャワのジャカルタにむかいました。

ドイツと日本とは、おなじ側に立って、イギリス、アメリカ、オランダとたたかっていました。このふたつの国は、封鎖突破船と潜水艦とでむすばれていました。封鎖突破船は貨物船で、船足が速く、敵側の警備を走りぬけることを特色としていました。大砲と機関銃と、少人数の兵士とをのせており、攻撃をうけた時にそなえて戦闘の訓練をしていました。この船でのわたしの仕事は、ジャワ島にわたる数人の日本人とドイツ人の乗組員との通訳をすることでした。船がたたかいに負けて、救命ボートにのりくむ場合、日本人とドイツ人とのあいだで、考えがくいちがわないようにするためです。(ブルゲンラント号はやがて南アメリカ沖でアメリカの攻撃をうけ、沈没しました)

ジャワは、日本が占領してから、日本の陸軍がこの島をうごかしていました。海軍は、この島にひとつ事務所をもっていて、それは海軍武官府と言います。わたしがつとめたのはここで、わたしの仕事は、アメリカ、イギリス、オーストラリアの深夜ラジオをきくことでした。

陸軍は、日本が負けたニュースを、かくすことがありました。海軍は、それではこまるのでした。撃沈されたはずのアメリカ、イギリス、オーストラリアの軍艦があらわれて攻撃してきたのでは、日本海軍の海の上のうごきはうまくゆくはずがありません。

「敵側で読んでいる新聞にちかい新聞をつくってくれ」

というのが、海軍でわたしの受けた命令でした。

放送と放送のあいまに外に出ると、ジャワとしてはとても涼しい時間です。この時間には、ひるまねむっていたこどももおきてきて、おとなといっしょにあそびます。そういう村（カンポン）のくらしが、遠くからきこえてくるガムランの音楽にのって、わたしのところにとどきます。

戦争からはなれたおだやかなたのしみが、そこにはあるらしく、わたしはそちらのほうに自分を移したいと思いました。

戦争からはなれたかったのです。

アメリカにいたころから、わたしには、病気があり、何日かおきに血をはきました。ジャワのあつさは、この病気をおもくしました。わたしは、胸の骨のくさる病気（胸部カリエス）にかかり、胸に穴があきました。

陸軍病院に入り、胸の骨をけずる手術を二度うけました。手術は、痛かったが、その病院ではたらくセレベス島出身の准看護婦さんたちが十代の元気な少女たちで、たのしい毎日でした。

病院から出て、日本におくりかえされることになりました。このころには、アメリカの艦隊は、太平洋のまっただなかまで出入りし、日本の船は、軍艦ともども、つぎつぎに撃沈され、日本の連合艦隊はなくなっていました。船を何度ものりかえて、わたしは日本にもどりました。わたしののったことのある船は、その後、敗戦までのあいだに一隻のこらず沈みました。

一九四四年の十二月に、わたしは日本にもどりました。ここで何度もアメリカ軍の空襲をうけました。それでも、アメリカを憎むことはできませんでした。

話はまえにもどりますが、日米開戦の知らせをはじめてわたしにとどけてくれたのは、前にコンコードのミドルセックス校で同級生だった友人で、わたしが屋根うら部屋にもどると、そこに待っていて、

「戦争がはじまった。これから憎みあうことになると思う。しかし、それをこえて、わたしたちのつながりが生きのびることを祈る」

と言いました。しかし、日本にもどってからも、わたしはアメリカ人を憎むことができないでいました。自分が撃沈か空襲で死ぬとしても、憎むことはないだろうと思いました。

一九四五年八月十五日が来ました。わたしは病気でひとりでねていて、ラジオの放送で日本の敗戦を知りました。

どうして自分が生きのこったか、その理由はわかりません。わたしが何かしたために、死ぬことをまぬかれたというわけではないのです。なぜ自分がここにいるのかよくわからないということです。そのたよりない気分は、敗戦のあともつづいており、今もわた

しの中にあります。今ではそれが、わたしのくらしをささえている力になっています。

十六歳から十九歳の終わりまで英語を使ってくらしたので、敗戦まで、わたしは心の中では英語で考えてきました。日本にもどると、「鬼畜米英」（アメリカ人とイギリス人とは人間ではなくて、鬼かけものだ）というかけ声がとびかっていて、それはわたしのことだと、いつもおびえていました。負ける時には日本にいたいと思って帰ってきた結果がこういうことでした。

わたしは、アメリカにいた時、外人でした。戦争中の日本にもどると、日本人を外人と感じて毎日すごしました。それでは、日本人のなかで外人として生きていたことになります。今は、わたしは外人ではないのか。自分の底にむかっておりてゆくと、今もわたしは外人です。地球上のさまざまな外人にとりまかれている、日本人の中の外人です。そこから考えると、この本の題（『わたしが外人だったころ』）から、わたしは、はみだしています。

地球の人口は五十六億人。日本国民の人口は一億二千万人です。

地球上の人間全体の中で、日本人にとっては、外人のほうが多い。日本人は、外人にとりかこまれて、この世界でくらしているのに、日本人本位に考えるのでは、わたしたちは地球上に住みにくくなります。

水沢の人

高野長英の生れた水沢のことからはじめよう。

岩手県水沢に生れて育った美術評論家森口多里（一八九二―一九八四）は、水沢の町の人影のない旧街道を歩きながら、農家出身の伯父から、こんな話をきいた。それは、平安朝の末期に源頼義（九八八―一〇七五）が、その子義家（一〇三九―一一〇六）とともに康平五年（一〇六二）にこの地方の豪族安倍貞任《あべのさだとう》を攻めた時のことである。

安倍貞任の衣川の城は、鶴をいきうめにしてその上に築いたものだったので、八幡太郎義家の軍勢が矢を射かけると、城はまるで鶴が空に舞いあがるように巻きあがって、どうにもしようがなかった。ところが貞任の娘が義家と通じて、城の秘密をもらしたので、攻め手は土中の鶴の首を切って魔術の力を消し、そのために城は落ちた。

貞任が死んだ日は、真夏だったのに、紫の雪がふった。

鶴の仕掛けのほかにも、貞任の軍には、さまざまの工夫があった。貞任は、たくさんの竹田《たけだ》を使って、生きた人間と同じように自由自在にはたらかせて、義家の軍勢をさんざんに悩ませた。

「竹田とは何ですか」

と森口がたずねると、伯父は、

「人形のことだ」

と教えてくれた。（森口多里『黄金《こがね》の馬』三弥井書店・一九七一年刊。親本は三国書房から一九四二年に発行され、発売禁止となった）

水沢の西に駒ヶ岳が見え、その頂上に延喜式にも記されている駒形神社がある。この山の残雪は駒の形に見える。だから駒形神社というのだそうだ。岩手は馬を飼うことで暮らしをたててきた地方だから、馬を大切にする気性が際だっているのだろう。

農家では、山の残雪でそれぞれの季節の気候を予想するので、その形について敏感である。駒ヶ岳にあらわれる残雪の形には三とおりある。旧の五月に普通に見られるものは馬の形であり、その南に鮒の形があり、そのもっと南に畚《もっこ》の形の残雪があらわれる。この一番南の残雪を「たねまきもっこ」と呼び、水沢の町から見て、この「もっこ」の形の中に苗三本うえるのによいほどの空き地ができれば、それが種まきにちょうどよいころだと言われていた。

こんなふうにして毎年見る駒ヶ岳の残雪の形の中に、水沢の農家は、消えていった先人の残した宝ものについての空想をめぐらし、それに自分たちのひそかな願いをむすびつけたりした。

水底の女神からさずかった馬が、その飼主の農夫に不思議な富をもたらしたが、飼主の兄弟からむごいしうちを受けたために逃げだして駒ヶ岳の山中にかくれたという。この時からこの山の残雪は馬の形となったと伝えられる。水沢の西、駒ヶ岳のふもとに住む農夫から、森口多里は、この話を聞いて、「黄金の馬」という童話をつくった。(『町の民俗』ジープ社・一九五〇年刊)

安倍貞任が朝廷の軍勢に攻め滅ぼされた時に紫の雪がふったとか、駒ヶ岳に宝の馬が逃げこんだとか、そういう伝説は、亡びた人びとへの哀惜を感じさせる。

もともと安倍一族が京都の軍勢に反抗して前九年の役と言われる戦いをはじめたのは、この地方を治めていた安倍頼時が自分の子の貞任の嫁に、京都軍の部将藤原光貞の娘をもらいたいと申しいれたところ、蝦夷《えみし》(彼らがアイヌかどうかは論争のわかれるところだが)にはやれないと断られたからだという。何かというと藤原氏が出てくるところに、この地方のぬきがたい劣等感があらわれている。事実はどうであれ、異民族として見られていたのであり、それが戦争の原因となった。

安倍氏が滅んだあとで、やはり地方の豪族の清原氏がおこり、その支配が続いたが、清原氏も自分たちの一族が京都から低く見られていることをいやがって、自分たちの文化が京都の文化とならぶほどのものであることを見せようとして平泉に中尊寺を建てた。戦後の一九五〇年の長谷部言人らの調査によって、平泉の中尊寺に残る清原氏の四体のミイラがアイヌよりも「日本人」の特長を具えるものとされたけれども、清原氏は京都くだりの人びとと血縁を結んだのちにも自分たちを大和とは別のものと考えていた。清原清衡が中尊寺にささげた供養願文によれば、彼らは「俘囚之上頭」「東夷之遠酋（あずまえびすの昔からのかしら）」とみずからを呼び、長くさげすまれてきた自分たちの仲間のうちで、罪なくして殺されたものの霊を慰めるためにこの寺を建てたという。

この清原氏は、京都の人びととの血縁を求めて藤原氏と称し、中尊寺を建てて京都の文化を学習する力があることを証明したが、やがて中央政府を主宰する源頼朝にそむいた義経をかくまったという言いがかりをつけられて、鎌倉幕府の軍勢に滅ぼされた。その後、この地方は幕府支配下の豪族の領地とされる。徳川時代に入ってからは、岩手県の北は南部氏に、南は伊達氏の支配下におかれる。ただし水沢は伊達の支配下でも、その支族留守《るす》氏の領地とされ、別格の扱いをうけていた。

岩手県水沢市は、北上山脈と奥羽山脈とにはさまれた北上盆地にある古い城下町で、今（一九七五年）は人口五万。仙台から百二十キロほどのところにある。

一九五二年、耕地整理のさいに壺型の弥生式土器が発見され、二〇〇〇年ほど前この地方にすでに農耕文化が栄えていたことがわかった。

書かれた歴史の上にこの地方が登場するのは八世紀のはじめくらいからである。延暦七年（七八八）、京都の朝廷が紀古佐美《きのこさみ》を将軍として、胆沢《いざわ》の賊を討つこととなったとある。五万二千八百の兵をもってした、この討伐はうまくゆかず、衣川の戦闘後、戦線は膠着し、かえって、そのころこの地方が京都の政府にとって一つの敵国としてたってい
たことをあきらかにした。

延暦十三年（七九四）には中央政府軍は十万の兵をもって攻めたが戦線に大きな変化はなかった。やがて延暦二十一年（八〇二）、大伴弟麻呂が征夷大将軍となって、坂上田村麻呂とともにこの国にむかい、ついに敵をくだした。坂上田村麻呂は水沢の近くに胆沢城を築いた。

先史時代からこのころまで、どのような人びとがここに住んでいたかは、今後の研究にまつほかない。アイヌ人であるという説もあり、アイヌ人と雑婚した「日本人」であるという説もある。岩手県では九戸郡軽米《かるまい》町や盛岡市米内《よない》から、北海道のアイヌ人の使ったものとおなじ型の土器が出ているのだから、岩手県にアイヌ人が住んでいたことはあきらかである。大きな石を放射状に組みあわせて輪の形にしたストーン・サークルも、岩手県内十四カ所に見出されており、ここに、大和を中心とする文化とはちがう文化をもつ人びとが、かつて住んでいたことを示している。

先史時代から中世にかけて、大和の支配とは別にここに暮らしていた人びとについて、その人たちがどういう人たちだったかは、わからないままに、水沢人は、東京人や京都人とおのずからことなる親しみをいだいている。このことは、美術評論家森口多里の故郷回想にうかがわれるとおりである。

「水沢人の通ったあとには、草もはえない」

そういわれるそうである。

去年の秋、私が水沢をたずねた時、水沢市史編纂委員小林晋一は、水沢人の気質について こんなことを語った。

「それは、商いにしても、仙台のような大きな町の人のように店に座ってやるわけにはゆかないからで、ここでは歩きまわって売り歩くのだから、その下にはぺんぺん草もはえるゆとりもないというわけです」

水沢の人は、それだけ勤勉だというふうに、見られているのだという。

「もう一つ。水沢人が来ると、むこうから侍が来たようだ、とも言いますね」

それは、水沢人が気位が高いという意味だという。

「このあたりの他の町の人たちと議論なんかするときには、たしかに、水沢の人は議論の仕方は鋭いですよ。それに、たしかに教育を大切にしますね」

旧藩士の住んでいたあたりを案内してもらいながら、世界全図をいちはやく書いた佐々木高之助（養子となって箕作省吾）、日本で最初の社会学概説を訳述した山崎為徳などの生家を前にして聞くと、この話は説得力をもつ。この小さい町には、独特の知的勤勉さを養い育てる力がはたらいていたようだ。

もう一度、森口多里の著作にかえろう。森口は明治二十五年生れであるが、彼には明治維新より前の文久二年（一八六二）に生れた母がいて、その母からの聞き書きをもとにして『町の民俗』という本を書いた。

水沢人の気位の高さなどについても、この本は、それを養い育てた伝説を記している。伝説によれば、水沢の城主は伊達支藩の留守家ということになっているけれども、水沢人にとっては、自分の藩は伊達家の家風にたつものとは考えられない。留守家はもともと大化改新のころの大織冠藤原鎌足を遠祖とする名家であり、武家政治に入ってからは陸奥国の留守職に補され、それ故に留守と名のるようになったものである。

そういう家柄だから、正月の門松はまず留守家が立てなければ仙台の伊達家では立てられないという習わしがあり、ときには留守家が伊達家を困らせるためにわざと門松を立てるのをおくらせ、そうすると伊達家のほうでは、早く立ててくれと催促の使者を何度も留守家に送ったものだという。

　実際の禄高は一万石そこそこにすぎず、城といっても堀のついた邸程度のものをもつにすぎないのだから、留守家は伊達の六二万石に及びもつかないのだが、伊達の配下となってから三〇〇年近くもこのように、いくらか負けおしみめいた言い伝えによって、みずからの優位を保とうとし続けたところに水沢人の特色がある。

　それに、水沢町の西裏にある日高神社という郷社の神様はメッコ（片目）であらせられるので、この神様を産土の神とする水沢人は、誰でも一方の目が少し小さいと言い伝えられているそうだ。このように顔かたちまで近所の人びととちがうように言われているのは、水沢人が近くの人びとにたいして、いくらかちがう性格をもつものとしてみずからを印象させていたからであろう。

一五四三年（天文十二）、ポルトガル人が種子島に来て鉄砲を伝えた。この時にはじまる日本人とヨーロッパ人との出会いは、種子島から遠くはなれた東北の水沢にまで影響をもたらした。水沢の人びとは、安倍氏や清原氏ともちがう異民族の姿に接することになる。ヨーロッパの文化は九州から山口、さらに大坂、京都を経て、関東を通って東北に達するのだから、日本の中ではいくらか遅れてこの地方に伝えられたのだが、いったんこの地につくと、中央政府がヨーロッパとの交通を禁じたり、キリスト教を禁じたりしても、その命令がすぐにはここで行われないということもあって、鎖国後もしばらくこの土地に影響を残していた。

H・チースリク神父の『キリシタン人物の研究』（吉川弘文館・一九六三年刊）にえがかれたペドロ・カスイ岐部《きべ》の伝記を読むと、すでに鎖国時代に入ったあとの日本で、水沢がキリスト教の活動の中心の一つとなっていたことがわかる。

岐部神父は、東北の生れではなく、天正十五年（一五八七）に、九州豊後地方の浦辺に武士の子として生れた。

熱心なキリシタンを父母にもった彼は、有馬のセミナリヨで勉強して、そこでポルトガル語とラテン語を自由に使いこなせるまでにいたった。その語学力は、彼の手紙によくあらわれている。

慶長十九年(一六一四)、彼が二十七歳の年に、徳川幕府はキリシタン禁令を発し、教会のとりこわしと宣教師の追放を命じた。十一月六日と七日の両日、宣教師たちは五隻のジャンクにおしこめられ、その二隻はマニラに、他の三隻はマカオに送られた。岐部神父はマカオに行く組の中にあった。

それからさらに三年たった元和三年(一六一七)、何人かの日本人神学生は(岐部もその一人だったが)、独力でローマに行って勉強を続けようと考えた。日本人にたいして信頼をもっていないヨーロッパ人の神父にとって、この決意は反抗と見なされた。巡察師フランシスコ・ヴィエイラ神父はローマに手紙を送って、これらの日本人を信用しないようにとすすめた。

その中の何人かは、そこ〔インド〕からさらにヨーロッパへ、ローマへ行こうと考えている。しかもその信仰のゆえに日本から追放された人々だということを口実にして。初めは、そうであったが、今はしかしこの若者たちはただ司祭となり、それからその身分で日本に帰るつもりでいる。司祭であることは、日本では名誉と思われ利益でもあるからである。しかし彼らは新信者であり、生れつき自負心が強く、新しがり屋であるから、もし司祭として日本に帰り、会の司祭たちと分離し、異教徒である親族や知人に近づき、離教や異端に陥いるような状態になれば、日本の信徒に大きな害を与えることも起こるであろう。既にこのようなことは、修道士であった者、あるいは伝道士または神父たちの助手として教会に属していた者で会を離れた数人の人々において起こったのである。この事情のもとでは、ローマやその他ヨーロッパの各地に行く者は、たとえラテン語が少しできたり、そのほか善い素質を備えていても、絶対に司祭になるための援助をしてはならないことが肝要であろう。

ここには、あるいは青年時代の岐部たちの性格がうつされているかもしれないが、おそらくはそれ以上に、日本人を見る時の当時のヨーロッパ人の見方があらわれており、ヨーロッパ人のみずからの優越性についてのかたい信念がうかがえる。

かれらが転向するであろうというヴィエイラ神父の予言は、はずれた。小西マンショについては、日本帰国後の活動についてはわからないが、その他の松田神父と岐部神父とはともに鎖国の中で最後の一息まで働きつづけたからである。

岐部はマカオからインドに行き、ポルトガル領インドのゴアから船でペルシャ湾口のオルムズに行き、ペルシャをへてパレスティナにむかう隊商の群にくわわったらしい。岐部は、イエルサレムとパレスティナを訪れた、おそらくは最初の日本人である。

一六二〇年（元和六）、彼はローマに着き、イエズス会への入会を許された。

私は自分の召命に満足している。そして自分の救いと同胞の救いのため進歩しようという大きな望みを抱いている。

と、岐部は、入会にさいして書いた。

徒歩でヨーロッパまでやってきた彼は、三十四歳の大学生としてグレゴリアン大学（当時のコレジョ・ロマーノ）で倫理神学をまなんだ。二年の修練期を終えないうちに、岐部は日本に帰る許しを総会長に求め、一六二二年（元和八）六月六日、ローマをはなれて、スペイン、ポルトガル、アフリカ、インド、マカオ、マラッカ、タイ、マニラと苦しい旅をつづけたあと、寛永七年（一六三〇）、十六年間の海外放浪を終えて薩摩半島の南端、坊ノ津に上陸した。この時、四十三歳だった。

早くもポルトガルにいた時、岐部は日本について的確な状況判断をもっていた。一六二三年二月一日、リスボンで書かれた手紙に彼はこう書いている。

日本ではまだ迫害が荒れ狂っている。いや、むしろ悪化の傾向にあるらしい――私がマドリードで一六二二年度の日本からの諸神父の書簡で読み取ったところでは――とりわけ一軒一軒が捜索され、そのため神父たちは絶対に隠れることができない。このようなことは以前なかったことである。フランシスコ会士が教皇パウルス五世時代にローマへ使節〔支倉常長〕をおくり出した奥州では、新しい迫害が勃発した。それは、使節が帰国したとき、領主であり使節の主君である伊達政宗が、いかなる理由からかは知らないが、命令を発し、領内のすべてのキリスト教徒は、武士であれ商人であれ、或いはその他のものであれ、信仰を捨てないかぎり、すべて追放することとしたからである。このためフランシスコ会員も我らの会〔イエズス会〕の人も、この地方で説教することが不可能になった。にもかかわらず、私は神の御助けと殉教者の功徳に信頼し、ローマの初代教会でもそうであり、他の国々でも証明されたようなことが、彼らの血によって日本でも起ることを希望し、またキリストを知る人がふえることを願っている。

説教することが不可能になったと見ているこの地方に、進んで岐部は出かけてゆき、寛永十年（一六三三）ごろから寛永十六年にかけて、六年にわたって活動した。岐部神父が東北地方についたころには、ここには二人のイエズス会員（ジョアン・バプティスタ・ポルロ神父とマルチノ式見神父）、四人のフランシスコ会員（フランシスコ・デ・バラハス神父、フランシスコ・デ・サン・アンドレス神父、ベルナルド・デ・サン・ホセ神父、ディエゴ・デ・ラ・クルス神父）がまだはたらいていた。七年前の寛永三年には、奥州と出羽の信徒数は二万六千人に達したと教会に報告されている。

岐部神父が最後に水沢を根城にしてはたらいたことは、長三郎という密告者のとどけでにのこっている。

仙台藩水沢と申所《もうすところ》に三宅藤右衛門と申者、夫婦きりしたんにて御座候《ござそうろう》。年五十年許《ばかり》に罷成《まかりなり》候。男子一人三十許に罷成候、木部宿《やど》を致《いたし》候故《ゆえ》宗門之儀《ぎ》に存《ぞんじ》候。
二月十三日

寛永十四年（一六三七）に島原の乱がおこり、これが鎮圧されてからも武力蜂起におびえた幕府はキリスト教徒への警戒をきびしくし、密告者に賞金をあたえるようになった。こうして岐部神父についても、密告がおこなわれ、彼は寛永十六年春、式見神父とともに捕らえられて江戸に送られた。

江戸では、評定所で何度も取り調べをうけ、信仰をかえるように言われたが屈せず、ついに「穴吊し」の刑にかけられた。それは囚人がひとりで、あるいは何人かまとめて足を棒にくくりつけられ、頭を下にして穴の中につりさげられる刑罰である。血行をさまたげるために全身を縄でぐるぐる巻きにし、時としては血の圧力を低めるために、こめかみを切り開くなどすることもあった。刑をなるべく長びかせるために、毎日少しずつ食事をあたえた。九日間にわたって、この刑罰にたえ、死によって終った人もいたし、ついに、なにもいわずにただ念仏を唱えたと奉行所側に書かれたものもいる。式見神父は念仏を唱えたと言われるが、その後も釈放されることなく、数年生きながらえたのちに病死した。

岐部神父については、キリシタン奉行井上筑後守は「契利斯督記」にその最後を次のように書いた。

キベヘイトロは転《ころ》び申さず候。吊し殺され候。是は其時分までは不功者にて、同宿二人キベと一つ穴に吊し申し候故、同宿ども勧め、キベを殺し申し候由《よし》。キベ相果《あいはて》て候てより後、両人の同宿ども転び申し候に付、つるし場より上げ、牢屋へ遣《つかわ》し、久しく存命にて罷在《まかりあ》り候。

地獄からの報告のように聞える話である。この知らせは、大目付太田備中守をとおして長崎でポルトガル人に伝えられ、かれらはそれをマカオにもたらした。マカオには、転向を伝えられた同宿二人のうちの一人ポルロ神父の学友であったアントニヨ・ルビノ神父がいて、この知らせをさらにローマのイエズス会総会長に書き送っている。

ポルロ神父についてそのようなことを、私は信じることができない。私は彼と一緒にミラノの学院で育ったからである。その頃の彼は学院で最も熱心な人々のひとりであった。そしてペドロ・カスイ神父〔岐部神父〕の不屈の信仰に慰めを覚えるだけに、知らせが真実であるとすれば、他の二人の弱さが私を悲しませる。

ルビノ神父はこの手紙を書いたあと、日本に潜入し、捕らえられて、長い間の拷問にたえ、寛永二十年（一六四三）に刑死した。

岐部神父の最後の活動の根城となった水沢の近くの見分《みわけ》というところには、その少し前まで後藤寿庵の領地があった。

今では水沢市内に組みいれられた見分までゆくと、ひろびろとした畠の中に低い塀でかこった遊園地があり、こどもが来て弁当を使ったり、遊んだり、便所に行ったりできるようになっている。

公園の正面奥に瓦屋根をいただいた一枚の壁があり、近づいて見ると、十字架の下に「贈従五位後藤寿庵先生之碑」とあり、その両側に、日本語とラテン語とで経歴を刻んだ石板がはってある。ラテン文はカンドウ神父による。日本文は、『奥羽切支丹史』（岩手県学校生活協同組合出版部・一九五〇年刊）の著者菅野義之助によるもので、昭和六年（一九三一）九月という日付である。この碑文にも、朝廷から従五位が贈られたことが書いてある。それは、当時の皇太子（昭和天皇）の成婚の式典に際して各地の功労者になされた叙勲の一部だった。

寿庵は、姿を消してから三百年余りの間、水沢の人びとの間に語り伝えられて生きていた。大正十三年（一九二四）に朝廷からの贈位があった時にはじめて、彼は水沢という一地方をこえて注目された。その後、キリシタン史研究家の菅野義之助らの努力で、昭和六年十一月五日に寿庵廟が完成し、それから寿庵祭が、神道の儀式に従っておこなわれるようになった。この儀式が神道の式典からカトリックの式典にかわったのは、敗戦後六年をへた昭和二十六年五月十二日のことで、その前年にスイスのベトレヘム宣教会が水沢市にカトリック教会をたててからのことである。

寿庵祭は今では、五月中旬の日曜日に「後藤寿庵大祈願式典」と呼ばれて、農民のゆたかな収穫を祈る祭りとして毎年おこなわれている。秋には九月十一日に、その年の収穫をささげて感謝祭をおこなう。これらの祭りをつかさどるカトリック教会は水沢市横町にあり、その教会の正面玄関の上に、裃袴《はおりはかま》に両刀をたばさんだ、かっぷくのいい中年の武士として後藤寿庵の大きな像がかざられている。

今では寿庵は、中央政府公認の偉人であり、国鉄の観光資源の一部になっているのだが、そうなるまでの三百数十年にわたって、彼は水沢市郊外の農民の伝説の中に生きていた。

高野長英が生れて育ったころの水沢には、おそらくは地名にふれて、寿庵のことは、話題にのぼっただろう。胆沢川は、寿庵が堰をつくって水をひきこの地方の水不足を解決したところ、福原は、ヨーロッパ人の神父を呼んでカトリック教会を建てたところ、見分森の近くは、十字架場《クルスば》と呼ばれて、クルス（十字架）を建てて信者をうめた墓地として、長英の耳にとどいたものと思う。

H・チースリクの「後藤寿庵」（『奥羽史談』第六巻第三号から第七巻第一号）によって、寿庵について残っている資料を見ると、彼の生涯のあらましは、こういうものだったらしい。

後藤寿庵は、水沢で菅野義之助の発見した「平姓葛西之後裔五島氏改《あらため》後藤家之家譜」の示すところでは、もとは相模の藤沢の城主葛西家につかえる岩淵近江守秀信の三男で、又五郎という。

主家の葛西氏は、藤沢のあたりを四百年にわたって領有した名家であったが、天正一八年(一五九〇)豊臣秀吉の軍勢と戦って破れた。その幕下の岩淵家もこの時に領地を失い、又五郎(のちの寿庵)は浪人となって長崎にわたり、しばらく五島に住んだ。彼はここから五島と名のることになる。キリスト教と接したのは長崎においてであり、キリスト教迫害を、五島に潜伏して逃れたという。その後十四、五年の間、外人神父との交際をとおして海外の知識をたくわえ、幕府の依託によってメキシコにわたった。帰国して支倉常長に会い、支倉に海外の事情を伝え、支倉の推挙によって伊達政宗に召し抱えられ、水沢に近い福原に領地をあたえられ、政宗のきもいりで後藤孫兵衛の娘を妻とし、みずからの姓をこの時、五島から後藤に改めたという。

チースリクの考証によれば、寿庵が二十六聖人殉教のころ、長崎での迫害を逃れて五島に潜伏したというのは、この二十六人はじめ、京都からつれてこられた人びとのことで、当時長崎在住の信者に迫害が及んだということはないから、おそらく事実ではない。また、支倉常長のメキシコ行きのために助言をしたということも、寿庵が伊達家臣としてこの使節派遣に反対したというデ・アンジェリス神父の書簡が残っているので、これも事実ではなかろうという。

明治初年につくられた「後藤家之家譜」は、チースリクによると信用できないものだと言われるけれども、江戸時代後期から明治にかけて、水沢近辺に残っていたうわさ話の合成記録としては信用できるものではないか。歴史文書などとつきあわせて年代を確かめることのない人びとの口伝えのあいだに、支倉一行のメキシコ行きと寿庵のメキシコ行きとが結びつけられたり、五島と後藤とが結びつけられたりするのも、あり得ることと考えられる。

当時の文献によって見ると、伊達藩には後藤という家名をもつ藩士が多く、寿庵はおそらくその中の一人で、水沢に近い見分（三分とも書き、のちに福原とも呼ばれる）に六十五貫三百十五文の所禄をもつ館をもっていた。

東北地方に来た最初の宣教師はフランシスコ会のルイス・ソテロで、彼は伊達政宗に従って慶長十六年（一六一一）に仙台に来た。幕府によるキリシタン禁止はあくる年の慶長十七年のことであり、伊達藩ではなおも布教は大目に見ており、そのまたあくる年の慶長十八年に支倉常長一行百二十人を、メキシコを経てローマに遣わすくらいだから、伊達家臣の間にキリスト教を奉じるものが多くこの数年にあらわれた。デ・アンジェリス神父の手紙によれば、慶長十六年にはすでに寿庵はキリスト教の信者だった。

慶長十九年に、徳川家康の軍勢が豊臣秀頼を大坂城に攻めた時、後藤寿庵は伊達家の鉄砲隊長として、この大坂冬の陣に参加して徳川勢を応援した。横山弥次右衛門とともに鉄砲六十丁の一隊をひきいて戦ったという。

あくる年、慶長二十年(一六一五)の大坂夏の陣には、横山弥次右衛門、馬場蔵人とともに鉄砲百丁の一隊をひきいて戦ったという。

大坂の役から帰ってから、寿庵は堰をつくって胆沢川の水を荒地にひくことを思いたった。おそらくは元和四年に堰の工事に着工したものと言われている。この工事は、何度も洪水にあって失敗したが、寿庵は外国人の神父に学んだ方法で、機械を使って大きな石を動かし堅固な石垣をきずいた。

堰が三分の一ほどできたころに、キリシタンの迫害がはじまり、やがて寿庵は領地から追放されることになった。工事は、遠藤大学にひきつがれて完成し、その後、歴代の修理をへて今日に至り、胆沢郡の大半にあたる約二千六百町歩をうるおしている。その影響は、地域の人口六万人以上に及び、米の年産額は三十万石であるという。

元和七年(一六二一)、伊達政宗はキリシタン禁制のおふれを領内に出して、家臣にキリスト教をすてることを命じた。

ヒエロニムス・マヨリカが一六二二年(元和八)十月六日にマカオで書いた「一六二一年度年報」では、伊達政宗と後藤寿庵(ヨハネス・ゴトー)の間にこんなふうなやりとりがあったという。

政宗はヨハネスに好意をもっていたので、強い圧迫をくわえず、次のように要求した。

「三つのことを誓うならば、ヨハネス自身はキリスト信徒としてとどまってもよろしい。

第一には、わずか一時間でも、自分の屋敷の中に、宣教師を立ち入らすことを許さない。第二には、他の誰かにキリスト教の信仰を勧めたりしないし、その信仰を続けてゆくように勧めたりしない。第三には、ヨハネス自身が政宗からキリスト信者としてとどまる許しを得たということを秘密にする」

ヨハネスは神父たちと相談した上で、次のように政宗に答えた。

「そういう誓いをたてることは、私の信仰から言って、とてもできません。もし、こういう誓いをたてないと信仰を許していただけないのなら、殿のおひきたてをうけることができなくなって、私の生命も財産も投げださなければならないようになったとしても、悔いることはありません」

この答をきいて、政宗は腹をたてたが、それでも、この時には、寿庵の言うままにまかせた。

しかし伊達領内のキリシタン迫害はすすみ、ついに水沢におよんだ。ヨハキンとアンナと名のる夫婦が水沢で殉教した。二人が死刑になる前に、寿庵の骨折りで、アンジェリス神父が彼らをたずねて告解をきいた。

そのころ、東北の信者たちのもとに、ローマ法王パウロ五世から一通の手紙が届けられた。日本語とラテン語でそれぞれ書かれた手紙は、ローマ法王が数百年来の大工事だったサンピエトロ大聖堂の完成にあたってこれを祝して贖宥《しょくゆう》をあたえ、その教書にそえて、迫害下の日本の信徒へのはげましを書きおくったものである。

手紙は、一六一七年（元和三）に発信され、三年かかって一六二〇年（元和六）に日本についた。その到着は、昭和はじめに国際共産党のテーゼが日本にもたらされたとおなじように、秘密の大事件だったにちがいない。イエズス会管区長クーロス神父は、手紙を日本語に翻訳させ、その写しを神父らをとおして各地方に届けた。手紙が東北地方に届いたのは、あくる年、一六二一年の春か夏かであったという。

法王の手紙を東北に届けたジョアン・バプティスタ・ポルロ神父は、水沢まで来て、後藤寿庵の館のある見分に滞在したものと考えられる。伊達政宗の命令にさからって、寿庵は外国人神父に宿をかしつづけていたのであろう。

ここでポルロ神父と話しあって、おなじ年、一六二一年九月二十九日（陰暦・元和七年八月十四日）の日付で、奥羽地方のキリスト信徒はローマ法王にあてて手紙を書き送った。その手紙は、日本の各地方の代表者がそれぞれ書いたもので、五通がヴァチカンに保存されている。奥羽地方の信者の筆頭に後藤寿庵が署名し、花押《かおう》を添えている。

寿庵たちの起草したパウロ五世への奉答文は、当時の日本のキリスト者の側から見た宗教裁判の様子をつたえる。

貴き御書《おふみ》、奥州のキリシタン中頂戴せしめ、謹《つつしみ》て拝読仕《つかまつり》候。誠に忝《かたじけな》き儀、感涙肝《きも》に銘じ、有がたく存じ奉り候。尊意の如く、日本のエケレジヤ〔教会〕、数年相つゞき、ヘレセキサン〔迫害〕きびしきやうすにて御座候。然りと雖《いえ》どもヒイデス〔信仰〕にたいして身命を惜まずDs〔神〕の御名誉をかゝげられ候。毎年こゝかしこにマルチレス〔殉教〕御座候をもて御照覧成さるべく候。

偖《さて》、我らが国奥州と申は、日本国の内東《うち》のはてにて御座候。此出羽奥州両国の内、大名あまた御座候。景勝（上杉）三十万石、松平下野守（蒲生秀行）六十万石、伊達政宗六十万石、最上義秋廿二万石、秋田仙北にて義宣（佐竹）十八万石、南部信濃十二万石、津軽越中守四万五千石、右大名衆の領内在々所々におゐてエワンゼリヨ〔福音〕ひろまり、大に繁昌仕候。然る処に、去歳上旬の比《ころ》、伊達政宗、天下（徳川将軍）を恐れ、私の領内におゐてヘレセキサン〔迫害〕ををこし、あまたマルチレス〔殉教〕御座候。御出世〔イエス誕生〕以来千六百廿年（元和六年）セテンホロ〔陽暦九月〕の四日より穿鑿《せんさく》仕りはじめ候。ころばざるをころびたるとそばより謀判など仕り候へども、次第に聞付け、奉行の前へ出《い》で、曾《かつ》て以てころばざる由申ひらき、ヒイデス〔信仰〕堅固に之ある儀に候。此節に貴き御親、御哀憐の御内証より、尊翰并にジユビレヨ〔聖年〕の御ゆるしを下され候儀、諸キリシタン、大なる力を得、ヒイデス〔信仰〕の勇気、ヘレセキサン〔迫害〕のために鉾楯と罷りなり候御厚恩、筆紙に申し尽しかたく候。

当国にキリシタン出来申すことは、此七ケ年以前ゼス、のコンパニア〔イエズス会〕のパアテレ〔神父〕、ゼロニモ・アンゼリス下向候て、種々才覚をもて、諸方を廻り、エワンゼリヨ〔福音〕を弘通せられ候。近き比《ころ》のキリシタン、乳房をふくむ童子のごとくに御座候へども、Ds〔神〕のガラサ〔恩寵〕をもて、数度のヘレセキサン〔迫害〕にも勇猛精進の心ざしをあらはし、Ds〔神〕の御名《みな》をゼンチョ〔未信者〕の前にかゞやかされ候。誠Ds〔神〕の御恩忝く存じ奉り候。当時はコンパニア〔イエズス会〕のPr〔宣教師〕三人、其外ゼンチョ〔未信者〕をヒイデス〔信仰〕の道にひき入る、教化者あまた相添ひ、諸キリシタンのヒイデス〔信仰〕をか、へそだてられ候。政宗へレセキサン〔迫害〕の砌《みぎり》も、彼Pr〔宣教師〕アンヂリス、政宗の居城をはなれず、難儀におよぶキリシタン衆をすくひたて、ヒイデス〔信仰〕よわりたる者どもを、ヒイデス〔信仰〕に立かへされ候。さまをかへ、在々所々をかけまはり、しのびしのびの合力をあさからず候。誠に大事の節、粉骨を尽され候コンパニア〔イエズス会〕の衆の芳志、出羽奥州のキリシタンダデの為、深重に存じ奉り候。今より以後Ds〔神〕の御奉公に相届き申し候やうい御ふびんを加へ給ひ、恐ながら、御ベンサン〔祝福〕を仰ぎ奉るべき為に、此のごとく言上《ごんじよう》仕候。

誠に功力なき者どもに御座候へども、御憐みの貴き御親御無事安全、サンタエケレジヤ〔聖教会〕御繁昌、并にエレジヤ〔異端〕退転の為に、朝暮、日本のコンタ〔じゅず〕をもてオラシヨ〔祈禱〕申上げたてまつり候。誠惶誠恐敬白。

この長い手紙をうつしたのは、まぼろしの人物のようにさえ見える後藤寿庵が、このように明白な痕跡を歴史の上に残していることを示したかったからである。

後藤寿庵の晩年についておしはかる手がかりをあたえるものは、彼とディエゴ・カルヴァリョ神父（一五七八―一六二四）のつきあいである。

カルヴァリョ神父は、一五七八年にポルトガル王国のコインブラで生れた。十六歳の時にイエズス会に入って僧となり、一六〇〇年、二十二歳の時に故郷を離れてポルトガル領インドのゴアに達し、マカオを経て、一六〇九年に日本に達した。一六一四年にマカオに追放されたが、元和二年（一六一六）には、ひそかに日本に帰り、長崎で一年ほどはたらいたのち、翌年には東北地方にむかった。この時、カルヴァリョ神父は三十九歳だった。彼は長崎五郎右衛門となのり、商人となったり、坑夫となったりして旅をした。元和六年には、三カ月ほどの旅行をして北海道にまでわたっている。北海道行は、津軽領を困難なく旅をしてまわるために必要だったらしい。北海道から帰ってくるということになると、らくに津軽の関所をとおれたものらしい。津軽の関のような難所を外人神父が通り抜けたということは、当時のキリスト信徒を大いに力づけたものらしく、弁慶が富樫の前でにせの勧進帳を読んで安宅の関を通りすぎたという古典的な舞と踊りとは、カルヴァリョ神父の今回の壮挙によって新しい舞と踊りに改められる必要があるという冗談を言う人が出たくらいだった。

津軽と北海道で、カルヴァリョ神父は、日本の各地から追放されてきたキリスト信徒に会って、力づけている。信徒たちは、鉱山の近くに移民部落をつくっていた。砂金を求めて来る渡り者の数は多く、その人びとにまじって山の中に住んでいれば、幕府と寺の手先も面倒なのでそこまで入ってくることはなかった。鉱山の部落には、キリスト教の祭壇がもうけられ、そこで公然と礼拝がおこなわれた。

伊達領にもどってからカルヴァリョ神父は、水沢の後藤寿庵の領地を中心に活動をつづけた。一六二三年のクリスマスを、カルヴァリョ神父は寿庵とともに見分で祝っている。それは見分キリシタンの最後のクリスマスとなった。あくる年の一六二四年二月六日(陰暦・元和九年十二月十八日)あるいはその翌日に、捕方は後藤寿庵の館を占領し、キリシタンの家々を襲った。

カルヴァリョ神父は胆沢川をさかのぼって山中に入り、一村あげてキリスト信徒となっていた下嵐江《おろせ》の部落に隠れたが、捕方がこの村に達し村人を苦しめるのを見て、みずからすすんで捕らえられた。彼は同信の人びととともに水沢にひいてゆかれ、そこで老齢のためについてゆけなくなった二人が首をきられた。カルヴァリョ神父は、一六二四年二月二十二日(陰暦・寛永一年一月四日)、雪のふりしきる仙台の広瀬川で水責めに遭い、仲間とともに殉教した。(H・チースリク「仙台の殉教者カルヴァリョ神父」『奥羽史談』)下嵐江の部落は戦後一九四九年ダムをつくるために移され、ここにはいま家ひとつない。

同時代の神父たちの報告に見えるように、禁教の下で、伝道者は、信者の家の二重壁の間に隠れ、癩病患者のたまりに隠れ、金山の坑夫の群れに隠れ、津軽から北海道への商人となって隠れた。その伊達領の国境を北にこえて、これらの隠れ場所がどのように分布しているかを、カルヴァリョ神父、デ・アンジェリス神父（この人も北海道に渡ったことがある）などから後藤寿庵は聞いて知っていた。寿庵が数十名の家臣とともに伊達領をこえて北にむかった時、かつて鉄砲隊の隊長、寿庵堰の設計者だった彼は、一行の行手にあるものについてひととおりの見とり図をもっていたはずである。その後の寿庵一行の足どりについては、十年ほどして彼らの影響でキリスト教に入信したものがあったという記録の他には、何もわからない。南部領に入ってから引き返してもう一度伊達領にもどって隠れ住んだという説も種々あるようだが、確実な証拠はない。

鎖国は寛永一六年（一六三九）に完成するが、日本全国いたるところで同時に鎖国が成立したわけではあるまい。歴史家は、鎖国時代をつらぬいて明治まで残存したキリスト教信仰として五島の隠れキリシタンに主に眼をむけるが、そのように現代とのつながりをつくりだすことのできなかったさまざまの場所で、キリスト教の信仰とヨーロッパ渡来の科学思想はしばらく保たれ、終りをむかえたのだろう。東北地方の金山、銀山、銅山、鉛山、鉄山、癩患者の宿、山間の部落には、鎖国の時代に、禁制の思想が、しばらく生きていたということを、それが今日まで生きつづけなかったにもかかわらず大切に考える視点もまたあり得る。

水沢から南部領にこえた岩手県和賀郡の桂沢金山坑道内にあったという、鉱石のくずに刻んだ十字架の写真を見たことがある（『風土記日本』第五巻、平凡社・一九五八年刊）。そこにへこんだ十字架のしるしとなっているところには、おなじところでとれた金がはめこんであったというけれども、それは、その後の月日にいつしか盗まれ、くぼみをもつ鉱滓《かなくず》だけがうち捨てられて今日まで残った。人類の文明そのものが、このように無機物上のくぼみとして残る日がやがては来るであろう。今日まで残って伝えられている遺産だけを大切に思うという考え方に私は与《くみ》することができない。

後藤寿庵が自分を消した仕方には、老子出関を思わせるところがある。老子が税関吏の求めに応じて道徳経を残して関所をこえていったように、寿庵は寿庵堰を残して国境をこえて北にむかった。彼が姿を消したあと、その友人であり、しばらく前までは同信の仲間でもあった横沢将監が、寿庵の財産整理にあたったが、そこにおびただしい負債を見つけた。横沢の報告書によると、寿庵の負債はすべて村のためにしたことで自分自身には一両もとっていないという。

寿庵は困っている領民のために年に四割までの免税をしたり、租税を待つことにしたり、補助金や貸金で助けたりした。胆沢川の堰をつくる工事でも多額の負債をつくった。横沢は友人のために二カ月ほどで領地の決算報告を出した。その後、見分領は留守家の領地に編入された。寿庵の家臣のうち八七家族が、キリスト信仰から離れて見分に残ったと言われ、その子孫は今日もおなじ見分に暮らしている。日本の歴史上の人物の中で、後藤寿庵ほどに退場のあざやかな人を知らない。

チースリクがローマで見つけたもう一つの後藤寿庵の手紙は、元和三年（一六一七）

十月九日の日付をもち、その中に、三つの村のキリスト信徒四百五十人を代表してこの手紙を送るとある。この三つの村とは、水沢近辺の見分村（福原）、矢森村（田河津）、志津村（花泉の清水）であることが、見分村の後藤寿庵につづく署名によってわかる。四百五十人の信徒が交流できる場所として、水沢近辺は、キリスト教の一つの中心となっていた。寛永十六年（一六三九）の幕府によるキリスト教の厳重禁止と鎖国令の発布以後、当時の信仰はどうなってゆくのか。

のちに殉教したカルヴァリョ神父は、弾圧下の東北地方をまわる間に、元和六年に津軽藩の横手地方で、大眼宗《だいがんしゅう》という迷信に出あったことを記している。民衆の間には、これは覆面したキリシタンだといううわさが広がっており、黒い十字架を見たものがいるという。（H・チースリク「仙台の殉教者カルヴァリョ神父」『奥羽史談』）カルヴァリョ神父は、これをにせのキリスト教として否定しているのだが、この種のキリスト教の亜種は、その後も東北地方に、たとえば黒い十字架が黒仏にかわって形をかえて、くりかえしあらわれる。

紫桃正隆『仙台領キリシタン秘話（衰滅篇）』（至文堂・一九六八年刊）によると、後藤寿庵が水沢を離れてから二十年後の寛永二十年（一六四三）に、左兵衛という人が書いた訴状が残っているそうである。この訴状で見ると、このころ水沢にはまだまだキリスト信者が残っていたようである。三次という四十歳余りの男、これは寿庵ゆかりのもので、主人退教後二十年にわたって信仰を守っていた。その三次を二、三年前までやとっていた善九郎というもののもキリスト教徒である。また水沢大町で医者をしている甚右衛門も、その妻子もいずれもキリシタンである。五郎左衛門という五十余りの男とその妻も、そうである。もと寿庵のいた見分に住む小伝次という男は、三十五、六歳で、銭吹きを商売としていたが、この男もキリシタンで、その女房もそうである。この左兵衛の訴状だけで九人が名ざしにされている。

岩手県史の研究者司東真雄によると、寛永十七年（一六四〇）に、上胆沢で、都鳥の五郎作ら七人がキリシタンとして処刑されており、他の十六人がおなじ時にキリスト教を捨てている。下胆沢では十九人がキリシタンとして仙台につれてゆかれ、十一人が処刑された。

寿庵堰のあった胆沢郡若柳村のキリスト教指導者蜂谷内記は、一ノ関近くの市野々村に身をくらまして百姓として暮らしているところをつかまった。

おなじ若柳村の百姓小右衛門は正保一年（一六四四）に江戸で捕らえられて吊り殺しにされた。おなじ村の百姓太左衛門も正保一年、仙台で捕らえられて、キリスト教を捨てた。

こうして、「寿庵なきあと、胆沢郡、水沢市方面には、表面転宗を装うて、秘かに〝隠れキリシタン〟となった者がかなり沢山存在していたようである」と、紫桃正隆は推定する。

日本人としては、おおっぴらなキリスト教の信仰が許されないとなると、隠れた信仰を、何か別の象徴におきかえて守ってゆくということになる。それほどに、見たての方法が、江戸時代にはひろく日本人の間に根をはっていた。

司東真雄の伝えるところでは、水沢のとなり町にある前沢の目呂木の太子像は、あかずの厨子となっており、胸の衣紋様は十文字になっているという。これもまた見たての一種と解することができる。

菅野義之助の『奥羽切支丹史』によると、後藤寿庵の領地内の福原小路に毘沙門堂《びしゃもん》と観音堂がそれぞれ一宇ずつあった。毘沙門堂は、もと天主堂のあったところに、キリシタンの禁令が厳しくなってから銅像の毘沙門をもってきて建てたものである。観音堂の仏体は、もとはマリア像だった。キリシタン禁制ののち、現在の菊池八三郎の先祖が、ひそかにこのマリア像を自分の邸内に移し、そこに小さな堂を建てて「子安観音」と称して近所の人びとの参詣を三月と九月の一七日に許していた。ところが宝暦年間（一七五〇年代）になって、霊山和尚という名高い坊さんが、観音に参拝に来て、その像を見るなり、

「この観音はほんものの観音とは思わぬ。そもそも子安などと称して、赤ん坊を抱いている仏像など世間にはあることはありますが、これは本来あるべきものではありません。それに、この像は、ひどい虫くいになっていますから、新しい如意輪観音をつくってお祭りなさるがよろしい」

和尚は、この仏像が実はキリスト教の聖母像であることを見破ったのであって、それ

でも、そのことを言いたてて役所に訴えなどしないところは、菊池という素封家への思いやりであったろうか。

菊池家では、これまで聖母像と知って礼拝していたのかどうかわからないけれども、この和尚の言葉に大いに驚き（あるいは驚いたふりをし）、さっそく如意輪観音を注文して、堂内に置いたそうである。

もとのマリア像はどこに行ったか。ひそかに信仰を保つ人が、自宅の奥でそれを守り続けたのかどうか。昭和の今となってはマリア像も、そのかわりに置かれた如意輪観音も、ともに行方が知れず、観音堂には、キリシタン使用のメダイ（メダル）が二個、木箱にいれて安置してある。キリシタンが使ったメダイもこの見分のあたりから出たもので、どうして三百年余り保存されて来たのか。やはり敬意をもって扱われて来たのでなければ、保存されることはなかったであろう。

霊山和尚が観音像の真相を見破って菊池家に忠告したのは宝暦年間と伝えられているが、このおなじ宝暦年間には、留守家の家臣の間から山崎杢《もく》左衛門一味が、「犬切支丹」として捕らえられ、杢左衛門は水沢郊外の小山崎（現在の水沢市真城）ではりつけにされた。

高橋梵仙『かくし念仏考、第一』（日本学術振興会・一九五六年刊）によると、かくし念仏は親鸞の浄土真宗の流れをくむ宗教であって、宝暦年間から水沢に信者を得た。その源をたずねて、留守家小姓組の山崎杢左衛門他二人が京都にのぼって鍵屋五兵衛から「御《お》執揚《とりあげ》」の秘伝をさずかった。山崎杢左衛門、大町の長吉、久保の勘兵衛の三人は京都で「善師」の資格をうけ、かくし念仏の指導者として、宝暦三年（一七五三）に水沢に帰ってきた。杢左衛門が徳望のあつい人だったので、わずか一年の間に、水沢近辺にこのかくし念仏は大いにひろまり、やがて幕府公許の浄土真宗の寺の憎むところとなり、指導者は捕らえられた。判決文には次のように書いてある。

伊達主水殿
家中小姓
山崎杢左衛門

其方儀、浄土真宗ニ有之《これあり》、一念帰命之法之由《よし》ニ而《て》、通リ之六十六部ゟ《より》授リ、人にも教候処《ところ》、真宗ニ而、文章ト称し候書冊之説法に出合、全く邪法ならさる旨申紛《もうしまぎら》スト雖《いえど》も、浄土真宗称念寺・正楽寺被申《もうされ》候ニハ、其教方《かた》皆一流ニ無之事共《これなきことども》ニ而《て》、却而《かえって》本山之制禁タル由申出合《よしもうしであい》両僧申口ニハ悉《ことごと》ク相違之上ハ、邪法ニ決定シ候、其方事、俗ノ身分トして仏間ヲ作リ、文章ヲ語リ聞カセ、第一在々所々翔《か》ケ行キ、一念帰命之信心決定之法ニ事寄セ、諸人ヲ進メ、他ノ疑ヲ避クヘキ為メ、真宗之出家江帰依セシメ、一応之同行と言ふ、追而《おって》其方へ帰依スルニ及ビ、真之同行と称シ、脇へ洩レ聞へ候ヲ恐レ、其法蓮如聖人ゟ初而俗江伝リ候条、同流ノ出家にも聞カス間《ま》敷由《じきよし》、約束セシメ、帰依スル者ヲ山中江引入、或ハ土蔵ニ会シ、如来絵像ヲ掛ケ並ニ蠟燭ヲ立て、息ヲ加(か)へさず、助ケ給ヒト教ヒ、甚ダ精神ヲ疲シメ、既ニ無症ニ成リ候節、手ツカラ蠟燭ヲ取、口中ヲ見、成仏疑ヒなき由称シ、大ニ人ノ信ヲ起シ、邪法ヲ以テ数郡ノ百姓大勢ヲ誣《し》ヒ惑《まどわ》シ御政事ヲ害シ、非道ノ重科ニ仍而、其所ニ於て、磔ニ被行候事、

山の中とか土蔵の中で如来絵像をかけ蠟燭をたてて、ひと息に「助けたまえ」と言い、口の中を見て「成仏うたがいなし」と言うなど、この判決文にあらわれているかぎり、かくし念仏の儀式はキリスト教の系譜に属するものとは言いにくい。しかし、このように浄土真宗の教えを説く宗教がどうして禁止され、指導者がはりつけになったのだろうか。それは、「かくし念仏」が、権力と一体化した仏教への批判をになう宗教運動だったからであろう。そして、まさにその故に、かつてキリスト教の信徒の多かった水沢周辺に、かくし念仏は、わずか一年ほどのあいだに急激にのびていった。

現在のかくし念仏の大導師樋口正文は、今日でもくりかえしもちだされる疑問に答えて、「キリシタン宗とは無関係の念仏であることをはっきりと断言できる」と言う。(紫桃正隆『仙台領キリシタン秘話(衰滅篇)』)

しかし、かくし念仏の信徒の間には、これとは別の感想をもつものもいる。

伊豆下田に住む外村佑は『潜伏切支丹私考』(言魚庵・一九七〇年刊)という本を書い

て、日本全国に散在する鎖国時代の日本人のキリスト教信仰の象徴をたどった。ほとんど半世紀にわたるその関心に灯をともしたのは、小学生から中学生になったばかりのころ、東北地方から来た老人の物語である。

「自分は基督教の洗礼《バプテスマ》を受けふと禁制の切支丹の『お水』、つまり洗礼《バプチスモ》も受けさせられていたことに気がついた」

と、この老人は語ったそうだ。

かくし念仏のこの老信徒が、自分の属する伝統についてくわえた解釈は、考慮にあたいするように私には思える。

宗教を、文書にあらわれた教理として固定してとらえるならば、仏教の教理を説くかくし念仏は、キリスト教の教理を説く切支丹とは別のものである。

しかし、これらの教理をにない、日常の生活の中で育てる人びとにとって、両者が交流する場所があるのではないか。学者にとっての宗教史とはちがって、民衆にとっての民衆の思想史においては、地下水がたがいに会うところが用意されていると思う。

私は水沢で、刑死した山崎杢左衛門為教の本家旧宅（為教の兄の家）あとに行った。それは、川原小路二番地にあり、明治に入ってから山崎為徳（一八五七―八一）を出した家系でもあるということで、両者をともに記念する表示が出ていた。

山崎為徳は、わずか二十四歳でなくなったが、日本人としておそらくは最初の社会学原論を書いた人であり、熊本洋学校でジェーンズについて学び、東京の開成学校（東大）をへて、京都の同志社を卒業した。草創期の同志社の教授として新島襄を助け、一個の光源として大西祝、徳冨蘆花ら当時の同志社学生に印象をのこした。学者として、キリスト者として当時の偉大な存在だった。その墓は京都の若生寺山頂に、新島襄の墓の側におかれている。故郷の水沢には遺髪が送られ、大林寺の山崎家墓地には、山崎杢左衛門の墓のすぐ隣に山崎為徳の墓もある。山崎杢左衛門は、山崎為徳から数えて七代前の山崎十左衛門の弟であるという。せっかく入学した東大をはなれて京都の同志社に行く決意をした時、山崎為徳の心中には、犬切支丹として処刑された先祖のことが何かのはたらきをしたであろう。水沢の人びとの記憶の中では、二人の印象は一つになっている。

民衆に影響をあたえる思想的伝統は、盤根錯節して相互作用をはっきりえがくことはむずかしい。誤伝、虚伝をとおして、さまざまの考え方と感じ方が複合され、うけつがれてゆくものだろう。それらを、信じ得る少数の史的事実に復元することによってでは、人間をうごかす思想の力は計り得ない。

水沢に住む人にとって、伊達藩あるいは留守藩内部の歴史、日本の岩手県内部の歴史におしこめることのできない国際的な地平があったと思われる。古代中世に近畿地方を根城にして活動した中央政府から見れば、みちのくは、派遣軍の行く道の奥であり、ゆきどまりであったけれども、そのみちのくに代々住むものにとっては、そこは道の奥でもゆきどまりでもなく、そこから中央政府を見る眼は自然に民族文化のさかいをこえる視野をそなえるものとなった。のちになって水沢から遠くない岩手県花巻生れの宮沢賢治が『銀河鉄道の夜』のように登場人物全員がヨーロッパ名前をもつ童話や、また岩手をイーハトーヴォとしてユートピア的な物語を書いたのは、黒仏や切支丹伝説をこの土地のものとしてきいて育ったことに根をもつものと思われる。

古くは安倍貞任、清原清衡、もっとくだっては岐部ペドロ、カルヴァリョ、後藤寿庵、山崎杢左衛門は、この土地にまつわる伝説として、ここにそだった高野長英の記憶にとどまったであろう。長英の生涯と仕事もまた、後藤寿庵や山崎杢左衛門とおなじく、そのおおかたがうずもれてしまい、そのはたらきは推しはかる他ない。

黒鳥陣屋のあと

煤でよごれた一枚のガラス。昔の写真である。京都に宿を取り、近くの写真屋でうつしたと、筆でただしがきが木箱のフタについている。

うつっている当人は、私の祖父（父の父親）で、当時かぞえ年十八歳。武士のまげをゆって、羽織袴に大刀をたばさみ、じゅうたんの上に床几をおき、いくらか緊張気味にすわっている。

ガラスをいれた木の箱のフタに筆で書かれた文字をたどると、

慶応四（年）戊辰初秋七月十七日写之。京都大宮通、四条下ル町、鍵屋太兵衛方ェ御旅宿。御供先ニテ。年令十有八歳。鶴見良憲

幕末に写真をとるのは、めずらしいことで、彼の住んでいる岡山県備中町の奥の布賀では、思いも及ばぬことだったろう。まだ部屋住みだった彼は、上司のおともをして京

都に出てきたついでに、写真屋を見つけ、青年の好奇心にかられて（この好奇心を彼は自分の破滅をまねくほどにもっていた）、洛陽仏光寺通堀川西入ルの五石吉田有親、俗称大阪屋なにがしという、望遠鏡・写真・鏡などの職工をつとめる店に入ってうつした。ガラス大阪のあたいは三分、中版二分、小版は一分一朱とあり、さらに大きいものも金をはらえばつくってもらえたらしいが、彼は小版にした。タテ一〇センチ、ヨコ七センチくらいで、予約しておくことが必要とある。

これが、私のうまれた家にのこっている一番古い写真で、これについて説明をきいたことがない。

私の家は、平民である。それ故、祖父がどうして武士の姿をしているのか、わからなかった。

私の父は、知っていたのかもしれないが、この間の事情を書きのこすことなく死んだ。

四年前の正月に、姉と妻と息子と一緒に、私は、祖父のうまれてそだったところまで、行った。

一九七九年一月三日である。

岡山県備中町布賀（黒鳥）というところで、思いもかけなかったことだが、江戸時代そのままの長屋門がのこっていた。門内は改造されていたが、そのうしろには、これもまた、昔どおりに、屋敷神のほこらがあった。

この家に今すんでいる方は、鶴見松太郎と言い、おなじ先祖からわかれた家の人で、医師である。

この家にのこされている過去帳と古文書とを見せていただき、郷土史家高見格一郎氏の説明をきいているうちに、りんかくがあらわれてきた。

私にとって祖父にあたる鶴見良憲は、明治維新のころ、水谷勝得《みずのや》という三五〇〇石の旗本につかえる代官のあとつぎだった。主君は、江戸に住んで領地に来ることはなく、代官がこの土地の行政をうけもっていた。良憲の父、良直という人が、黒鳥陣屋の最後の代官で、この人は、明治十五年八月十六日まで生きていた。その妻、良憲には母にあたる人、駒は、明治三十九年三月十日、八十七歳でなくなった。良憲のなくなるのは、その五カ月後である。父母存命の時に、良憲は家をはなれ、武士身分を捨て、大阪、北海道、群馬県新町、岡山、名古屋、上海、小田原と移りあるいて、なくなる時には一〇〇円の金に困って死に、そのあとにのこされた子は、（母がすでになくなっていたので）はなればなれになった。

明治維新にあっての彼の決断が、そこまで彼をつれていった。もとの動機は、彼が大阪の同心の娘を気にいり、一緒になりたかったからだという。

その後の彼の生涯には浮き沈みがあった。北海道には屯田兵として移住したものの、また内地にもどって、その後、大阪では工場ではたらき、やがて機械のことを習いおぼえると、新しい工場の設立にさいして機械をえらび、すえつけ、動かすことをたくみにおこない、やがて機械の改造を工夫した。（この祖父から、その器用なところを別として、その無茶なところを私はうけついでいる。）群馬県新町紡績所では工場長となり、この工場はやがて三井家に移り、さらに後には鐘ヶ淵紡績会社の工場となった。良憲には、資本ということがついにわからなかったらしく、このような工場の移籍につれて、やめる破目になった。

しかし、群馬県新町にいた一〇年ほどは羽ぶりがよかったらしく、ここでうまれて二歳でなくなった五郎（三男）の墓が当地にはなれてのこっているのを、数年前に私がひきとりに行った時に見ると、二歳のこどもとしてはとても大きく立派なものだった。住職は、墓建立当時の住職に見習い僧としてつかえていた人で、先代からきいたことをはなしてきかせてくれた。淡々としたその昔がたりによると、良憲は、御役人と呼ばれて重んじられ、町の一方の端に住家をかまえ、もう一方の端に水商売の女性をかこって、町を横ぎって遊びにいっていたそうだ。幼児の墓の大きさから見ても、派手なくらしぶりだったらしい。

新町工場長をやめたあとで、名古屋に移って、新しい工場をたて、その社長となったが、ふるわず、上海にゆき、さらに小田原に居をかまえた。最後には機械の改良に没頭しこの仕事を完成したが、日露戦争のために、その機械の活用をさまたげられ、貧しいなかで死んだ。

故郷とは、この間に遠くなっていただろう。故郷の家は、鶴見松太郎氏の先代鶴見鎌三郎によってうけつがれ、この人は、有徳の人であったらしく、近ごろになって私は、こんな記事を目にした。(私のところにまちがっておくられてきたが、私の直接の先々代ではない。)筆者は、赤松月船という九十歳近い僧侶・詩人である。今から五〇年前の話。

私が東京の家をそのままに、岡山県の寺に帰住して、二十二年間、海抜五百メートルの山村ですごしたその早々のことである。高梁川《たかはしがわ》の支流成羽川、川戸《かうど》という支流と支流が、も一つ合流するところがある。県道を真直に歩くと十二キロである。旧道をえらぶとすればその半分である。しかしその大半は岩道の胸を突く急勾配である。バスを降りて急坂の道を喘ぎ喘ぎ帰りつつ、いかにしても苦しい。一休みしているところへ、観音寺さんでしょうと、馬上の人がうしろから声をかける。そうです。だと思いながら少々いそいで登って来ました。これから村に往診にゆくところです。当時馬に乗る人は、医者にきまっていた。お乗りなさいよ。そんな小さい馬に二人乗るなんて、無理でもあるし、大体私は馬に乗ったことがないんだし、こわいですよ。それじゃあ、荷物を持ってあげますから、身軽になって、馬の尻尾《しっぽ》につかまって下さい。それでもしたらたいへんです。この馬はおとなしいから、蹴ったりなんかしないから安心です。蹴られでもしたらたいへんです。

私は、どうしても、あぶなくて承知しなかったが、たって勧めるので、こわごわ馬の尻尾《しっぽ》につかまった。つかまってさえおれば、馬がひっぱり上げてくれる。足の方も軽い。人ひとり通らない岩路。右手は谷川、左手は暗い杉の林である。決して頑健とは見えない医者を上にして、若い坊主を、尻尾《しっぽ》につかまらせ乍ら、ぼつぼつ、ぼつぼつ登ってゆく。その馬がまたいかにも小さい馬なのである。

難なく、部落の入口に到着した。医者は、患者の家の方に行く。私は、山をいくめぐりいくめぐりして、頂上に達した県道にまた出会って、やれやれという思いで、も一つの部落のわが寺に帰って行くのであった。

（赤松月船「馬の尻尾につかまった私」『連峰』一九八二年九月号）

若い坊さんを馬のしっぽにつかまらせた医者は、今のこの家の当主鶴見松太郎氏の父上ではないかと思う。いかにも近隣の人びとに親切で、信頼されていた人のようである。昔の代官屋敷の敷地には、この人の経営していた鶴見眼科医院がたっていて、交通の不便なところから来た患者がここにとまって治療をうけたという。海外への輸出を目的とした紡績機械のすえつけと改良にあけくれした、良憲の生涯とは別に、故郷のこの町では医療をとおしての、別のいとなみがつづいていた。はなればなれに、黒船以後の日本の近代の道すじをつくった。

古文書の説明をされた高見格一郎氏は、八十歳をこえて、今も自転車にのってここまでこられたそうで、このあたりの歴史についてはふくろの中のものをとりだすように答えが出てくる。松太郎氏の運転する自動車で山にのぼった。その途中に、雪がのこっており、すべりどめに使うための塩の袋があちこちにおいてあったのが記憶にのこっている。かなり高く上ってから車をおりて、墓まで上っていった。途中、墓を見ていただいている中島夫妻をたずねて、供養の花をもって墓のあるところにあがった。

私には曾祖父にあたる最後の代官とその妻の墓がここにある。

鶴明院本然良直居士
真明院本室良栄大姉

さらに一段高いところに昔ながらの小さいほこらがひとつ、ぽつんとたっていた。その奥から中島さんが、大切そうに古びた箱を出してきてひらくと、その中に木ぼりの僧侶の坐像が入っていた。糸のきれた凧のように、日本国中を転々として生涯を終えた良憲から遠くはなれたこの一カ所をはなれず、血縁のゆかりのないこの墓を守ってこられた中島夫妻が、とうとい人と思えた。

丘をおりて、近くの菩提寺に行くと、ここにも代官の祖先の墓があった。日はとっぷりとくれて、暗い中にお墓が幾基もあった。

その夜は、高梁《たかはし》市の油屋旅館にとまり、翌日、松山城にのぼった。ここは、備中町の黒鳥陣屋（布賀村にあったので布賀陣屋ともいう）に移る前に、水谷家のいたところである。

もともと水谷家は、文明十年（一四七八年）に（茨城県）下館城主となり、初代勝氏から八代勝隆まで一五〇年間この地にあった。東京湾が上野まで入りこんでいたのを干拓して不忍池とし弁天堂をつくったのが水谷勝隆で、当時三万石の領主だった。関ヶ原の陣に徳川家康にしたがって功があり、備中松山（高梁市）に移って五万石をあたえられた。三代の後に、あとつぎをきめないうちに当主が病死したので、城を没収された。この時に、幕命をうけて城をうけとりにいった浅野藩主の名代大石内蔵助に対するのが水谷藩家老鶴見内蔵助で、このために、忠臣蔵の大河ドラマがあるたびに、一年に一度くらいは、御先祖にテレビで対面することになる。これまでに山形勲と丹波哲郎とがこの役をつとめるのを見た。

城をとりあげられたあと鶴見内蔵助は、故郷の下館にしりぞいたが、なくなった旧主の弟が、三〇〇〇石の旗本にとりたてられて御家再興がかなったので、子孫は、新しい領地の布賀（後に黒鳥）陣屋に召しだされて、明治維新まで代々そこに住んだ（高見格一郎「備中町の名所」『備中町』一九五八年。高見周夫「布賀水谷氏について」『備中町成人大学歴史講座』一九八二年）。

松山城は、山上にあり、のぼるのに三〇分はかかる。城から高梁市が一望の下に見わたせる。五百石どりのこの城の家老職から、代官となり、やがて士分をはなれて一〇〇円の金に窮して死ぬ良憲にいたる家運の盛衰もひろびろと見わたせるように感じた。

離散した一家をまとめて地歩をきずいた父（鶴見祐輔）には、やがて、一家の歴史についてしらべて書く計画があったらしい。自分は百二十歳まで生きるつもりで、体力の許すかぎりは政治にうちこみ、やがて引退して著述に専念すると書いたが、七十四歳で脳軟化症に倒れ、八十八歳でなくなった。父がこの記録を書いたなら、私より元気な物語になったことはまちがいない。彼は生涯、黒鳥陣屋のあとをおとずれることがなかった。

その夜、油屋の広間で、鶴見松太郎氏御一家のおもてなしをうけた。松太郎氏の母上智恵子氏は、その後なくなられたが、この時はまだお元気で、昔の話をされた。御一家のひろやかな心が、遠くにいて先祖のことを知らずにいた私たち（姉、私、妻、息子）をつつみこむ一時だった。

さらに三年たって、松太郎夫人成様からおたよりがあった。

曾祖父にあたられる良造良直氏鶴明院本然良直居士（明治十五年八月十六日卒）の満百年に当る年でございましたので、お寺様、長建寺御住職にお願い致しまして御供養して頂きました。
十六日当日には御位牌の前でお経をとなえて御追善したいと存じております。
はるか京都より黒鳥知行所最後の代官の御先祖様を偲んで下さいませ。

一〇〇年あまり前にはなれた家でもてなしてくださった松太郎氏、御母堂、夫人、御子さんたち、文書を読んで説明してくださった高見格一郎氏、墓のもりをしてくださっている中島夫妻は、私の中に感謝と敬意とともに、うしろめたさと不安とを呼びさます。それは戦友会の呼びさます感情に近い。若い世代の社会学者橋本満によると、戦友会とは、戦死した仲間をむかえ、ともに飲み、食べ、話すことだけを目的とするあつまりであって、ただそのことのためにだけ、あつまるものだそうである（高橋三郎編『戦友会』田畑書店）。そこにおりてくる神は、そこにあつまる人びとが、そこにあつまることだけをよろこんでおり、他に何事も指示しない。
故郷に背をむけたまま、この人たちにつなぎとめられていることを私は感じた。

宿直の一夜

一九四九年四月一日、私がつとめはじめた京都大学人文科学研究所分館は、図書館の前、赤レンガに木造モルタルづくりを足したたてものだった。

今はなくなってしまったが、私の中の愉快な思い出である。

この木造モルタルづくりの部分に西洋部が入り、二階の行きどまりの二人部屋が紀篤太郎助教授と私の共用の研究室だった。となりが桑原武夫教授の部屋で、一階には十人あまり入れる議論のできる部屋があって、そこで、西洋部の主な仕事であるルソー研究があった。

大図書館には総合索引カードがあって、京大に何の本があるかを見わたせた。本がばらばらにあることにおどろいた。行き先をたしかめて、ちがう建物にあるそれぞれの学科図書館に行くと、時間はかかるが、本をさがしあてることができた。たとえば、バーコフの『美の尺度』という本を、理学部数学科の図書室で見つけることができた。バーコフが一九二〇年代からの数学者であったことから、これを数学の論文と考えて発注されたものだろう。ついたのを見て、美学の本であることがわかり、誰も読む人なく、ここにおかれていた。

ペリーの大著『価値の理論』は、農学部図書室にあった。農業経済学の参考になると考えられたのだろう。デューイというと哲学者という連想がはたらくのだろうけれども、価値論の論争相手だったラルフ・バートン・ペリーというと、哲学との連想から切りはなされて、ここにおかれていた。

当時、人文科学研究所西洋部には本が少なく、私は、自分の仕事にかかわりのある本を見つけるために、京大の校庭を横切って、見知らぬ建物の中を案内をこいつつあちこちして本をさがした。そのうちに、京大をひとつの小さな大学と感じるようになった。途上ことばをまじえる人も多くなり、数学の山口昌哉、経済学の山口和哉、そして動物学では梅棹忠夫とつきあいが生じてから川喜田二郎、河合雅雄（当時は学生）たちの雑談の中に入るようになった。学科を横断する気風が、そのころの京大にはあった。それが、当時の私にはたのしかった。

木造の建物から校庭の外のドイツ文化研究所に移動することになって、私にわりあてられた研究室には、莫大な数のナチスの著作があった。うまれてからこんなに多くのナチスの文献を見たことはなく、そのいくらかは手にとって読んだ。

移転直前の日々、二つの建物を用務員さんがうけもつのはむずかしいので、教員が宿直することになり、会田雄次さんと私がくんで夜にあたった。

会田さんはゆっくりはなしをするつもりで夜たべる菓子類をたくさんもってきて、深夜にいたるまで、自分の捕虜体験にうらづけされた西欧ヒューマニズム不信を語った。名著『アーロン収容所』のあらましを、発行の数年前に私はきいたことになる。

国家と私

きょう（一九七八年六月十五日）の私の話の糸口として、ここに一冊の本を持ってきました。ピエール・アコス（ジャーナリスト）とピエール・レンシュニック博士（内科専門医）の共著で『現代史を支配する病人たち』（原題“Ces malades qui nous gouvernent”）という本です。もとはフランスのパリ、ストック社より一九七六年十二月に出版されましたが、日本では最近（一九七八年五月）、須加葉子さんの訳で新潮社から出ました。おもしろい本です。

この本には、ルーズヴェルト、ヒトラー、スターリン、それからフルシチョフ、ドゴールといった指導者二十七人の病歴が書いてある。なかでも私が感心して読んだのは、フランクリン・ルーズヴェルトに関する章（――ヤルタの空に描くアルヴァレス病の幻想）です。書かれていることに実証度が高く、説得力があります。

要約すると――一九四五年二月、クリミアのヤルタ会談にルーズヴェルトが臨んだとき、すでに彼の脳には動脈硬化症が進行中で、脳の小動脈瘤が繰りかえし破裂し、そこにたくさんの微細な黒点が生じるという「アルヴァレス病」にかかっていた。――この病名がわかったのは、つい近ごろの一九七〇年になってからで、それまで臨床記録は発表されていない。――このアルヴァレス病というのは、規模は小さいけれども、脳の小動脈瘤が破裂するたびに、言語障害が起こったり、一時的に意識が朦朧《もうろう》としたり、筆跡も変わってくるものです。ルーズヴェルトの筆跡をさかのぼって調べてみると、ヤルタ会談のかなり以前からすっかり変わっている。エリノア・ルーズヴェルト夫人は夫の筆跡の変化に気が付いたけれども、その病名が何であるか知らない人には、アルヴァレス病の症候群であるとは気づかれない。

ただ、ルーズヴェルトの病状に注目したのは、ソ連の首相スターリンであった。彼はルーズヴェルトとの首脳会談を延ばしにのばし、ついに自分たちの領地であるヤルタに会談の場所を設定して承諾する。この歴史的なヤルタ会談は、米国のルーズヴェルトと、ソ連のスターリン、そして英国の首相チャーチルとの「三巨頭会談」と呼ばれるもので、ここで第二次世界大戦の終戦処理問題が決められていった重要な会談です。やがて戦争に負けるはずのナチス・ドイツを分割する案、それから連合国諸国の占領地区についても決められ、ポーランド、ユーゴスラヴィア、東南ヨーロッパに新しい国境線も引かれる。さらにソ連は対日宣戦布告をする代償として、満州の鉄道、樺太・千島列島を取り、極東アジアへの支配権をもらうことになる。――そのような重大な結論について、すべてルーズヴェルトはスターリンに譲ってしまった。

この会談に出席するとき、ルーズヴェルトはボディーガードに抱えられて入っている。彼の陪席のホプキンズも、すでにガンにかかっていて、飛行機からおりるときには担架に乗せられていたほどの重症です。米国政府の代表と、その補佐役とも、不治の病にかかっていた。そのため、二月四日から始まった会談の第一日、第二日、第三日、第四日、そして第五日と、会議の経過が書かれていますが、すでにルーズヴェルトの脳にアルヴァレス病の発作が起こっていたということを前提にすると、なぜ彼がスターリンに引きまわされたかという問題がよく解ける。

第一日の会談が終わってから、スターリンは他の二巨頭を自分のところに招いて大宴会を開いています。そのときの乾杯が十二回。スターリンは自分専用のボトルの酒しか飲まなかったが、それは実は水で薄めてあった。チャーチルは「百年の平和のために」と言って乾杯したのにたいし、ルーズヴェルトは「小国の権利を尊重して」と言っている。この本の著者の考え方は、そうしたルーズヴェルトの態度に切歯扼腕しているけれども、私は著者の価値観念と違うので、小国の権利のためにと言ったルーズヴェルトのほうに共感を持ちます。

しかし、ともかくルーズヴェルトはアルヴァレス病にかかっていて、意識も朦朧としていますから、しばしば会議のあいだに居眠りもする。チャーチルが書類を回しても、もう読みもしない。それでチャーチルは、ルーズヴェルトの病状がわからないものだから、この会議のあいだじゅう怒っている。それらのことは、チャーチル側の記録にも出ているし、また一九七〇年に発表されたルーズヴェルトの臨床記録によっても明らかになっています。

ところが、このヤルタ会談のときには勝利をおさめたスターリンも、こんどは同じ年の七月に開かれたポツダム会談のときには、彼じしん心臓がかなり悪くなっていたという。すでにルーズヴェルトは死んでいますから、米国政府の代表はトルーマンに替っている。そのトルーマンとチャーチルとスターリンが会談をもつわけですが、そのときスターリンは予定より遅れて到着した。かれが大事な会談に遅れて来るというのは異例なことなので、トルーマンとチャーチルが不審におもっていたところ、スターリンは自分の心臓を指さして、顔をしかめて見せたという。——そのことは二人の回想録に出ていますが、明らかにスターリンは病気であった。かれは、そのまえから動脈硬化と心臓病にかかっていて、さまざまな妄想をいだくようになった。この病気による幻想がユダヤ人医師の追放に関する処置のもとになった、と著者は考えています。

この本にとりあげられた他の人たちについては省きます。私が注目してほしいとおもうのは、このとき米国政府ならびにソヴィエト政府が、ルーズヴェルト、スターリンの決めた世界政策に関して、これはきわめて熟慮された誤りないものだということを、国民ならびに各国政府にたいして訴えていたということです。政府・官僚が一体となって、指導者の決めたのは無謬の政策であるというしきたりができている。それは社会主義国になろうが、資本主義国であろうが、どちらも変わりなく進めているという事実を、私は問題にしたい。どこの国でも小学校以来、それを普通のこととして受け取っているという心の傾きが問題だとおもうのです。

ルーズヴェルト、チャーチル、スターリンといった人物は、いずれも偉大な国家指導者とされている。しかし、チャーチルのミステイクについては、さきほどの本にも出てきますが、むしろC・P・スノー（イギリスの物理学者）の『科学と政治』（朱牟田夏雄訳、音羽書房）という本に、いくつか興味ぶかいミステイクの例が書かれています。――ただし、それはきょうの話の主題ではないので、はずします。いずれにせよ、これらの国家指導者というものは、とても小国の指導者とは比較にならない大きさを感じさせてきた。その国家指導者と、私もしくは私たちとは、どう違うのか。――そこのところを、きょうは問題にしていきたい。

私は、このようにおもう。たとえ間違ったことをしても、私には彼ら国家指導者ほどの悪をなしえない、ということです。繰りかえしますが、どんなに私が悪いことをしても、かれらほど悪いことはなしえない。それを私は自信をもって言いきることができる。ここに、私と国家指導者との重大な違いがひそんでいるようにおもう。

このような違いは、どこから出てくるか。その一つは、使えるカネの規模であり、もう一つは、使える物理的暴力の規模によるものです。たとえば、どんなに私が狡知をめぐらしたところで、一晩だけ泊めてもらった家の人を十人ぐらいは殺せるかもしれないが、それを続けて三回繰りかえすことは不可能だとおもう。私は、自分の全力をあげてみても、三十人以上を殺すことは、ほぼ不可能でしょう。しかし、大国の国力をもってすれば、三十人どころか、途方もない厖大な人数の殺傷が可能である。その違いを考えていただきたい。

第一に、私および私たちは、国家指導者ほどの悪をなしえないものだ、ということ。第二に、国家指導者たちは、自分たちの決めている政策について、間違いがないようなそぶりをして説明しているということ。しかも、資本主義国であれ、社会主義国であれ、その無謬性なるものを長い期間にわたって主張しつづけているということです。

自分たちの政策に間違いがないかのような説明をするために、かれら国家指導者たちはラジオやテレビを最大限に利用して、ひたすら宣伝効果を高めようとする。しかしながら虚心に認識判断をしてみると、間違いがないようなふりをする判断というものは、認識としては根拠が薄いし、その根拠の薄さを見破りやすいものです。かつて池田（勇《はや》人《と》）首相は「私はうそを申しません」と言ったけれども、そういう判断ほどひっくりかえしやすい判断は、論理学的にいって他には少ない。ですから、認識的な根拠を虚心に問題としていけば、その誤りをつくのは、たやすい性格の言明です。

私たちは国家指導者ほどの悪をなしえないということの故に、私たちのほうが倫理的に優位に立っている。そのことによって私たちは、自由に国家指導者を批判できる立場にいる。ところが、やはり心の底のほうにあるわだかまりによるものか、その信念があとで簡単にひっくり返ってしまうことがある。結局、国家指導者のほうが偉いのではないかといった漠然たるものが私の心の底にあると、危ない。それで私たちは、しばしば失敗する。だから、今ここで私のとりあげたことがいかにも単純なことのように見えても、あたりまえのことでも絶えず議論の場を日常的につくっていく努力を重ねていく必要がある。

国家対私というか、国家にたいして自分が一人で立つという場面は繰りかえしある。たとえば独房に入れられたときは、その典型でしょう。しかし、独房に入らなくても、戦後の日本においても何度もぶつかっていることです。

つい近ごろ、私はテレビであるドキュメントを見ました。その事件があったとき、ちょうど私は一年ほどメキシコに行っていて日本を離れていたものだから知らなかったのですが、国会議事堂の門にオートバイで突っこんで、死んだ人がいる。沖縄の青年で、上原安隆という人です。そのドキュメントを見たのですが、この人は沖縄で米軍兵士にたいする暴動があったとき、いっぺんつかまっている。その後、かれは東京に出てきて、トラックの運転手などをやっていたんですが、ある日、オートバイに乗って国会の門にぶつかって、死んだ。その友人がテレビに出て証言していましたが、「かれは自分を総括したというより自分の中の国家を、そういう形で総括したんだ」と言っている。この言葉は、かれをよく知っていた友人の言葉として、私の胸に落ちるものだった。

樺《かんば》美智子さんの場合には、国会の中に突き入るということが、彼女のえらんだ行動で、そこで殺された。これもまた、国家対私という関係だとおもいます。

私には、このような劇的な対決の型というものを、そのまま受け継ぐことはできません。しかし、私もまた何らかの仕方で、そのような対決の形を自分のなかに持ちこしていきたいという気はします。それは天皇とか、総理大臣とか、国務大臣・官僚といった国家指導者の総体にたいして、より小さな悪しかなしえないという一点において私のほうが優位に立っているということを基礎にしていくという形です。もっとも、私にできる行動は、もっとわずかな、おだやかな方法です。

このような態度をもって最近の状況を見ていると、この（一九七八年）三月二十六日に成田空港の管制塔へ青年が入って、計器類をこわす事件がありました。それにたいして、ほとんど自動的に、国会は全政党一致で青年たちを非難していましたが、私には、あいた口がふさがりません。全政党一致の形は、中国への侵略を始めてから大政翼賛会という全政党一致の形で戦争を進めたのと、よく似ている。——青年たちの行動は、明らかに法治国家への挑戦であり、平和と民主主義の名において許しえざる暴挙であるといってこれで全政党一致。ここには、さきほどから何度か言っているように、国家指導者が、まるで間違いなどしないようなそぶりでものをいう流儀が、ふたたび出ているとおもう。

これにたいして、市川房枝さんが棄権し、青島幸男氏が反対投票をしたことは、ご承知のとおりです。それは、せめてもの慰めでしたが、青島氏の反対投票にたいして、他の議員が罵詈雑言《ばりぞうごん》を浴びせるという一幕があり、これは昭和初期、一九三〇年代に戦争に反対するものに対して繰りかえしあびせられたのとほとんどおなじです。たいへんな時代になってきたな、というのが私の率直な感想です。

私の考えは常識的な、ごく穏やかな思想ですが、それにしても、なぜ三里塚に空港を決めるまえに、地元の農民の理解を取りつけなかったのでしょうか。資本主義社会のルールからしても、その土地を持っている人の合意もなしにその土地を取りあげることはできないはずです。合意が取りつけられなかったら、そこに空港をつくるのをやめたらいいとおもうのです。それが資本主義の常識でしょう。しかも、合意を取りつけるまえにすでに早のみこみをして国民の税金を使ってしまったというなら、そのような政策を決めた人たちは責任をとって辞職するのが当たり前でしょう。

政府が間違ったことをしたとわかったら、そのときには後ろに退くこともあるという一つの例をここで一つの場合についてだけでもつくっておくことは、大事なことだ。そのためには、どんなに多くの国費をついやしたとしても、一つの先例としておくべきことだとおもう。政府は決して間違ったことをしないとか、政府がいくらか間違ったことをしても、税金をつぎこんだ事業は必ず通してしまうという流儀が基本的に間違っているので、関係者は辞職しなければならない。その慣行をつくっておくことが、大切です。

かつて「日中戦争」のときにも、途中で撤兵すべきだという声はあった。ところが、すでにたくさんの国民の血を流しているとか、戦争のためにすでに血税を使っているという理由で、撤兵するのをやめてしまった。あのとき、日中戦争の半ばで撤兵していれば、中国、アジアの人びとはむろんのこと、たくさんの日本人の命も助かっていたはずです。

このように考えてくると、日本の政府の型は、いまなお改まっていないような感じがする。政府のやっていることは、基本的に間違っていないという説明の仕方が、いまでも踏襲されている。一九三〇年代の政府の論理、政党の論理、そして日本の労働運動の論理が、そのままあらわれている。

私たちは二十年ほどまえから「転向」の共同研究をして、まとめたことがありますが（『共同研究・転向』平凡社、一九五九年）、それはむだではなかったな、という皮肉な感じをもちます。戦前の日本の国家指導者の流儀が、なお改まっていないことを教えているからです。

いまから十八年まえの一九六〇年五月十九日に、日米新安保条約が国会で強行採決されました。そのときの指導者は岸信介氏で、官房長官が椎名悦三郎氏であった。いずれも「日米戦争」を始めたときの大臣であり、次官であったことから、その二人の戦争責任を追及するというところに関心が集中した。ところが、いまや岸さん、椎名さんの流儀が、二人だけではなく全政党に及んでいるということを認識していただきたい。

このような状態にたいして、第一に、何らかの仕方で反対の意思を、それぞれ自分のなかにたもちたい。

第二に、何らかの仕方で、できれば反対の意思を言いあらわしたい。

そして第三に、何らかの仕方で、その反対の意思を広めていきたい。

このうち三番目の「広めていく」ということについては、私は自分の実力にあまり自信はありませんが、一と二については、自分なりにできるのではないかという気がする。むろん三番目もできれば実践したいと考えますが、この三番目についてはいまの状況は決して生やさしいものではないとおもいます。

このような、ささやかな意思の方向を実現していくために、どうしても自分の、あるいは私たちの底にある、幼いときから注ぎこまれている何かを取りのけていかなければならない。国家指導者のほうが偉いのではないか、結局、国家指導者に任せておけばいいのではないかといった感情を、拭い去っていかなければいけない。

かなりまえに、堀田善衛が『若き日の詩人たちの肖像』という小説を書いたことがありますが、それは当時の青年の精神史として読むと、興味ぶかいものがあります。たとえば、左翼的なことを言ったり、象徴主義とか近代ヨーロッパの精神にも、かなりものわかりのいい人間が、ある日、おなじ酒場で「天皇陛下の悪口を言う奴は、俺は許さぬ」と、急にどなりはじめる。その変化が、わずか三日か四日のうちに起こったことなのです。一九三〇年代には、そういうことが繰りかえし起こっていたということを、よく覚えていたい。これからもおこるかもしれないからです。頭の上のほうでは、ランボオは全ての権威を否定した偉い人だとおもっていても、意識の底のほうでは、やはり自分より天皇陛下のほうが偉いのではないかと考えている。それが、あるとき逆転することがあるというのは、恐ろしいことです。

私は一九三〇年代の「転向」を研究してみて、いったい日本の大学教育というのは何だったのかと考える。わずか三日か四日でマルクスもランボオもカントもすてて「天皇陛下、万歳」を唱える知識人を見ると、この国の大学教育の値打ちなんていうものは、認められません。むしろ大学などは行かないで、紙芝居屋をやっていた加太こうじ氏のほうが、ずっと立派だったという気がする。そのころ加太氏は「マルクス、ロシア人。マルクス、ロシア人」と自分に言いきかせて、反射をつくっていたそうです。警察に連れていかれたとき「おまえ、マルクスを知っているか」と訊かれて、かれは「ええ、ロシア人でしょ」と答える。すると特高警察が「マルクスがロシア人だって。おまえ、そんなにものを知らないのか」と言うものだから、加太氏は「ロシアは赤いでしょ。赤い思想をつくったのはマルクスだから、もちろんマルクスはロシア人ですよ」と言いかえす。結局「おまえはバカだなあ」ということになって、帰してもらったんだそうです。

こうしてみると、日常の訓練が大事になってくる。大学生仲間が寄りあつまって、ランボオだとか、ヴァレリーのことを語りあかしていても、ちょっと情勢が変わってくると、簡単に天皇主義者になるのでは困る。げんに私の身辺だけでも、そういう人がいました。だから私は、同年配の人間は語るに足りないという率直な感じをもっているし、おなじ年齢の人とはほとんど付きあいがない。ランボオとか、マルクスとか、あるいはカントについて語っていても、いつひっくりかえるかも知れないし、ことによっては殺されるかも知れないから、どうしても信頼できない。そこのところを、ぜひ考えていただきたい。

ここで、きょうの話を整理すると、きわめて単純なことですが、われわれは国家指導者にたいして、かれらほどの悪をなしえないから、少なくともその点では優位に立っているということ。もう一つは、にもかかわらず国家指導者は、つねに自分たちが決めた政策がまったく誤りがないかのように説明する、一つの流儀をつくっていること。その流儀のうえに官僚制がベルトコンベアのように乗っているので官僚制度をとおしてつねに前後に矛盾なく政府の判断の正しさを説明できるようになっている。官僚のほうが速く上手にしゃべるから、いかにも私たちのほうが劣位にあるかのような感じをもつけれども、そういうことはない。これは初歩の論理学の認識の原則からいっても、間違いがないかのように主張する流儀をもつ人間は、あやういところにいます。

私は国家指導者ほどの悪をなしえない。したがって、その点において私のほうが国家の指導者よりも、優位にあるという自信——それを忘れないでいたいと、私は考えます。

メタファーとしての裸体

アメノウズメのおどりは、冬の儀式である。そこにあつまった神々は、服を着ていただろう。カミガカリして、胸をあらわにし、腰帯を下におしさげて、裸体に近いからだを見せておどりつづけたアメノウズメ自身は、ただ見ていた人とちがって、もはや寒さを感じなかったにちがいない。

ハダカをあらわすということのはたらきが、ここでひとつの中心となる。

ハダカになるというのは、岩窟からアマテラスをひきだす時には、集合した神のおとがいをといて大わらいさせるための演技であり、さらに後になって天と地のわかれるところに立つ巨大な異人と対決するさいには、武器をもたずに相手にたちむかう気組みを示す演技である。おなじ演技の型でありながら、その目的はちがう。

ここでもうすこし、ハダカについて考えたい。

ヴェトナム戦争がさかんだったころ、米国兵士に見せるための反戦演劇団ＦＴＡショウが日本に来た。ドナルド・サザランドやジェイン・フォンダをふくむはなやかな一団だった。日本にある米軍基地で公演するのが主だったが、その他に京都の同志社学生会館でも一回公演するように私たちのべ平連の仲間がさそった。先のりになって京都をおとずれたアメリカ人女性をつれて、大学の近くの喫茶店の二階にあがると、二階の喫茶室の壁のそれぞれに、白人女性の裸体大写真が貼ってある。黄色人種・黒色人種の裸体もそこにならべて貼ってあるとよかったと、一瞬、私は思った。つれていった白人女性も、はりめぐらされたポスターを見て、いやな顔をした。それでも、打ちあわせは、その環境のなかですすんだ。今になって考えると、その壁に、女だけでなく、男も、若い人だけでなく老人も、裸体で貼りだしてあったらよかった。

ヒットラーに重んじられた映画監督レニ・リーフェンシュタールは、ナチの祭典やベルリン・オリムピックの記録映画をとっただけでなく、戦後も『ヌバ』という写真集をつくって活躍している。その写真集には、若々しい男たちの力づよい美しさがあらわれていて、この村々には老人もいれば子どももいるにもかかわらず、それらを無視して若い男だけをとるところに、戦前のナチ礼讃以来のレニ・リーフェンシュタールのゆるがない姿勢を感じた。芸術家としては、それが彼女の独創性を支えるが、政治をふくめての全体的な表現としてとらえるなら、そこには成熟がない。

石川三四郎（一八七六―一九五六）には、生前発表される機会のなかったエッセイがあり、大正時代以来知り合った世界の老アナキストが日本にあつまり、風呂場でハダカで会議をひらいて、政治を論じるというユートピアの構想をのべた。

「いつものように、浴場で裸体会議をやるのですか？」
「そうです。最初これは難物であったらしいが、度び重ねるに従って、何でもなくなったのです。君は始めてだから、少し羞恥を感じられようが、なに、それも最初の一瞬間ですよ。男女悉く公然裸体で同浴するので、西洋の人々は非難したようですが、結果を見て始めて眼がさめたようです。特に浴場を会議室に選んだのも、実は策略的な意味があったので、ここならば諸民族が男も女も赤裸々になって、一切の宗教的、習慣的、国柄を棄て、一切の民族的偏見を去って、ほんとうに一家族として融合することが出来ると思ったからです。最初は随分物好きなことをすると非難もされたらしいが、そして参加を拒否した向も多かったのだが、世界人類の真の家族的会合が実現されつつあるのを見るに至って、世人の眼は漸く開けたようです。」

（石川三四郎「五十年後の日本」、『思想の科学』一九六六年十二月号）

会議のもち方の説明をしている司会者は百二十歳という想定だから、箱根大浴場でひらかれる裸体の世界アナキスト会議は、老若男女混浴であるらしい。王様はハダカだという童話が、たとえとしてよく西洋の論文に使われるが、この東洋の論文ではハダカが王様である。

ここで石川三四郎は、ハダカで湯に入る風俗を、世界にとって思想的・政治的意味を持ち得る行動様式としてとらえている。この論文が見つかってはじめて発表されたある年に、私は、それを実見する機会をもった。

ヴェトナム戦争に反対する運動のなかで、自分の反対する戦争のさなかで戦線を離脱する呼びかけを日米の会議で決議し、ビラをつくって横須賀の米軍基地でまいた。すると実際に脱走兵が出て来た。脱走兵をうけいれるというのは、日本の反戦運動にとってはじめての経験なので、映画をとって、そこで彼ら自身の思想を語ってもらうこととし、その仕事が終ってから、四人のうちの二人をあずかって私は、家に泊めた。

脱走兵うけいれは私にとってもちろんはじめての経験だった。おなじように脱走兵自身にとってもはじめての経験だった。彼らは動揺していた。二人ではなしあっているうちに、ひとりは脱走を中止して軍艦にもどるという。二人で口げんかをしている。私は、この議論にくわわらなかった。それぞれの当事者の思うままにするがよいと言って、その夜は議論を中断してねた。

あくる朝、二人のうち、ひとりは、軍艦にひきあげる支度をしていた。それでは、日本を見ることもこの日かぎりになるのだから、何か見ておきたいことはないか、私はきいた。

「風呂屋というものに行ってみたい」

では、行ってみよう、ということになって、誰が見張っているともわからないから、私の家に一番近い銭湯をさけて、少し遠いところまで、三人で歩いていった。ちょうど晴れていて、愉快な散歩のあと、誰もいない、あけたばかりの風呂屋に入った。ひろい浴場にさんさんと日の光がさしこんできて、ゆっくり湯に入っているうちに、くつろいだ気分になった。また散歩して、家にもどってくると、軍艦にもどるとそれまで言いはっていた青年は、出発点にもどって脱走をつづけると意見をかえた。

彼が軍にかえると言いだしてから、私は、何の説得もこころみなかった。彼がハダカになってひろい風呂にひたるということが、彼の内部に新しい視野をつくり、そこで彼は自分の行く道を考えなおした。

このヴェトナム戦争の時代に、小説家武田泰淳と対談する機会があり、そこで武田は、死体の臭気をかんづめにして売りだすことを提案した。政治家に、そして政治にまきこまれているわれわれ自身の間に、人はやがて死ぬということを思いおこさせる、そのことが政治についての一時の勝ち負けをこえる見方をつくるだろうと、彼は言った。

武田　死骸というものは、生きている人間にとっては困ったものなんです。というのは、もっとも愛国的な抵抗者の死骸でも、馬の死骸でも、臭いは同じなんです。運ぶか焼くかしなければどうにもならないものです。もしそのカン詰めを売ったら、戦争というものはすごい臭いのするものだ、こんな臭いは戦争でなければ嗅げない。そう思ったら、二度とやりたくない、ということになる。

（武田泰淳・鶴見俊輔「国家と政治死」、『現代の眼』一九六八年十一月号）

ハダカのはたらきには、死体のはたらきに似たところがある。うまれた時のあかんぼうはハダカだ。死ぬ時にも、一度は着衣をはがされてハダカになる。ハダカとハダカのあいだに、着衣の人生がある。死体としての終点から、生をふりかえってみるのと似ている。その二つのはたらきをあわせたのが、メキシコの革命時代の石版画家ポサダで、彼のつくったリーフレットでは、自分たちの首領も相手方の指導者もともに骸骨になってたちまわっており、拍手する大衆も骸骨であり、革命戦争のあいまにもよおされる舞踏会でおどる青年男女も骸骨で、そこはかとないはじらいをもってたがいに対している。メキシコが政治に対して持ちこんだ新しいまなざしである。ハダカも、こうなり得るもので、ハダカは（そしてハダカの死体も）政治を見る見方としてもっともっと活かされてよい。

「はだか」というのは、「はだあか」から来ているとも言い、それならば、「あかはだか」などともおなじ意味である。からだに何も衣類をまとっていない状態をいう。

もうひとつ、「はだか」は、「はだかる」という動詞の「はだ」に、接尾語として「か」のついたものという説もある。そうすると、あけはなしの状態をいう。

いずれにしても、①全身がむきだしになっていること。身に衣類などをまとっていないこと。②転じて、表面に、おおいや飾りなどがないこと。③無一物なこと。財産や所持品などがまったくないこと。④つつみ隠すところがないこと。⑤特に、嫁入りの時、何の嫁入支度もしないことをいう。(『日本国語大辞典』小学館)

「はだかいくさ」というのは、部下をひとりももたず、よろいもつけずにたたかうことを言うのだそうだ。

「おたがいにはだかになって話そう」という用例もある。

「はだかむし」というのは、羽毛なき虫をすべておとしめて呼ぶときの名で、中国わたりの言いまわしで、人の異名でもある。『礼記《らいき》』では、人はハダカムシの長とされ、『孔子家語』では、ハダカムシ三百六十種のうち、人はその長であるという。『拾芥抄《しゅうがいしょう》』では、ハダカムシ三百三十、その中央に属して、人はそのかしらであるそうだ。『俳諧古選』には、「六月ノ、人ノ事カヤ、はだか虫」とあって、この場合は、貧しくて衣をもたないもの、貧家の児の衣裳なきもの、とある。(『大言海』冨山房)

羽毛のない虫三百六十種を見わたして、その頭株として人間をおくという分類法がおもしろい。聖人も、貧家の児も、ハダカムシの一種としての人間であり、人間とはもともとハダカムシだというイメージのつくり方がある。

はだか一貫(自分の身体のほかには何も資本がないこと——『広辞苑 第三版』)、日本にアメリカからのりこんできた人に、ラナルド・マクドナルドがいた。一八四八年六月二十七日、二十四歳の彼は、捕鯨船からおろしてもらったボートにただひとりのって、日本にむかってこいだ。やがて北海道の利尻島に上陸し、彼をとりかこんだノッカ部落のアイヌの人びとにもてなされたが、役人が来て彼をつれさり、かごにのせて長崎にはこんだ。漂流者大黒屋《だいこくや》光太夫《こうだゆう》は、ロシアではエカテリーナ女帝に会うことができ、漂流者彦蔵は、アメリカ合衆国ではリンカーン大統領と握手をかわすことができたが、日本ではラナルド・マクドナルドは孝明天皇に会うこともできず、将軍徳川家慶と握手をかわすこともできず、長崎まで迎えに来たアメリカの軍艦にのってかえるほかなかった。

それっきりマクドナルドは、歴史のなかにうもれてしまった。ペリー艦隊来日と日本開国。日米戦争と日本再開国。米国による日本占領。日本の復興と日米経済摩擦。それぞれの機会に日米双方の政府を代表する国際人の交渉があった。この間、忘れられていたラナルド・マクドナルド（一八二四―九四）は、別の型の国際人（むしろ民際人）であり、彼のくわだては、別の型の国際交流（民際交流）である。

マクドナルドの日本上陸から百五十年たって、マクドナルド友の会がうまれた。会長は富田正勝。セイコー・エプソン・ポートランド社の社長である。

海外ではたらく日本の商社社員は、子どもが日本でいい学校にはいらなくてはいけないと考えて、日本に妻子をおいたまま出ていったり、海外に家族をおく場合にも日本人学校にいれて日本なみの教育をそれぞれの国でうけつづけるようにしている。たしかに、その国の教育をうけると、日本にもどってから、受験に成功しない。そうなると、子どもは自分に能力がないように思いこんで、おちこんだ気分になる。

だが、富田正勝の考え方は、彼がすすめているマクドナルド友の会の精神にそうて、ちがう理想にむかっている。彼ら夫妻には三歳と十一歳の子どもがいるが、二人に日本の受験競争に適応してほしいと願っていないようだ。自分たち夫妻がくらしているところで、子どもにもくらしてもらいたい。その土地に適応できるようになってゆけばいい。そういうふうにそだつことが日本の学校制度にあわないとしても、名のとおった大学を出たものを重く用いるというやり方が、これからの日本でながくつづくことはないだろう。どこの学校を出たにせよ、世の中にいて、役にたつ人、他の人たちを助けることのできる人が重んじられるようになるはずだ、と彼は言う。

米国オレゴン州ポートランドにある彼の会社には千人はたらいていて、そのうち九百五十人が米国人だという。そういう企業を動かしてゆくなかで、彼の得た自信であろう。

ラナルド・マクドナルドは、自分で心にきめて日本に来た。それは、彼が、スコットランド人とカナダ原住のチヌーク族長の娘とのあいだにうまれた子どもであったため、白人のあいだでくらしにくく、自分の母方の先祖の同族が日本でくらしているという言いつたえから夢をそだてて、国交のない日本に来たのだった。

だが、マクドナルドのように自分の意志にもとづいてではなく、状況にせまられて、やはりはだか一貫で、日本から海外に出ていった人もいる。中浜万次郎（一八二七—九八）は、十四歳の時に仲間五人で土佐の宇佐浦を出港、はえなわ漁の最中にあらしにみまわれ漂流し、太平洋上の無人島（鳥島）にながれついた。ひと月後、米国船ハウランド号に助けだされた時には、無一物のハダカの状態と言ってよい。最年少の万次郎は船長につれられて捕鯨船にのりくみ、船長の故郷で教育をうける。やがて捕鯨船の船員となり、選挙によって副船長になる。この航海の分配金として三百五十ドルを得た。万次郎は船をはなれてカリフォルニアにゆき、金鉱をほって一カ月で百八十ドルを得た。その私財から百二十五ドルを投じてボートを買い、ボートとともに捕鯨船にのせてもらって、日本にむかい、自分のボートで琉球国に上陸し、さらに日本にもどった。

無一物で米国人に助けだされた万次郎は、恩人のホイットフィールド船長に手紙を書く時に、「なつかしい友よ」と呼びかけて、感謝の心をのべている。卑屈なところのない、この対等性は、まさにホイットフィールドが万次郎に望んだものでもあった。ハダカの人間が、自分の努力によって認められるという、そのころの米国人の理想を、万次郎は自分の身につけて日本にかえってきた。しかし、この考え方が日本でうけいれられるのはむずかしかった。

万次郎帰国の三年前に、日本から米国に強制送還されたラナルド・マクドナルドについて、幕府は、役人でもなく肩書もない彼をむかえに米国が軍艦を出す処置をいぶかしんで、その軍艦の司令官（中佐）が、一番上の役人から言って何番目にあたるのかをたずねた。マクドナルドの答えは、一番上が人民、二番目が大統領、そこからかぞえて五番目が中佐ということだったが、一番上は人民だという考え方を幕府の役人は理解することがなかった。マクドナルドと万次郎は、たがいに会うことなく終ったが、無一物のひとりの人を重く見るという理想をともにした人たちだった。ここにはハダカの人として、地球上のいくつもの国家を見ているまなざしがある。人は無一物でうまれてきて無一物で去ってゆく。このことをおぼえているのは、さまざまの資格に眼をうばわれる現代の社会ではむずかしい。死を見つめるという点では、近代以外の文化のほうに、感性をはぐくむ様式が発達した。

フランス文学の研究者で料理の本を書いた丸元淑生の『地方色』（文藝春秋、一九九〇年）でプエブロ・インディアンの詩に出会った。

今日は死ぬのにとてもよい日だ。
あらゆる生あるものが私と共に仲よくしている。
あらゆる声が私の内で声をそろえて歌っている。
すべての美しいものがやってきて私の目のなかで憩っている。
すべての悪い考えは私から出ていってしまった。
今日は死ぬのにとてもよい日だ。
私の土地は平穏で私をとり巻いている。
私の畑にはもう最後の鋤を入れ終えた。
わが家は笑い声で満ちている。

子どもたちが帰ってきた。

うん、今日は死ぬのにとてもよい日だ。

二十年も前に見た『小さな巨人』（アーサー・ペン監督、一九七〇年）という映画を思いだした。主人公は白人の小男で、捨て児になったところをインディアンの族長にひろわれて養子としてそだてられる。その族長が年老いて、今日は自分が死ぬ日だと言って、養子をつれて山の奥のあかるいあき地に横たわる。しばらくたつ。すると彼はむっくりおきあがって、

「今日は死なない」

とにっこり笑って、また二人づれで山をおりてゆく。

その、死の予測に失敗した時の老インディアンの表情がすばらしく、彼の大きい人柄が感じられた。この族長の役は、実在のインディアンが演じたという。

死が自分の生のなかに自然にある境涯は、人間にとって望ましい人生の様式と思う。自分がやがて無一物でこの世を去ってゆくことを忘れたくない、というとこわばったもの言いになるが、そういう言い方をさけて、いつどんな時にも、方向を見失ったハダカムシのようなものが、自分の内部に住みついていることを忘れたくない。

編集者としての鶴見俊輔

〈思想の科学〉

第一次「思想の科学」(先駆社版)—1946年5月〜1951年4月
第二次「思想の科学」(建民社版)—1953年1月〜1954年5月
第三次「思想の科学」(講談社版)—1954年5月〜1955年4月
英文思想の科学 *The Science of Thought* (教文社版) 1954年4月、1956年2月
第四次「思想の科学」(中央公論社版)—1959年1月〜1961年12月
第五次「思想の科学」(思想の科学社版)—1962年3月〜1972年3月
第六次「思想の科学」(同)—1972年4月〜1981年3月
第七次「思想の科学」(同)—1981年4月〜1993年2月
第八次「思想の科学」(同)—1993年3月〜1996年5月

*

『「思想の科学」総索引』思想の科学社 1999
『源流から未来へ——「思想の科学」五十年』思想の科学社 2005
『「思想の科学」ダイジェスト1946〜1996』思想の科学社 2009

〈思想の科学研究会〉

『現代文明の批判』思想の科学研究会編　アカデメイア・プレス　1949
『新らしい人間像』思想の科学研究会編　アカデメイア・プレス　1949
『私の哲学』正続　思想の科学研究会編　中央公論社　1950（ひとびとの哲学叢書）
『夢とおもかげ——大衆娯楽の研究』思想の科学研究会編　中央公論社　1950（ひとびとの哲学叢書）
『アメリカ思想史』1—4　思想の科学研究会編　日本評論社　1950
『「戦後派」の研究』思想の科学研究会編　養徳社　1951
『人間科学の事典』思想の科学研究会編　河出書房　1951
『デューイ研究——アメリカ的考え方の批判』思想の科学研究会編　春秋社　1952
『現代人の生態——ある社会的考察』思想の科学研究会編　大日本雄弁会講談社　1953
『現代哲学読本』思想の科学研究会編　河出書房　1954（河出新書）
『民衆の座』思想の科学研究会編　河出書房　1955（河出新書）
『身上相談』思想の科学研究会編　河出書房　1956（河出新書）
『戦後の思想家——過ぎた時代の問いかえし』思想の科学編　思想の科学社　1974
『埋もれた精神——シリーズ人と思想』1　思想の科学研究会編　思想の科学社　1981

『老いの万華鏡――「老い」を見つめる本への招待』思想の科学研究会〈老いの会〉編　御茶の水書房　1987
『市民の論理学者・市井三郎』鶴見俊輔・花田圭介編　思想の科学社　1991
『哲学・論理用語辞典』思想の科学研究会編　三一書房　1995

〈共同研究〉

『転向　共同研究』上中下　思想の科学研究会編　平凡社　1959
『明治維新　共同研究』思想の科学研究会編　徳間書店　1967
『日本占領　共同研究』思想の科学研究会編　徳間書店　1976
『集団　共同研究　サークルの戦後思想史』思想の科学研究会編　平凡社　1976
『日本占領研究事典　共同研究』思想の科学研究会編　現代史出版会　1978
『日本占領軍その光と影　共同研究』上下　思想の科学研究会編　現代史出版会　1978

〈シリーズ〉

『ドキュメント日本人』1―10　谷川健一・鶴見俊輔・村上一郎編　学芸書林　1968―69
『現代漫画』1―20　鶴見俊輔・佐藤忠男・北杜夫編　筑摩書房　1969―70

『語りつぐ戦後史』1―3　鶴見俊輔編　思想の科学社　1969―70

『日本の百年――記録現代史』1―10　鶴見俊輔・松本三之介・橋川文三・今井清一編　筑摩書房　1962―78

シリーズ『日本の民間学者』鶴見俊輔・中山茂・松本健一編　リブロポート　1986―98

『講座・コミュニケーション』1―6　江藤文夫・鶴見俊輔・山本明編　研究社出版　1973

『現代風俗（年報）』1977―　現代風俗研究会　現代風俗研究会（77―86、95）リブロポート（87―94、97）河出書房新社（98、2001―03）新宿書房（2006―12）他

『ちくま日本文学』1―50　鶴見俊輔・森毅・池内紀・安野光雅・井上ひさし編集協力　筑摩書房　1991―93

『老いの発見』1―5　伊東光晴・河合隼雄・副田義也・鶴見俊輔・日野原重明編　岩波書店　1986―87

『変貌する家族』1―6　上野千鶴子・中井久夫・宮田登・鶴見俊輔編　岩波書店　1991―92

『講座・日本映画』1―8　今村昌平・佐藤忠男・新藤兼人・鶴見俊輔・山田洋次編　岩波書店　1985―88

『ちくま哲学の森』1—8／別　鶴見俊輔・森毅・井上ひさし・安野光雅・池内紀編　筑摩書房　1989—90
『新・ちくま文学の森』1—16　鶴見俊輔・安野光雅・森毅編　筑摩書房　1995
『日本人の心』1—2　鶴見俊輔編　岩波書店　1997—2001
『ハンセン病文学全集』1—10　大岡信・大谷藤郎・加賀乙彦・鶴見俊輔編　皓星社　2006—
シリーズ『鶴見俊輔と考える』1—5　鶴見俊輔著　編集グループ〈SURE〉　2008
シリーズ『鶴見俊輔と囲んで』1—5　編集グループ〈SURE〉　2005—06

〈編著〉

『世界の知識人』久野収・鶴見俊輔編　講談社　1964（20世紀を動かした人々1）
『ジャーナリズムの思想』鶴見俊輔編集　筑摩書房　1965（現代日本思想大系12）
『反戦の論理——全国縦断日米反戦講演記録』鶴見俊輔［ほか］編　河出書房新社　1967
『平和を呼ぶ声——ベトナム反戦・日本人の願い』鶴見俊輔・小田実・開高健編　番町書房　1967
『平和の思想』鶴見俊輔編　筑摩書房　1968（戦後日本思想体系4）

『文化』鶴見俊輔・生松敬三編　岩波書店　1968（岩波哲学講座13）
『大衆の時代』鶴見俊輔編　平凡社　1969（現代人の思想7）
『アメリカの革命』鶴見俊輔編　筑摩書房　1969（現代革命の思想5）
『反戦と変革——抵抗と平和への提言』小田実・鶴見俊輔編　学芸書房　1969
『国家と軍隊への反逆——脱走兵の思想』小田実・鶴見俊輔・鈴木道彦編　太平出版社　1969
『生活の記録』鶴見俊輔編　筑摩書房　1970（現代日本記録全集14）
『市民の暦』小田実・鶴見俊輔・吉川勇一編　朝日新聞社　1973
『柳宗悦集』鶴見俊輔編　筑摩書房　1975（近代日本思想大系24）
『無名戦士の手記——声なき声いまも響きて』鶴見俊輔・安田武・山田宗睦編　光文社　1975（カッパ・ブックス）
『児童文学の周辺』鶴見俊輔責任編集　世界思想社　1974（叢書児童文学）
『石川三四郎集』鶴見俊輔編　筑摩書房　1976（現代日本思想大系16）
『吉川英治・大仏次郎集』鶴見俊輔編　ほるぷ出版　1978（日本児童文学大系21）
『抵抗と持続』鶴見俊輔・山本明編　世界思想社　1979
『育てる——自立への産婆術』鶴見俊輔責任編集　平凡社　1980（平凡社 today）
『現代風俗通信 '77～'86』鶴見俊輔編　学陽書房　1987
『老いの生き方』鶴見俊輔編　筑摩書房　1988

『祭りとイベントのつくり方』鶴見俊輔・小林和夫編　晶文社　1988
『天皇百話』上下　中川六平・鶴見俊輔編　筑摩書房　1989（ちくま文庫）
『ことばを豊かにする教育』鶴見俊輔・森毅編　明治図書出版　1989（教育をひらく13）
『教育で想像力を殺すな』鶴見俊輔・高橋幸子編　明治図書出版　1991（教育をひらく19）
『大江満男集――詩と評論』森田進・木村哲也・渋谷直人・鶴見俊輔編　思想の科学社　1996
『帰ってきた脱走兵　ベトナムの戦場から25年』鶴見俊輔・吉川勇一・吉岡忍編　第三書館　1994
『声なき声のたより　1960―1970』鶴見俊輔編　思想の科学社　1996
『倫理と道徳』河合隼雄・鶴見俊輔編　岩波書店　1996（現代日本文化論9）
『本音を聴く力――中学生は何を考えているのか』鶴見俊輔・福島三枝子編　同朋舎　1999
『出発』鶴見俊輔編　みすず書房　1999（鶴見良行著作集1）
『昭和』鶴見俊輔編　作品社　1999（日本の名随筆別巻97）
『マラッカ』鶴見俊輔編　みすず書房　2000（鶴見良行著作集5）
『NO WAR!』瀬戸内寂聴・鶴見俊輔・いいだもも編　社会批評社　2003

『本と私』鶴見俊輔編　岩波書店　2003（岩波新書）
『サザエさんの昭和』齋藤愼爾・鶴見俊輔編　柏書房　2006
『無根のナショナリズムを超えて――竹内好を再考する』鶴見俊輔・加々美光行編　日本評論社　2007
『アジアが生みだす世界像――竹内好の残したもの』鶴見俊輔編　編集グループ〈SURE〉2009
『新しい風土記へ――鶴見俊輔座談』鶴見俊輔編　朝日新聞出版　2010（朝日新書）

〈翻訳〉
『オーウェル著作集』1―4　鶴見俊輔［ほか］訳　平凡社　1970―71
『右であれ左であれ、わが祖国』オーウェル著　鶴見俊輔編　平凡社　1971
『戦争の機械をとめろ!――反戦米兵と日本人』ヤン・イークス・小野誠之著　鶴見俊輔編　三一書房　1972

〈辞典・事典〉
『現代人物事典』朝日新聞社編　朝日新聞社　1977
『コミュニケーション事典』鶴見俊輔・粉川哲夫編　平凡社　1988
『朝日人物辞典』朝日新聞社編　朝日新聞社　1990

『民間学事典』事項編／人名編　鹿野政直・鶴見俊輔・中山茂編　三省堂　1997
『戦後史大事典』佐々木毅・富永健一・正村公宏・鶴見俊輔・中村政則編　三省堂　1991　増補版2005
『日本歴史人物辞典』朝日新聞社　1994
『平和人物大事典』鶴見俊輔監修　「平和人物大事典」刊行会編著　日本図書センター　2006

鶴見俊輔が編集者・編者としてかかわった、主なものの誌名・書名をあげた。

初出一覧

I

・中浜万次郎――行動力にみちた海の男 『ひとが生まれる 五人の日本人の肖像』、筑摩書房、1972年、『鶴見俊輔集』第8巻
・暗黙の前提一束 「季刊三千里」11号、1978年8月、『鶴見俊輔集』第11巻
・都会の夢 「月刊百科」1978年3月号（鶴見俊輔『太夫才蔵伝 漫才をつらぬくもの』より）、『鶴見俊輔集』第6巻
・ある帰国 『家の神』、淡交社、1972年、『鶴見俊輔集』第10巻

II

・国の中のもうひとつの国 「展望」1974年2月号（鶴見俊輔『グアダルーペの聖母 メキシコ・ノート』より）、『鶴見俊輔集』第11巻
・グアダルーペの聖母 「展望」1975年2月号（鶴見俊輔『グアダルーペの聖母』より）、『鶴見俊輔集』第11巻
・エル・コレヒオでの一年を終えて 1973年9月、国際交流基金に提出した報告書、『鶴見俊輔集』第11巻

＊

・北の果ての共和国――アイスランド 「芸術生活」1979年1月号、『鶴見俊輔集』第11巻
・市民の記憶術――ポーランド 「芸術生活」1979年2月号、『鶴見俊輔集』第11巻

・文化の胞子／リラ修道院――ブルガリア「芸術生活」１９７９年３月号、『鶴見俊輔集』第11巻
・市会堂の大時計――チェコスロヴァキア「ＴＢＳ調査情報」１９８２年11月号、『鶴見俊輔集』第11巻
・キラーニーの湖――アイルランド「ＴＢＳ調査情報」１９８３年２月号、『鶴見俊輔集』第11巻
・小国群像――アンドラ、サン・マリノ、ヴァティカン「ＴＢＳ調査情報」１９８３年３月号、『鶴見俊輔集』第11巻

Ⅲ

・メデルの思い出「京都新聞」２００１年２月21日夕刊、『ちいさな理想』、編集グループＳＵＲＥ、２０１０年
・いわきのＮさん「京都新聞」１９９１年10月24日夕刊、『ちいさな理想』、編集グループＳＵＲＥ、２０１０年
・難民を撮り続けたもう一人の難民――キャパの写真を見て「カメラ毎日」１９８４年６月号、『鶴見俊輔集』第10巻
・蒐集とは何か――柳宗悦『柳宗悦』、平凡社、１９７６年、『鶴見俊輔集』続４巻
・『ハックルベリー・フィンの冒険』マーク・トウェーン「飛ぶ教室」第８号、１９８３年秋号、『鶴見俊輔集』第12巻
・日本人の世界の見方をかえるいとぐち 金達寿『玄海灘』解説、講談社文庫、１９７５年、『鶴見俊輔集』第11巻
・フェザーストーンとクリーヴァー 鶴見俊輔『北米体験再考』、岩波新書、１９７１年、『鶴見俊輔集』第1巻

Ⅳ

・わたしが外人だったころ　『たくさんのふしぎ』124号、1995年7月、『鶴見俊輔集』続2巻

・水沢の人　『高野長英』、朝日新聞社、1975年、『鶴見俊輔集』続3巻

・黒鳥陣屋のあと　「TBS調査情報」1983年12月号、『鶴見俊輔集』第11巻

・宿直の一夜　人文科学研究所所報「人文」46号、1999年11月

・国家と私　「第三文明」1978年8月号、『鶴見俊輔集』第9巻

・メタファーとしての裸体　「月刊百科」1990年6月号（鶴見俊輔『アメノウズメ伝　神話からのびてくる道』より）、『鶴見俊輔集』続5巻

『鶴見俊輔著作集』『鶴見俊輔集』は筑摩書房、両書に収録されているものは後者のみを挙げた。『鶴見俊輔書評集成』はみすず書房。

なお、今回収録するにあたり、表題などを改めたものがある。

解題

黒川創

鶴見俊輔は、一九二二年（大正一一）六月、東京・麻布の後藤新平邸内で生まれた。母方の祖父にあたる後藤新平（一八五七―一九二九）は、このとき満六五歳で、東京市長。父の鶴見祐輔（一八八五―一九七三）は、満三七歳で、鉄道省運輸局総務課長である。祐輔は知米派の開明的な知識人としても、すでに広く知られており、かつての上司でもある後藤新平の懐刀の役割も担っていた。翌二三年九月には関東大震災が起こり、後藤新平は内務大臣に復帰するとともに帝都復興院総裁も兼任し、大都市再建を先導する立役者となっていく。

米国に俊輔が留学するのは、一九三八年（昭和一三）、満一六歳のとき。東京高等師範附属小学校卒で、附属中学には進まず、問題児として放校に近いかたちでそこを離れていた。かわって、七年制の東京府立高等学校の尋常科に入学するが、一年あまりで、これも退学。さらに、東京府立第五中学校に編入したものの、ここでもまた一年もたずに退学した。このころには、年上の女性と色恋沙汰を起こしては、結局、抑鬱にとらえられ、自殺未遂などを繰り返すようになっていた。

母の愛子（一八九五―一九五六）は、有力政治家の一族であることに道義上の負い目を感じている人で、長男の俊輔に対しては、とりわけ厳しく道徳的なしつけにあたった。長男が将来の夢を聞かれて、「総理大臣になる」とでも答えようものなら、この母親は「もっと貧しい人たちのことを考えなさい」と、こんこんと諭しつづける、そういう（珍しい）タイプである。わが子が、一族の恵まれた権勢に染まって、堕落することを恐れていたのだろう。

けれど、当の息子は、それだと、あまりに息苦しい。なぜなら、こうした母親の教育方針では、あらかじめ〝正解〟が一方的に決められてしまっているからだ。〝将来の夢は何？〟と聞かれた場合、この母親を喜ばせるには、「何か手に職をつけて、地道にこつこつと働いていきたいと思います」とでも答えるべきなのだと、すでにこの息子は知っている。

だが、それでいいのか？

そこでは、たとえ未熟でも自分一人でものを考え、自由に息をするような余地がない。まちがいを犯す可能性、失敗に終わる試み、まずいものを自分で買って食う権利、……人生にはそうしたものが必要だ。将来の自分というものは、おそらく、そんなガラクタじみた試行錯誤からできあがる。

そんな反抗の意識が、かろうじて、この少年を支え、〝非行〟をうながす。小学生のうちは、たとえば、万引き。学校のずる休み。それくらいのうちはいいのだが、いよいよ、生身の年上の女性が相手となると、少年は、また実力上の壁にぶつかる。彼には、まだ、自分たちの実生活を切り拓いていくだけの力はないからだ。

多感で早熟な少年が、相手とのあいだに求めていたのは、単に性的な交渉にとどまらず、もっと全人的なロマンスのつもりのものだったろう。だからこそ、これの成就は、いっそうむずかしい。

カフェの女給として働く彼女とのあいだに、どんな日々の話題が彼にはあるだろうか？　女優の卵は、彼が読むような書物について、自身も楽しみとして語るだろうか？

いや、これで終わらない。

なぜ、彼女らは、それでも自分に良くしてくれるのか？　疑問が彼を追ってくる。それは、この自分が、後藤新平の孫、鶴見祐輔の息子だと、知っているからなのではないか？（当時、「鶴見俊輔」という姓名は、世間で、常識的に、そのことを連想させた）。

つまり、彼女が見ているのは、いまここにいる自分のことではないのではないか？　愛していると、彼女が言っているものも。

〝非行〟の自由を行使したはずの男女関係においてさえ、こうしてたちまち家族の名望が彼を追いかけ、ふたたび不安と失望のなかに引き込む。自殺への誘いは、周囲の壁から、絶えず彼のほうへまといついてきただろう。

また、リベラルな政治家（このときには衆議院議員）として知られた父・祐輔が、二・二六事件（一九三六年）以後、次第に軍部との妥協を重ねていくような様子にも、息子の俊輔は失望と反発を覚えていた。これらも、彼が〝非行〟を重ねていた時期に重なる。

にもかかわらず、こうしたピンチの時期に、手をさしのべ、米国留学の機会を骨折って準備してくれたのも、父・祐輔その人なのだった。父母からの愛、それは疑えない。だが、愛を寄せてくれる人との気持ちの通じなさが、そこでの孤独を増していた。

一九三八年九月、ハリケーンによる嵐のなか、一六歳の少年、鶴見俊輔は、米国東部マサチューセッツ州コンコードの男子寄宿学校ミドルセックス校に、父親に伴われて到着する。英語で話せないと、同級生たちとの対等な会話も成り立たない。一人きりの新しい環境で、彼は、懸命に学びだす。

一年後には、ハーヴァード大学哲学科への入学が許される。それにも増して、鶴見のなかに強い感銘となって残るのは、大学の地元の町（マサチューセッツ州ケンブリッジ）で下宿させてもらうことになるミドルセックス校時代の同級生の一家が、狭く質素な住まいで、彼を家族の一員としてまったく分け隔てなく遇してくれたことだった。日本で育った一六年間の環境が、恵まれたものだったことは確かである。しかしながら、彼は、日本ではかつて一度も、こうした扱いを受けたことはなかった。

本書の第Ⅰ章「旅のはじまり」の各文は、それぞれに、鶴見の思索、また、その方法の出発点というべきものを示している。

巻頭の「中浜万次郎」は、土佐の少年漁師万次郎が、漂流という偶然から、鎖国中の日本の外へと流され、米国の捕鯨船によって助け上げられて、やがてマサチューセッツ州のフェアヘイヴンという町へとたどりつく。こうしたジョン万次郎の軌跡を描くこと自体が、鶴見にとっては、いくばくか自伝のおもむきを帯びてもいただろう。

第Ⅱ章「それぞれの土地を横切って」は、海外の旅と滞在の回想。

一九七二年九月から七三年六月まで、鶴見はメキシコ・シティーに滞在し、メキシコの代表的な研究・高等教育機関エル・コレヒオ・デ・メヒコで、日本の近代文学と政治思想についての講義を続けた。本書では、「国の中のもうひとつの国」「グアダルーペの聖母」「エル・コレヒオでの一年を終えて」が、この時期の見聞を書いている。

ここでの任務を終えると、七三年夏、鶴見は、妻、幼い息子との三人で、メキシコから大西洋を東に渡り、ひと月半ほどの日程でヨーロッパ各地をまわった。……スペイン、アンドラ、イタリア、ヴァティカン、サン・マリノ、英国（イングランド、スコットランド、ウェールズ、コーンウォール）、オランダ、デンマーク、ノルウェー、スウェーデン、フィンランド、ふたたび英国を経由して、日本へ――。本書の「小国群像」は、このときの旅を述べている。

再度、欧州圏を家族三人で巡ったのは、一九七七年のこと。このときは、英国から、チェコ・スロヴァキア、ポーランド、ハンガリー、ユーゴスラヴィア、ブルガリア、トルコ、ギリシア、イタリア、英国、アイスランド、アイルランド、そしてまた英国という、これもまた一カ月半ほどの旅程だった。東欧諸国は、ソ連の衛星国として、社会主義体制のもとにあった。これらの国で、ナチスドイツによるユダヤ人大量殺戮の跡が風化してしまわないうちに、わが目で確かめたいという気持ちも鶴見にはあった。本書中の「北の果ての共和国」「市民の記憶術」「文化の胞子／リラ修道院」「市会堂の大時計」「キラーニーの湖」は、このときの旅を語っている。

鶴見家の居間の片隅に置かれた、古びて、やや小ぶりな地球儀を見せてもらったことがある。その球体には、赤インクの線と黒インクの線で、これら二つの長い旅の軌跡らしいものが、なぞられて残っていた。二度目の旅のとき、息子は小学校六年生になっていたはずである。この家のなかで、旅の記憶は、幾度ともなくたどりなおされてきたのだろう。

第Ⅲ章「旅のなかの人」は、旅で出会った人、旅に生きた人、旅を方法とした人らの肖像である。

ベトナム戦争が北爆（米軍による北ベトナム爆撃、一九六五年）に至って、鶴見は十代に恩を受けた米国に対して、抗議の行動を起こした。かつて、自分が米国留学生として名門大学で哲学を学んでいたとき、米国社会では南北戦争以後、黒人にも等しく人権が保障されているものと信じていた。これが見せかけのものだと知るのに、さらにそれから三〇年近くの月日を要した。この二つの時間を隔て、自分の学んだアメリカ哲学、プラグマティズムには、どんな意味があると言えるのか?

「フェザーストーンとクリーヴァー」は、そうした自問をわが身に向けている。

第Ⅳ章「自分からさかのぼる」は、鶴見の自分史のなかに息づく旅の記憶。「水沢の人」で語りはじめられる高野長英は、鶴見の母方の血筋にあたる人物である。〝蛮社の獄〟でとらえられ、やがて脱獄、さらに逃亡を重ねに重ねて、命が尽きるところまでそれを続けた。こうしたご先祖の姿は、執筆当時、ベトナム戦争下で取り組んでいた「脱走米兵援助運動」と重なって、鶴見には見えたという。祖父・後藤新平らも育った岩手・水沢の風土の広がりが、さらに、その背景にはあった。

ひとりの読者として

四方田犬彦

まず逃げることだ。躊躇うことなく、ただちにこの場を離れることだ。思い悩むことは後からでもいい。思考はいつも後から到達する。思想はその最終の言葉になる前に、別の思考にとって代わられる。人は移動のさなかにあって真に思考するのであり、思考とは移動の証である。

沢山の種類の旅がある。

知的探求のための旅。社会的により高い地位に到達するための、試練の旅。未知の風景をこの眼で確かめてみたいという好奇心だけに促された旅。鶴見俊輔が拘泥するのは、そのような旅ではない。好むと好まざるとにかかわらず状況に強いられてなされてしまった旅、庇護者も受け入れ先もなく、身を隠すようにしてなされた旅のことだ。たとえば漂流。幕末の土佐で、一人の十四歳の少年が小舟に乗って漁をしている最中に沖に流されてしまい、数人の仲間とともに無人島に漂着する。彼は百四十三日の後に北アメリカの捕鯨船に救助され、そのままアメリカに渡って異国の文明と人間のなかに信頼すべき何物かを発見する。やがてこの少年、万次郎は学問を修め、敬服すべき一角の人物になると、困難にもかかわらず帰国を試みる。彼には、日本という国家に自分が帰属しているという意識はない。ただ母親に会いたかっただけである。海には国境など存在していない。波の上で信じられるのは国家ではなく、同じ舟に乗り合わせた人間の誠実さだけなのだ。そしてこの水の本質である越境性が、万次郎を日米修好の重要人物にするとともに、ポーランドの船員であったコンラッドを英文学の作家へと変身させる。マーク・トウェインの『ハックルベリー・フィンの冒険』の主人公をして白人たちの眼を避け、黒人の逃亡奴隷とともにミシシッピー河を下るという冒険へと駆り立てることになる。

追放された身であること。逃亡の途上であること。長らく慣れ親しんだ場所から突然に放逐され、身ひとつのまま、人目を避けてあちこちを転々と移動していくこと。鶴見俊輔が好んで描く人物たちに共通しているのは、そうした身振りである。けっして望んで得られた移動ではない。止むにやまれぬ事情からの旅。予期もしない状況へと追い立てられてしまい、行く先々で閉めだされ、路頭に迷いながら移動を重ねていった旅。それが単独の場合には、高野長英のように脱獄という形をとり、民族的な規模に達する場合には、戦後日本社会における韓国人のように、集団的なディアスポラという形をとる。またメキシコとアメリカ合衆国に分断されて生きるヤキ族のような形をとる。

鶴見俊輔はこうした強いられた旅人の物語を、他人ごととして客観的な距離のもとに語っているのではない。本書第Ⅳ章に収められたいくつかの文章を読むと、ほかならぬ彼自身が意に反して異国へ放逐され、また彼の地にあって寄る辺ない航海を強いられた存在であることがわかる。もう少し具体的にいうならば、彼は少年時代の素行の悪さが原因で、父親の命によりアメリカに送られた。ところが第二次世界大戦が勃発すると、交換船によって日本へ送り返されるという、きわめて特異な事態を体験することになった。いや、より正確にいうならば、日本への帰還は強制ではなかった。できることなら敗北する側についておきたいという、本人の自発的な意志によるものであった。このことは鶴見の倫理を理解するうえで重要なことなので、もう少し後でもう一度触れておきたい。

鶴見俊輔はアメリカのプラグマティズムを学んだ哲学者ではあったが、講壇哲学者に甘んじたわけではなかった。彼は敗戦直後の日本にあって、雑誌『思想の科学』の刊行発起人の一人となり、アメリカのヴェトナム侵略が開始されると、基地から脱走してきた兵士の逃亡に深く関わった。日本に密航してきた韓国人が官憲に捕縛されたとき、かならず送られることになる大村収容所の撤廃を求め、根気強い活動をする運動家でもあった。こうした行動は、彼が逃亡者に対し無限の共感を抱いていたばかりか、逃亡者の視座によって世界を観察し、それを行動の動機としてきたことを物語っている。二十歳台の初めにアメリカを脱出したものの、戦時下の日本にあって自己の言語と体験を隠し通し、ひたすら内面へと逃亡を続けてきた鶴見は、見知らぬ他者から他者へと自分の運命が委ねられていくさいに感じた孤独と寄る辺なさとを、けっして忘れることがなかった。それは、ジョン万次郎に始まって、ハックルベリー・フィンも、高野長英も、そしてアメリカ軍基地から脱走してきた、うら若い兵士たちも、誰もがひとしく体験してきた状況であり感情であった。そこでは文字通り、〈わたし〉は国家の圧倒的な現前の前に、一人向き合うことを求められるのだ。

逃亡とは、いうまでもなく国家から逃亡することである。また国家のソフトな代行者である抑圧的装置としての家庭、病院、学校から一目散に駆け出していくことである。国家はいかなる場合にも、逃亡者に対し帰属を要求する。帰属をよしとしない密航者や亡命者を、けっして認めようとしない。なんとなれば逃亡者の眼差しこそが、国家の脅威という虚構を批判する眼差しであるからだ。この抑圧的な国家のあり方について、鶴見俊輔はこう書いている。

「世界が、国と国とのあいだに寸分のスキマもなく、分割されているように、地図にはかいてあるが、それは、ほんとうだろうか。(……)スキマはなぜ大切か。スキマがあることによって、世界はよりよくおたがいに交通することができるようになるからだ。」

(本書、二四三―二四六頁)

本書を繙く読者は、ここで語られている旅人の多くが、コロンブスのように交易を求めて未知の大陸を目指した冒険家でもなく、青雲の志をもって帝国の首都に上京した青年でもないことに気付くだろう。アンドラ、サン・マリノ、アイスランド……鶴見が好んで足を向ける場所とは、巨大な国家と国家の狭間におかれた小さな場所であり、列強の並ぶ中央世界からあまりに遠く隔てられているので、生活そのものが希薄な安定に到達している社会である。住民から税をとらない国。美しい記念切手の発行によってのみ認知されている国。苛酷な自然のなかで無言の信頼に支えられ、世界でもっとも読書時間の長い国。こうした小さな国々をめぐる鶴見の紀行文には、どこかしら中世の『神道集』にある甲賀三郎の諸国廻りを髣髴させるところがある。こうした小さな国に住んでいるにもかかわらず、人々が幸福なのではない。小さな国に住むことで、彼らは幸福であるのだ。

小国寡民とは、老子が『道徳経』のなかで説いた言葉であった。もし理想の国家があるとすれば、それは小さな領土と少ない人口をもっていなければならない。この理念は東アジアにおいては、巨大な帝国を批判しその廃絶を求める哲学として発展するとともに、桃源郷、すなわち山間にひっそりと佇む平和な理想郷のイメージを、書画文物の世界へともたらすことになった。鶴見俊輔が方法としてのアナーキズムを口にするとき、その根底にあるのは、この老子の唱えた小国の理念、国家として廃絶すれすれにまで希薄となった共同体の理念ではないだろうか。伝説を信じるならば、老子は戦勝国にではなく、敗戦国に生まれた哲学者であり、叡智が権力によって利用されることに恥と脅威を覚えている人物であった。負けた側の視座を通して世界の全体を眺めること。老子から鶴見俊輔まで、国家に帰属することから降りた哲学者のしぐさは、古今を問わず似ている。彼らが信頼を置くのは抽象的な権力ではなく、身近にある少人数の者が構成するサークルであり、手作りで築き上げられた簡単な規約なのだ。

二十一世紀に入ってもっとも新しい文化人類学は、アナーキズムの理念に急速に接近しようとしている。この地上には、国家という観念を所有することなく、平然と幸福に暮らしている部族が、アマゾン河流域にも、メキシコにも、少なからず存在している。だが欧米の近代中心主義に捕らわれているかぎり、彼らは未開と呼ばれ蔑まれている。アナーキズムの立場に立つならば、親密な小集団に守られた彼らこそ、人類の短くない歴史のなかにあって、近代国家を必要としないまま幸福を享受している者たちではないだろうか。メキシコのヤキ族はメキシコという国家の内側に、平然と自分たちの独立した小国家を成立させ、その内側で自治に勤しんでいる。鶴見はこうして、メキシコに、ソローの『森の生活』に、ジョン万次郎の漂流者の小集団のなかに、理想とすべき小さな共同体を発見する。戦後何十年もが経過し、グアムで元日本兵が発見されたときも、鶴見が注目したのは、彼らのサヴァイヴァル術ではなく、彼がかつての同胞とともに築きあげた共同体が、かくも長きにわたり隔絶して存続したという事実をめぐってのものだった。

この小さな共同体がさらに規模の縮小を余儀なくされたとき、そこに個人が出現する。ただ一人、アメリカ合衆国へと学びにいくジョン万次郎の孤独。ただ一人、ハーヴァード大学から獄舎へと向かわされる鶴見俊輔少年の孤独。この二つの孤独は、帰属の不可能と個人主義による判断の二点において、互いに共鳴しあっている。彼らはともに、母語である日本語からあまりに遠ざかってしまったため、そこに回帰するために人知れぬ努力を払わなければなかなかった。だが逆に、それゆえに日本語が暗黙の裡に発話者に強いてくる地面性の魔、日本的なイデオロギーから距離をとることができ、その距離を批評的なものとして提示することができた。鶴見俊輔における旅とは、こうした思いがけない離脱の体験であり、彼が描いた旅人たちの肖像画は、どこかしらで描いた本人を髣髴させているのである。

旅《たび》と移動《いどう》

鶴見《つるみ》俊輔《しゅんすけ》コレクション3

二〇一三年九月一〇日 初版印刷
二〇一三年九月二〇日 初版発行

著者 鶴見《つるみ》俊輔《しゅんすけ》
編者 黒川創《くろかわそう》
発行者 小野寺優
発行所 株式会社河出書房新社
〒一五一-〇〇五一
東京都渋谷区千駄ヶ谷二-三二-二
電話〇三-三四〇四-八六一一（編集）
〇三-三四〇四-一二〇一（営業）
http://www.kawade.co.jp/

ロゴ・表紙デザイン 粟津潔
本文フォーマット 佐々木曉
印刷・製本 中央精版印刷株式会社

Printed in Japan ISBN978-4-309-41245-0

思想をつむぐ人たち　鶴見俊輔コレクション1

鶴見俊輔　黒川創〔編〕　41174-3

みずみずしい文章でつづられてきた数々の伝記作品から、鶴見の哲学の系譜を軸に選びあげたコレクション。オーウェルから花田清輝、ミヤコ蝶々、そしてホワイトヘッドまで。解題＝黒川創、解説＝坪内祐三

身ぶりとしての抵抗　鶴見俊輔コレクション2

鶴見俊輔　黒川創〔編〕　41180-4

戦争、ハンセン病の人びととの交流、ベ平連、朝鮮人・韓国人との共生……。鶴見の社会行動・市民運動への参加を貫く思想を読み解くエッセイをまとめた初めての文庫オリジナルコレクション。

サイバースペースはなぜそう呼ばれるか＋　東浩紀アーカイブス2

東浩紀　41069-2

これまでの情報社会論を大幅に書き換えたタイトル論文を中心に九十年代に東浩紀が切り開いた情報論の核となる論考と、斎藤環、村上隆、法月綸太郎との対談を収録。ポストモダン社会の思想的可能性がここに！

郵便的不安たちβ　東浩紀アーカイブス1

東浩紀　41076-0

衝撃のデビュー「ソルジェニーツィン試論」、ポストモダン社会と来るべき世界を語る「郵便的不安たち」など、初期の主要な仕事を収録。思想、批評、サブカルを郵便的に横断する闘いは、ここから始まる！

正法眼蔵の世界

石井恭二　41042-5

原文対訳「正法眼蔵」の訳業により古今東西をつなぐ普遍の哲理として道元を現代に甦らせた著者が、「眼蔵」全巻を丹念に読み解き、簡明・鮮明に道元の思想を伝える究極の道元入門書。

親鸞

石井恭二　41075-3

二〇一一年に七百五十回忌を迎えた親鸞。旧仏教を超え、智から無知へ、賢から愚へ、人間の心の深層で悩み、非僧非俗のまま横ざまに庶民の中に入って伝えたその絶対的平等思想の実体を分りやすく解読する。

文明の内なる衝突 9.11、そして3.11へ
大澤真幸 41097-5

「9・11」は我々の内なる欲望を映す鏡だった！ 資本主義社会の閉塞を突破してみせるスリリングな思考。十年後に奇しくも起きたもう一つの「11」から新たな思想的教訓を引き出す「3・11」論を増補。

増補 日本という身体
加藤典洋 40993-1

明治以降の日本を、「大」「新」「高」という三つの動態において読み解くという斬新な方法によって時代の言説を検証し、日本と思想のありかたを根源から問いかえす代表作にして刮目の長篇評論を増補。

日本
姜尚中／中島岳志 41104-0

寄る辺なき人々を生み出す「共同体の一元化」に危機感をもつ二人が、日本近代思想・運動の読み直しを通じて、人々にとって生きる根拠となる居場所の重要性と「日本」の形を問う。震災後初の対談も収録。

退屈論
小谷野敦 40871-2

ひとは何が楽しくて生きているのだろう？ セックスや子育ても、じつは退屈しのぎにすぎないのではないか。ほんとうに恐ろしい退屈は、大人になってから訪れる。人生の意味を見失いかけたら読むべき名著。

心理学化する社会 癒したいのは「トラウマ」か「脳」か
斎藤環 40942-9

あらゆる社会現象が心理学・精神医学の言葉で説明される「社会の心理学化」。精神科臨床のみならず、大衆文化から事件報道に至るまで、同時多発的に生じたこの潮流の深層に潜む時代精神を鮮やかに分析。

社会は情報化の夢を見る ［新世紀版］ノイマンの夢・近代の欲望
佐藤俊樹 41039-5

新しい情報技術が社会を変える！ ――私たちはそう語り続けてきたが、本当に社会は変わったのか？ 「情報化社会」の正体を、社会のしくみごと解明してみせる快著。大幅増補。

強いられる死　自殺者三万人超の実相

斎藤貴男　41179-8

年間三万人を超える自殺者を出し続けている自殺大国・日本。いじめ、パワハラ、倒産……自殺は、個々人の精神的な弱さではなく、この社会に強いられてこそ起きる。日本の病巣と向き合った渾身のルポ。

定本　夜戦と永遠　上・下　フーコー・ラカン・ルジャンドル

佐々木中　41087-6　41088-3

『切りとれ、あの祈る手を』で思想・文学界を席巻した佐々木中の第一作にして主著。重厚な原点準拠に支えられ、強靭な論理が流麗な文体で舞う。恐れなき闘争の思想が、かくて蘇生を果たす。

イコノソフィア

中沢新一　40250-5

聖なる絵画に秘められた叡智を、表面にはりめぐらされた物語的、記号論的な殻を破って探求する、美術史とも宗教学とも人類学ともちがう方法によるイコンの解読。聖像破壊の現代に甦る愛と叡智のスタイル。

後悔と自責の哲学

中島義道　40959-7

「あの時、なぜこうしなかったのだろう」「なぜ私ではなく、あの人が？」誰もが日々かみしめる苦い感情から、運命、偶然などの切実な主題、そして世界と人間のありかたを考えて、哲学の初心にせまる名著。

道徳は復讐である　ニーチェのルサンチマンの哲学

永井均　40992-4

ニーチェが「道徳上の奴隷一揆」と呼んだルサンチマンとは何か？　それは道徳的に「復讐」を行う装置である。人気哲学者が、通俗的ニーチェ解釈を覆し、その真の価値を明らかにする！

なぜ人を殺してはいけないのか？

永井均／小泉義之　40998-6

十四歳の中学生に「なぜ人を殺してはいけないの」と聞かれたら、何と答えますか？　日本を代表する二人の哲学者がこの難問に挑んで徹底討議。対話と論考で火花を散らす。文庫版のための書き下ろし原稿収録。

集中講義 これが哲学! いまを生き抜く思考のレッスン

西研 41048-7

「どう生きたらよいのか」——先の見えない時代、いまこそ哲学にできることがある! 単に知識を得るだけでなく、一人ひとりが哲学するやり方とセンスを磨ける、日常を生き抜くための哲学入門講義。

軋む社会 教育・仕事・若者の現在

本田由紀 41090-6

希望を持てないこの社会の重荷を、未来を支える若者が背負う必要などあるのか。この危機と失意を前にし、社会を進展させていく具体策とは何か。増補として「シューカツ」を問う論考を追加。

対談集 源泉の感情

三島由紀夫 40781-4

自決の直前に刊行された画期的な対談集。小林秀雄、安部公房、野坂昭如、福田恆存、石原慎太郎、武田泰淳、武原はん……文学、伝統芸術、エロチシズムと死、憲法と戦後思想等々、広く深く語り合った対話。

南方マンダラ

南方熊楠 中沢新一〔編〕 47206-5

歿五十年を経て今、巨大な風貌をあらわしはじめた南方熊楠。日本人の可能性の極限を拓いた巨人の中心思想=南方マンダラを解き明かす。中沢新一の書き下ろし解題を手がかりに熊楠の奥深い森に分け入る。

南方民俗学

南方熊楠 中沢新一〔編〕 47207-2

近代人類学に対抗し、独力で切り拓いた野生の思考の奇蹟。ライバル柳田國男への書簡と「燕石考」などの論文を中心に、現代の構造人類学にも通ずる、地球的規模で輝きを増しはじめた具体の学をまとめる。

浄のセクソロジー

南方熊楠 中沢新一〔編〕 47208-9

両性具有、同性愛、わい雑、エロティシズム——生命の根幹にかかわり、生成しつつある生命の状態に直結する「性」の不思議をあつかう熊楠セクソロジーの全貌を、岩田準一あて書簡を中心にまとめる。

動と不動のコスモロジー

南方熊楠　中沢新一〔編〕　47209-6

アメリカ、ロンドン、那智と常に移動してやまない熊楠の人生の軌跡を、若き日の在米書簡やロンドン日記、さらには履歴書などによって浮き彫りにする。熊楠の生き様そのものがまさに彼自身の宇宙論なのだ。

森の思想

南方熊楠　中沢新一〔編〕　47210-2

熊楠の生と思想を育んだ「森」の全貌を、神社合祀反対意見や南方二書、さらには植物学関連書簡や各種の論文、ヴィジュアル資料などで再構成する。本書に表明された思想こそまさに来たるべき自然哲学の核である。

「声」の資本主義　電話・ラジオ・蓄音機の社会史

吉見俊哉　41152-1

「声」を複製し消費する社会の中で、音響メディアはいかに形づくられ、また同時に、人々の身体感覚はいかに変容していったのか――草創期のメディア状況を活写し、聴覚文化研究の端緒を開いた先駆的名著。

道元

和辻哲郎　41080-7

『正法眼蔵』で知られる、日本を代表する禅宗の泰斗道元。その実践と思想の意味を、西洋哲学と日本固有の倫理・思想を統合した和辻が正面から解きほぐす。大きな活字で読みやすく。

現代語訳 歎異抄

親鸞　野間宏〔訳〕　40808-8

悩める者や罪深き者を救う念仏とは何か、他力本願の根本思想とは何か。浄土真宗の開祖である親鸞の著名な法話「歎異抄」と、手紙をまとめた「末燈鈔」を併録。野間宏の名訳で読む分かりやすい現代語の名著。

現代文訳 正法眼蔵 1

道元　石井恭二〔訳〕　40719-7

世界の哲学史に燦然と輝く道元の名著を、わかりやすく明晰な現代文で通読可能なテキストにした話題のシリーズ全五巻。第一巻は「現成公按」から「行持」まで、道元若き日のみずみずしく抒情的な思想の精髄。